DESEO

CAT SCHIELD

Intento de seducción

Editado por Harlequin Ibérica.
Una división de HarperCollins Ibérica, S.A.
Núñez de Balboa, 56
28001 Madrid

Intento de seducción, n.º 162 - 21.2.19
Título original: Substitute Seduction
Publicada originalmente por Harlequin Enterprises, Ltd.

I.S.B.N.: 978-84-1307-352-1
Depósito legal: M-39163-2018
Impresión en CPI (Barcelona)
Fecha impresion para Argentina: 20.8.19
Distribuidor exclusivo para España: LOGISTA
Distribuidor para México: Distibuidora Intermex, S.A. de C.V.
Distribuidores para Argentina: Interior, DGP, S.A. Alvarado 2118.
Cap. Fed./Buenos Aires y Gran Buenos Aires, VACCARO HNOS.

Este libro ha sido impreso con papel procedente de fuentes certificadas según el estándar FSC, para asegurar una gestión responsable de los bosques.

Prólogo

–Tenemos que desquitarnos de Linc, Tristan y Ryan. Los tres necesitan una lección.

Cuando Everly Briggs decidió que asistiría a un acto que se llamaba «Las mujeres hermosas toman las riendas», indagó quién iba a asistir y se fijó en dos mujeres que le pareció que podían estar dispuestas a participar en su plan para hundir a tres de los hombres más influyentes de Charleston, Carolina del Sur.

Las habían pisoteado a las tres. Linc Thurston había roto su compromiso con London McCaffrey y Zoe Crosby acababa de pasar por un divorcio espantoso, pero lo que Ryan Dailey le había hecho a Kelly, la hermana de Everly, no tenía nombre.

–No sé cómo podría vengarme de Linc sin que saliera escaldada –comentó London mordiéndose el labio pintado de color coral.

–Tiene razón –Zoe asintió–. Hagamos lo que hagamos, acabaremos pareciendo las malas.

–No si cada una… persigue al hombre de otra –replicó Everly con cierta emoción al ver que las otras mujeres mostraban curiosidad–. Pensadlo. Somos unas desconocidas en un cóctel. ¿Quién iba a relacionarnos? Yo persigo a Linc, London persigue a Tristan y Zoe persigue a Ryan.

–Cuando dices «perseguir» –Zoe titubeó un poco–, ¿en qué estás pensando?

–Todo el mundo tiene trapos sucios, sobre todo, los hombres poderosos. Solo tenemos que averiguar cuáles son los peores que tienen ellos y airearlos.

–Me gusta la idea –comentó London–. Linc se merece sentir algo del dolor y humillación que he soportado desde que rompió nuestro compromiso.

–Cuenta conmigo también –añadió Zoe asintiendo con la cabeza.

–Fantástico –Everly levantó la copa, pero solo mostró una parte de toda la alegría que sentía–. Brindo para que paguen.

–Que paguen –repitió London.

–Que paguen –concluyó Zoe.

Capítulo Uno

La fiesta de celebración del décimo aniversario de la Fundación Dixie Bass-Crosby estaba en su apogeo cuando Harrison Crosby pasó por debajo de la lámpara de cristal de Baccarat que colgaba del altísimo techo del vestíbulo de la mansión reformada. Tomó una copa de champán de la bandeja de una camarera, cruzó el vestíbulo de mármol y columnas y llegó al salón de baile, donde había un cuarteto de cuerdas que tocaba en un rincón.

Hacía treinta años, Jack Crosby, el tío de Harrison, había comprado la histórica plantación Groves, a unos cincuenta kilómetros de Charleston, para que esas cuarenta hectáreas de terreno fuesen la sede central de Crosby Motorsports.

En aquella época, la mansión de 1850 estaba en un estado lamentable y estaban a punto de derribarla cuando Virginia Lamb-Crosby y Dixie Bass-Crosby, la madre y la tía de Harrison respectivamente, pusieron el grito en el cielo. La familia Crosby, en vez de derribarla, metió un montón de dinero para restaurarla minuciosamente y hacerla habitable. El resultado fue una obra de arte.

Aunque Harrison había asistido a docenas de actos benéficos para financiar la fundación familiar, ese torbellino social le aburría. Prefería donar el dinero y ahorrarse todo el boato. Aunque su madre y su tía reivindicaban la fortuna y las relaciones ancestrales de la familia Crosby, él no tenía nada que ver con la élite de Charleston y prefería los caballos de potencia que había debajo del capó de su Ford que los caballos del campo de polo.

Por eso, pensaba limitarse a saludar a su familia, a charlar lo menos que pudiera y a salir corriendo de allí. Solo quedaban tres carreras para terminar la temporada y tenía que concentrarse física y mentalmente para prepararlas.

Vio a su madre y fue a saludarla. Estaba hablando con una joven que no reconoció. Al acercarse, se dio cuenta del error que había cometido. La preciosa rubia que estaba con su madre no llevaba anillo en la mano izquierda y su madre siempre quería endosarle a cualquier mujer que le pareciera aceptable. Ella no entendía que su profesión de piloto le exigía todo el tiempo y energía que tenía... o sí lo entendía y esperaba que una esposa y una familia lo convencieran para que lo dejara todo y sentara la cabeza.

Estaba a punto de desviarse cuando Virginia «Ginny» Lamb-Crosby lo vio y esbozó una sonrisa triunfal.

–Aquí está mi hijo –Virginia alargó una mano para atraerlo–. Sawyer, te presento a Harrison. Harrison, te presento a Sawyer Thurston.

–Encantado de conocerte –Harrison frunció el ceño–. Thurston...

–Soy hermana de Linc Thurston –le explicó Sawyer, quien ya estaba acostumbrada a tener que explicar su relación con el famoso jugador de béisbol.

–Claro...

Su madre intervino antes de que él pudiera decir algo más.

–Sawyer es de la Sociedad para la Conservación de Charleston y estábamos hablando de las visitas por casas históricas que hacen en vacaciones. Quiere saber si este año pensamos abrir la casa de Jonathan Booth. ¿Qué te parece?

Ese era el tipo de sandeces que le espantaban. Ginny Lamb-Crosby haría lo que quisiera independientemente de la opinión de los demás.

–Creo que deberías preguntárselo a papá porque también es su casa –murmuró Harrison mientras se inclinaba para darle un beso en la mejilla.

Harrison hizo un par de comentarios de cortesía, fingió que tenía que decirle algo a alguien y se disculpó. Mientras recorría el salón de baile sonriendo y saludando a los conocidos, se fijó en una mujer muy hermosa que llevaba un vestido azul cielo. El pelo color miel le caía como una cascada sobre los hombros y mostraba un resplandeciente pendiente. La habitación estaba repleta de mujeres hermosas, pero esa rubia de ojos grandes y labios rosas le llamó la atención porque tenía el ceño fruncido, no sonreía ni parecía divertirse. Ni siquiera parecía escuchar a la morena más baja, más rellena y con una belleza más clásica, que la acompañaba.

Parecía interesada por... Siguió su mirada y se dio cuenta de que estaba mirando fijamente a Tristan, su hermano. Eso debería haberlo disuadido. No tendría nada que ver con un descarte de su hermano por nada del mundo. Sin embargo, esa mujer le despertaba algo más que curiosidad. Sentía una necesidad apremiante de comprobar si esos labios eran tan dulces como parecían, y hacía mucho tiempo que no le pasaba algo así.

Dio la espalda a esa belleza y se dirigió hacia

donde estaba su tía con un grupo de personas al lado de una pantalla de televisión muy grande que proyectaba el vídeo promocional de la Fundación Dixie Bass-Crosby. La fundación, además de ayudar a familias con hijos enfermos, financiaba programas educativos centrados en la alfabetización. Su tía había donado unos diez millones de dólares.

Aunque estuvo charlando con su tía, su tío y ese grupo de personas, su atención volvió hacia la rubia con el vestido azul. Cuanto más la observaba, más distinta le parecía de las mujeres que solían atraerle. Era igual de hermosa, pero no era una chica chispeante que fuera de fiesta en fiesta. Su madre le daría el visto bueno.

Cuanto más la miraba, más constreñida le parecía. No en un sentido sexual, como si no fuese a reconocer un orgasmo aunque lo tuviese delante de las narices, sino en un sentido que indicaba que toda su vida era como una camisa de fuerza. Podría haberse olvidado de ella de no haber sido por lo interesada que estaba por Tristan.

Tenía que averiguar quién era y fue a buscar a su tío. Bennet Lamb lo sabía todo de todos y se dedicaba a la compraventa de habladurías como otros compraban y vendían acciones, inmuebles u obras de arte. Lo encontró rodeado de gente cerca de la barra.

–¿Tienes un segundo? –le preguntó Harrison mientras miraba alrededor para comprobar que su presa no se había escapado.

–Claro –contestó Bennet.

Los dos se retiraron unos pasos y Harrison le señaló a la mujer que le interesaba.

–¿Sabes quién es?

Bennet miró con un brillo burlón en los ojos en la dirección que le había señalado Harrison.

–¿Maribelle Gates? Se prometió hace poco con Beau Shelton. Es de buena familia. Consiguieron conservar la fortuna a pesar de algunos consejos desastrosos de Roland Barnes.

Harrison maldijo para sus adentros el verbo «prometerse». ¿Por qué estaba tan interesada en Tristan si no estaba libre? Quizá estuviese engañando a su prometido... Siguió preguntando para que su tío no pensara que le interesaba una mujer prometida.

–¿Y la morena?

–Maribelle Gates es la morena –Bennet comprendió adónde quería llegar su sobrino y sacudió la cabeza–. Ya, te interesa la rubia. Esa es London McCaffrey.

–London... –paladeó su nombre y le gustó su sabor–. Su nombre me suena.

–Estuvo prometida con Linc Thurston durante dos años.

–Acabo de conocer a su hermana.

Harrison volvió a observar a London mientras su tío siguió hablando.

–Él rompió hace poco el compromiso. Nadie sabe por qué, pero se rumorea que se acuesta con su empleada doméstica –explicó Bennet con una sonrisa maliciosa.

Harrison hizo una mueca de desagradado. Miró a la esbelta rubia y se preguntó qué tornillo habría perdido Linc para dejarla escapar.

–No parece de los que persiguen a la empleada doméstica...

–Nunca se sabe.

–¿Y por qué está todo el mundo convencido de que se acuesta con ella?

–«Convencido» es mucho decir. Digamos que es una conjetura. Linc no ha salido con nadie desde que rompió con London. Nadie ha rumoreado nada sobre otro… idilio y, según he oído, es una viuda joven con un hijo pequeño.

Harrison dejó a un lado la habladuría y volvió a centrarse en la mujer que le interesaba. Cuanto más aventuraba Bennet sobre los motivos de Linc para que rompiera con London, menos le gustaba que ella mostrara interés por su hermano. Ella se merecía algo mejor. Tristan siempre había tratado mal a las mujeres, como lo demostraba su comportamiento durante el reciente divorcio de su esposa desde hacía ocho años. No solo la había engañado desde que se casaron, también había contratado a un abogado matrimonialista sin escrúpulos y Zoe había acabado casi sin nada.

–Si lo que quieres es salir con alguien, me gustaría proponerte…

Harrison no escuchó a su tío y siguió dándole vueltas en la cabeza a London McCaffrey.

–¿Está saliendo con alguien en este momento? –preguntó Harrison interrumpiendo lo que estuviese diciendo su tío.

–¿Ivy? No lo creo.

–No –Harrison se dio cuenta de que no había estado prestando atención a su tío–. London McCaffrey.

–No te acerques a ella –le advirtió Bennet–. Su madre es de lo peor. Fue un personaje de la alta sociedad de Nueva York que cree que tener mucho dinero, y quiero decir mucho dinero, le abrirá las puertas de lo más selecto de Charleston. Sinceramente, esa mujer es una amenaza.

–No me interesa salir con su madre.

–London es igual de arribista. ¿Por qué si no crees que persiguió a Linc Thurston?

–Evidentemente, no crees que estuviese enamorada de él –contestó Harrison en tono irónico.

Sabía muy bien lo elitista que podía llegar a ser la vieja guardia de la alta sociedad de Charleston. Su propia madre había defraudado a su familia al casarse con un hombre de Carolina del Norte que solo tenía sueños y ambición. Él no había entendido los matices de la relación de su madre con su familia y, además, le había dado igual. Lo único que había querido toda su vida había sido retocar coches y conducir deprisa.

Su padre y su tío habían sido mecánicos antes de invertir en la primera tienda de repuestos de automóviles. Cinco años después, los dos tenían una cadena de tiendas por todo el país. Si bien Robert «Bertie» Crosby, su padre, era feliz llevando el timón y dirigiendo el crecimiento de la empresa, Jack, su tío, intentó cumplir el sueño de pilotar coches de carreras.

Para cuando él tuvo edad de poder conducir, su tío ya había conseguido que Crosby Motorsports fuese un equipo ganador. Tristan, como sus hermanos mayores, había entrado en la empresa familiar para no ensuciarse las manos, pero él adoraba cada mancha de polvo y grasa que le adornaba la piel.

–Lo persiguió porque sus hijos llevarían el apellido Thurston –siguió su tío.

Harrison lo meditó. Era posible que London lo hubiese catalogado por su posición social, pero también era posible que hubiese estado enamorada. En cualquier caso, no lo sabría con certeza si no llegaba a conocerla.

–¿Por qué te interesa tanto? –le preguntó Bennet sacándolo del ensimismamiento.

–No lo sé.

No podía decirle a su tío que le intrigaba y le preocupaba el interés de London por su hermano. Durante los dos últimos años, había estado muy preocupado por el constante deterioro de su matrimonio con Zoe. Aun así, no había hecho caso de los rumores sobre las aventuras de su hermano aunque reconocía que Tristan tenía un lado oscuro y una tendencia a ser despiadado. Le remordía la conciencia que Zoe hubiese desaparecido del mapa después haberse separado de Tristan. Al principio, no había querido meterse en lo que parecía que iba a ser un divorcio muy desagradable, pero le habría gustado ser un cuñado mejor.

–¿Sabes a qué se dedica London? –le preguntó a su tío para volver al asunto que le ocupaba.

–Tiene una empresa de organización de todo tipo de festejos –contestó Bennet con un suspiro.

–¿Ha organizado este?

Harrison estaba empezando a tener una idea.

–No. Casi todo lo había hecho Zoe...

Bennet tampoco estaba cómodo al hablar de su exsobrina política.

–Creo que voy a presentarme a London McCaffrey –comentó Harrison.

–No te sorprendas si no le interesas.

–La mitad de mi pedigrí es muy aceptable –replicó Harrison guiñándole un ojo.

–Ella no se conformará con eso.

***

London McCaffrey estaba con Maribelle Gates, su mejor amiga, y no dejaba de mirar al hombre alto e imponente al que se había propuesto hundir en los próximos meses. El exmarido de Zoe Crosby era muy guapo, pero sintió un escalofrío al ver su mirada gélida y el gesto mordaz de sus labios. Según lo que había investigado sobre él, sabía que había sido implacable con su esposa y que la había dejado sin casi nada después de ocho años de matrimonio.

Tristan Crosby, además de haber engañado a Zoe durante su matrimonio, había falseado pruebas para demostrar que la infiel había sido ella y que había incumplido el contrato prematrimonial. Zoe había tenido que gastarse decenas de miles de dólares para rebatirlo y se había gastado lo estipulado en el convenio de divorcio. Un convenio que se basaba en la información sobre la situación económica de su marido y que indicaba que estaba hipotecado y muy endeudado.

El abogado de Zoe sospechaba que Tristan había constituido sociedades pantalla en el extranjero que le permitían ocultar dinero y no pagar impuestos. No era nada raro ni ilegal, pero era difícil seguir el rastro de esos documentos.

–Caray, ese hombre no está nada mal cuando se arregla –comentó Maribelle sin disimular lo impresionada que estaba–. Además, ha estado mirando hacia aquí desde que llegó –le dio un codazo a London–. Sería fantástico que le interesaras…

London dejó escapar un suspiro de desesperación y se giró hacia su amiga para repetirle por enésima vez que no se le pasaba por la cabeza tener una relación amorosa. Entonces, comprobó que se trataba de Harrison Crosby, el hermano pequeño de Tristan.

Era el favorito de los circuitos de carreras gracias a su cuerpo largo y esbelto y a su atractivo rostro, pero para ella era poco más que un niño bien. Zoe le había contado que a su excuñado le gustaban los coches veloces, las mujeres guapas y todo lo que les gustaba a los machitos del sur.

–No es mi tipo –replicó London antes de volver a concentrarse en su objetivo.

–Cariño, yo te quiero –Maribelle arrastró las palabras el estilo sureño–, pero deberías dejar de ser tan melindrosa.

London sintió que el resquemor se adueñaba de ella, pero no lo demostró. Desde que su madre le dio una bofetada por armar jaleo durante la fiesta de su sexto cumpleaños, había decidido que tenía que aprender a disimular sus sentimientos si quería sobrevivir en la familia McCaffrey. A los veintiocho años, era casi imposible saber lo que sentía.

–No soy melindrosa, soy realista.

Él no era el hermano Crosby que le interesaba y no iba a dedicarle ni un segundo de su tiempo.

–Eso es lo malo –se lamentó Maribelle–. Siempre eres realista. ¿Por qué no te dejas llevar alguna vez y te diviertes?

Maribelle, por amabilidad o compasión hacia su amiga, no dijo nada sobre el último intento fracasado de London para subir en la escala social de Charleston. Ya había oído bastante de su madre. Cuando London empezó a salir con alguien de una de las familias más antiguas de Charleston, su madre lo había recibido como la victoria social que había estado persiguiendo desde que se casó con Boyd McCaffrey, consejero delegado de una cadena de restaurantes, y había abandonado su adorada Nueva York para irse a Connecticut. Más tarde, cuando el padre de London aceptó un empleo mejor y se mudaron a Charleston, la situación de Edie Fremont-McCaffrey empeoró considerablemente.

Cuando llegaron, Edie dio por supuesto que sus relaciones en Nueva York, su fortuna y su estilo serían más que suficientes para que la flor y nata de Charleston le abriera las puertas de par en par. Sin embargo, acabó dándose cuenta de que el apellido y los ancestros importaban más que algo tan vulgar como el dinero.

–No es que no quiera divertirme –replicó London–, es que no sé si me interesa el tipo de diversión de Harrison Crosby.

¿No parecería el tipo de mojigata aburrida que había dejado que el guapo y rico Linc Thurston se le hubiese escapado entre los dedos? Se le encogió el corazón. Aunque ya no creía que estuviese enamorada de Linc, había estado dispuesta a casarse con él. Sin embargo, ¿lo habría hecho? No tenía nada claro qué relación tendrían en ese momento si no se hubiese roto el compromiso.

–¿Cómo sabes qué tipo de diversión le gusta a Harrison Crosby? –le preguntó Maribelle para devolver a London al presente.

Se mordió el labio inferior porque no podía explicarle a su amiga que había estado investigando a la familia Crosby. Solo había tres personas que sabían el plan que habían trazado para vengarse de los hombres que las habían agraviado. Lo que Everly, Zoe y ella estaban haciendo no tenía por qué ser ilegal, pero si las descubrían, la represalia podría ser atroz.

–Es piloto de coches –contestó London como si eso lo explicara todo.

–Y es impresionante...

London pensó en todas las fotos que había visto de él. Tenía el pelo moreno y rizado y barba incipiente, llevaba vaqueros y camiseta o el mono azul de piloto con anuncios de patrocinadores desde los pies a la cabeza, lucía la sonrisa y la seguridad en sí mismo de quien sabía que todo le salía bien.

–Será si te gustan desaliñados y rudos –añadió London, a quien no le gustaban así.

–A mí me parece elegante y refinado...

Él tono de Maribelle le picó la curiosidad y desvió lentamente la mirada en su dirección.

El Harrison Crosby de las fotos no se parecía en nada a ese hombre con un traje gris oscuro hecho a medida que le resaltaba la amplia espalda y las estrechas caderas. Sus hormonas reaccionaron con una intensidad inusitada. Estaba perfectamente afeitado y tan elegante que podría haberse bajado de una pasarela. Había desdeñado al chico duro vestido con el mono de piloto y no había captado al atractivo de un hombre seguro de sí mismo.

–Efectivamente, no está nada mal cuando se arregla –reconoció London desviando la mirada para que él no la sorprendiera mirándolo.

–Viene hacia aquí –dijo Maribelle con la voz destemplada.

A London se le aceleró el pulso mientras se deleitaba con su elegancia.

–Domínate –murmuró London, aunque no supo si se lo dijo a su amiga o a sí misma.

–Buenas noches –él tenía una voz grave y profunda como el ronroneo de un gato–. Soy Harrison Crosby, sobrino de Dixie Bass-Crosby.

–El número veinticinco –London se quedó boquiabierta por el tono casi infantil de Maribelle–. Esta temporada estás haciendo una segunda mitad muy buena. Yo soy Maribelle Gates.

Él esbozó media sonrisa muy sexy.

–¿Sigues las carreras? –le preguntó Harrison.

London, mientras él tenía esos ojos azules como el mar clavados en Maribelle, lo miró con espanto. Su cuerpo estaba reaccionando a su cercanía de una manera muy desconcertante.

–Sí –contestó Maribelle–. Mi prometido y yo somos muy aficionados.

London empezó a sentirse como la tercera en discordia mientras su mejor amiga hacía alarde de unos conocimientos asombrosos sobre las carreras de coches. Si bien habían sido amigas íntimas desde que se conocieron en el exclusivo colegio privado al que habían ido, siempre había habido algunas diferencias entre las dos.

Las dos eran de familias adineradas, pero la de Maribelle tenía la categoría social que le había permitido entrar en los círculos que habían cerrado las puertas a London y su familia. Ambas eran hermosas, pero Maribelle siempre había tenido que luchar contra su peso y eso había hecho que se sintiera menos segura sobre su aspecto. Sin embargo, la mayor diferencia era que London siempre había sido la que había tenido más éxito a pesar de su falta de posición social... hasta ese momento.

–¡Oh! –exclamó Maribelle como si se hubiese dado cuenta de repente de que había marginado a London–. He sido muy grosera al monopolizarte. Te presento a London McCaffrey.

–Encantada de conocerte.

Sin embargo, estaba muy molesta por la falta de interés de él y no lo decía del todo en serio.

–Lo mismo digo –Harrison miró alternativamente a las dos mujeres–. Parece que lo sabéis todo sobre mí… ¿Qué hacéis vosotras?

–Yo estoy organizando la boda –contestó Maribelle con una risita absurda.

London tuvo que hacer un esfuerzo para no poner los ojos en blanco y Harrison esbozó una sonrisa condescendiente.

–Me imagino que es un trabajo muy… arduo.

London se mordió el labio inferior para no resoplar en tono de burla.

–Yo tengo una empresa que organiza festejos –explicó London en un tono bastante agresivo.

Sintió que se le acaloraban las mejillas al oír su propio tono. ¿De verdad estaba compitiendo con su amiga prometida por un hombre que ni siquiera le interesaba?

–¿Estás organizando su boda?

London miró a su amiga mientras negaba con la cabeza.

–No.

–¿No es tu… especialidad? –preguntó él demostrando perspicacia.

–Organiza sobre todo actos benéficos y corporativos –intervino Maribelle con una sonrisa tan dulce que fue como una puñalada en el corazón de London.

–Vaya, es una pena –London sintió un hormigueo en las manos cuando Harrison la miró a los ojos–. Mi hermano cumple cuarenta años el mes que viene y quería organizarle una fiesta. Sin embargo, no sé ni por dónde empezar. Supongo que no te gustaría ayudarme…

–Yo…

Su primer impulso fue rechazarlo, pero había estado buscando la manera de entrar en la órbita de Tristan y organizar su cumpleaños sería un paso enorme en esa dirección.

–No suelo organizar festejos personales, pero me encantaría reunirme contigo para hablar del asunto –terminó ella.

London sacó una tarjeta del bolso y se la entregó a él.

–London McCaffrey –leyó él–. Propietaria de ExcelEvent. Te llamaré –entonces, esbozó una sonrisa arrebatadora–. Encantando de conoceros a las dos.

London no pudo apartar la mirada de su espalda durante unos segundos. Cuando volvió a mirar a Maribelle, su amiga tenía una sonrisa burlona.

–¿Qué te había dicho? Necesitas divertirte un poco.

–Es un trabajo –London recalcó cada palabra para que Maribelle no interpretara mal la reunión–. Está buscando a alguien que le organice la fiesta de su hermano y por eso le he dado la tarjeta.

–Claro –los ojos color avellana de Maribelle dejaron escapar un destello–. Lo que tú digas, pero creo que lo que necesitas es que alguien te haga olvidar lo que pasó entre Linc y tú y, en mi no muy modesta opinión, él –señaló la figura que se alejaba– es el hombre perfecto para ese cometido.

Todo lo que ella había leído sobre Harrison decía que le gustaba hacerse el duro y que la relación sentimental más larga le había durado poco más de un año. Ella había decidido que su próximo idilio sería con un hombre serio, alguien con quien tuviese muchas cosas en común.

–¿Por qué lo crees? –le preguntó London sin poder entender el razonamiento de su amiga–. Que yo sepa, es como Linc: un atleta con todas las mujeres que quiera a su disposición.

–Es posible que esté buscando la mujer indicada para sentar cabeza... –Maribelle había cambiado de opinión sobre los hombres y el amor desde que había empezado a salir con Beau Shelton–. ¿No puedes darle una oportunidad?

London suspiró. Maribelle y ella habían tenido esa conversación infinidad de veces, siempre que su amiga intentaba endosarle a uno de los amigos de Beau. Si aceptara, quizá Maribelle dejara de incordiarle.

–No estoy preparada para salir con nadie.

–No lo plantees así –replicó Maribelle–, tómatelo como si pasaras el rato con alguien.

Como ella ya estaba pensando lo que tenía que hacer para que Harrison la llevara hasta Tristan, podía prometer eso sin ningún problema.

–Le daré una oportunidad a Harrison Crosby si así dejas de darme la tabarra –concedió London disimulando la satisfacción por matar dos pájaros de un tiro.

Capítulo Dos

Harrison pasó más de los veinte minutos habituales en el cuarto de baño del ático con vistas al río Cooper mientras se preparaba para la reunión con London McCaffrey. Hacía un año había salido una temporada con una mujer que le había dado algunas indicaciones sobre detalles… cosméticos que les gustaban a las mujeres. En su momento, lo tomó con escepticismo, pero después de haber probado distintas lociones, exfoliantes para la cara y otros productos, le habían sorprendido los resultados y había cosechado los beneficios del aprecio de Serena.

Durante la temporada de carreras estaba concentrado en otras cosas y no se dedicaba a actividades tan superficiales. Ese día, sin embargo, se había aplicado todo lo que había aprendido, había comprobado que no le quedaba nada de crema en las manos, se había cortado las uñas minuciosamente e, incluso, se las había limado un poco para que estuviesen muy lisas.

Mientras miraba los vaqueros negros, el jersey de cuello cerrado gris y los mocasines de ante granates, decidió que a una mujer con tanto estilo como London le gustaría que un hombre se acicalara. Además, la verdad era que su nada desdeñable seguridad en sí mismo aumentó más todavía cuando a la recepcionista de ExcelEvent se le cayó la baba al verlo entrar en las oficinas de la calle King.

–Usted es Harrison Crosby –exclamó la esbelta morena con los ojos como platos– y está aquí…

La chica se quedó boquiabierta y se agarró al borde del mostrador como si tuviera que sujetarse.

–¿Le importaría decirle a London que ya he llegado? –le preguntó él con una sonrisa.

–Claro, naturalmente –ella descolgó el teléfono y marcó un número sin dejar de mirarlo–. Harrison Crosby está aquí… De acuerdo, se lo diré –volvió al colgar el teléfono–. Vendrá enseguida. ¿Quiere un café, agua…?

–No, gracias.

–Si quiere sentarse… –la recepcionista señaló un sofá–. No tardará.

–Gracias.

Harrison no se sentó y se quedó de pie. Mientras esperaba, miró alrededor para hacerse una idea de los gustos de London.

Le vibró el teléfono en la mano y suspiró cuando vio el mensaje en la pantalla. Aunque se tomaba libres los lunes y martes durante la temporada, no pasaba ni una hora sin que el equipo se pusiese en contacto con él mientras preparaban el coche para la siguiente carrera. Cada circuito era distinto y había que adaptarlo a sus características, había que cambiar el peso, la altura, los amortiguadores, los neumáticos, los frenos y una docena más de variables. Por primera vez desde hacía mucho tiempo, se planteó no contestar el mensaje. La información podía esperar hasta que hubiese terminado la reunión con London.

Una especie de brisa con un olor primaveral le acarició la piel antes de que London McCaffrey dijera su nombre.

–Señor Crosby.

Levantó la mirada del teléfono y se le alteró el pulso. Llevaba un vestido color melocotón sin mangas y unos zapatos de tacón con un estampado de flores. El pelo rubio y ondulado le caía por los hombros. Se dirigió hacia él con una mano tendida y una perfección femenina algo distante. Se la estrechó y notó que tenía los dedos fríos y suaves.

–Me alegro de verle otra vez –añadió ella.

–Pienso llamarte London –él se inclinó un poco para captar mejor el olor de su perfume floral–, así que será mejor que me llames Harrison.

–Harrison.

Ella no le soltó la mano y lo miró con los ojos ligeramente cerrados. No fue una mirada tímida, fue más bien como si estuviese tanteándolo. Entonces, soltó su mano y señaló hacia un pasillo que había detrás del mostrador de recepción.

–¿Vamos a mi despacho…?

London se dio media vuelta, se puso en marcha y se paró para hablar con la recepcionista.

–Missy, ¿has podido ponerte en contacto con Grace?

–He tenido que dejarle un mensaje. ¿Quiere que se la pase cuando llame?

Missy miró a Harrison mientras hacía la pregunta.

–Sí. Es urgente que hable con ella.

London entró en el despacho y miró a Harrison. El despacho, como la recepción, era un espacio sereno y con una decoración monocroma.

–Espero que no te importe la interrupción, pero estoy organizando las bodas de oro de los padres de un clienta para dentro de una semana y necesito que sopese algunas cosas que han surgido. Está en el extranjero y no va a volver hasta justo antes de la fiesta.

–Entiendo. Supongo que tendrás muchos frentes abiertos.

–Sí –ella le señaló una mesa y cerró la puerta–. Siempre tengo varios proyectos en marcha.

–¿Lo haces todo tú sola?

La siguió con la mirada mientras iba hacia la mesa y tomaba un bloc de notas y un bolígrafo.

–No, tengo ayudantes –le explicó ella mientras se sentaba enfrente de él–. La mayoría a tiempo parcial, pero tengo dos empleadas a tiempo completo, aparte de Missy, la recepcionista.

–No sabía que fuese una empresa tan grande.

Ella sonrió levemente para agradecer el halago.

–He tenido suerte y he crecido deprisa desde el primer momento.

–¿Cuánto tiempo llevas en esto?

Harrison se dejó caer sobre el respaldo y le miró los esbeltos hombros y los brazos desnudos. Ella se inclinó hacia delante, con los brazos en la mesa y el bolígrafo entre los dedos.

–Casi seis años. Empecé nada más terminar la universidad.

–¿Por qué una empresa de eventos?

Ella entrecerró los ojos como si se hubiese dado cuenta, de repente, que estaba interrogándola, pero no se alteró lo más mínimo cuando contestó.

–Mi madre tenía una vida social muy activa cuando vivía en Nueva York y siempre ha tenido mucho peso en los actos benéficos. Empecé a asistir a todo tipo de actos cuando era adolescente y la mayoría me parecían muy aburridos porque no conocía a nadie. Para entretenerme, me dedicaba a analizar la comida, la decoración y todo lo que formaba parte de la fiesta. Cuando llegaba a casa, lo anotaba y estudiaba lo que yo habría hecho de otra manera.

Harrison asintió con la cabeza.

–Se parece mucho a cómo empecé yo en las carreras de coches. Mi tío me dejaba que lo ayudara con la parte mecánica, pero también me dio la oportunidad de ponerme detrás de un volante en cuanto tuve la edad. Con catorce años, podía desmontar un motor entero y volver a montarlo.

–Me parece que los dos sabíamos lo que queríamos hacer desde que éramos muy pequeños.

–Una cosa que tenemos en común...

Y él esperaba que tuviesen muchas más. Ella se aclaró la garganta como si se hubiese dado cuenta de que se habían metido en terreno personal.

–Me contaste que estás interesado en que alguien organice una fiesta para tu hermano, ¿no?

–Sí –a él le admiró cómo había vuelto al motivo principal de su visita–. El mes que viene cumple cuarenta años y he pensado que alguien debería organizarle algo.

Él, después de haber conocido a London la otra noche, había llamado a su madre y había confirmado que nadie estaba haciendo nada para el cumpleaños de Tristan. Antes, Zoe, la exesposa de Tristan, se ocupaba de esas cosas, pero ya no se podía contar con ella.

–Cuéntame algo sobre tu hermano –le pidió ella dando golpecitos con el bolígrafo en el bloc.

Él lo pensó un minuto. ¿Qué sabía de Tristan? No solo les separaban ocho años. Tenían opiniones muy distintas sobre el dinero, las mujeres y las carreras profesionales. Tampoco habían estado muy unidos de pequeños. La diferencia de edad significaba que habían ido a colegios distintos.

–Dirige la empresa familiar desde que nuestro padre se medio jubiló hace cinco años –empezó a contarle Harrison–. Crosby Automotive es una cadena de tiendas de repuestos y de talleres de reparación que se extiende por veinte estados y está valorada en miles de millones de dólares. También tenemos uno de los mayores grupos de concesionarios de la Costa Este.

–Y tú eres piloto de carreras.

Lo dijo en un tono neutro, sin juzgarlo, pero él supuso que alguien tan cabal como London McCaffrey no tendría una opinión muy buena sobre lo que hacía. Le parecería mejor alguien como Tristan, quien se ponía un traje muy caro y se pasaba el día detrás de una mesa en un despacho. Por otro lado, había estado prometida a un jugador de béisbol y, seguramente, él era el único que estaba prejuzgando.

–Soy uno de los cuatro pilotos de Crosby Motorsports.

–El coche número veinticinco.

London garabateó un dos y un cinco en el bloc y los rodeó con unas estrellitas.

–Sí –confirmó él mirándola con asombro.

–Jamás he visto una carrera.

Ella levantó los ojos, vio que él estaba mirándola y tapó el dibujo con el bolígrafo, como si le avergonzara.

–Pues tienes suerte –comentó él–, el domingo tengo una carrera en Richmond.

–Bueno, no creo... –replicó ella abriendo los ojos.

–Es mi última carrera de la temporada –insistió él en el tono más persuasivo que pudo.

–No es lo mío.

–¿Qué lo es?

–¿Lo mío? –ella frunció el ceño–. Creo que nada en concreto. Trabajo mucho...

–Y eso no te deja tiempo para divertirte.

–Según lo que me contó una amiga sobre el calendario de los pilotos, me gustaría saber cuándo bajas el ritmo para divertirte.

–Aquí estoy. No paro en casi todo el año.

Ella asintió con la cabeza como si eso diese por terminado el tema.

–Entonces, ¿a cuántas personas tenías pensado invitar al cumpleaños de tu hermano?

–A unas cien.

–¿Tienes un presupuesto?

Ya estaba más relajada al haber vuelto al terreno que dominaba y pasó a una hoja en blanco para tomar notas.

–Que no pase de diez.

–¿Diez mil?

Pareció un poco sorprendida y él se quedó preguntándose si era poco o mucho.

–Esa cantidad nos permite elegir entre varios locales. Naturalmente, vamos un poco justos de tiempo porque es al principio de la época de vacaciones. ¿Tienes pensada alguna fecha concreta?

–Su cumpleaños es el cinco de diciembre.

–Le diré a Missy que empiece a llamar para ver qué hay libre.

London se excusó y fue a hablar con la recepcionista, pero volvió antes de que él pudiera leer los mensajes que había recibido.

–¿Estás pensando en una cena sentados con cóctel antes y baile después o en algo más desenfadado?

–Mi madre está empeñada en que sea algo formal, pero descartaría el baile. A lo mejor, un grupo de jazz para que la gente pueda mezclarse y charlar.

–Hiciste bien en pedirle su opinión –comentó ella–. Mi última pregunta por el momento es si has pensado en algún tema.

¿Tema? Él se quedó boquiabierto.

–Bueno, solo había pensado que cumple cuarenta años...

–¿Algún... juego de colores?

Él empezó a desear cada vez más que hubiese encontrado otra manera de conectar con London McCaffrey.

–¿Propones algo?

Ella arrugó los labios y pensó la pregunta.

–Elaboraré tres ideas y te las pasaré. ¿Qué has pensado para la comida?

–¿No depende del sitio que elijamos?

–Sí, pero podríamos ir descartando sitios si prefieres marisco, carne o pollo, por ejemplo.

–Ya, ¿puedo pensarlo?

Ella negó ligeramente con la cabeza e insistió.

–Dime lo primero que se te ocurra.

–Marisco.

–Hay bastantes sitios muy buenos –replicó ella mientras lo anotaba.

Aunque él jamás había organizado algo así, le pareció que todo iba sobre ruedas con London a los mandos. Estaba demostrando que era eficiente y que sabía lo que hacía.

–Lo haces muy bien –comentó él.

–Es lo que hago para ganarme la vida.

–No es que me sorprenda, es que jamás había celebrado una fiesta de cumpleaños para nadie y estás haciendo que todo sea muy fácil.

–Si no te importa que te lo pregunte, ¿cómo has acabado ocupándote tú de este festejo?

–Me ofrecí voluntario porque quería llegar a conocerte mejor y un amigo me avisó de que no me darías la más mínima oportunidad.

–¿Llegar a conocerme mejor? –ella lo preguntó más con curiosidad que con fastidio o placer–. Entonces, ¿decidiste contratarme para que organizara la fiesta de cumpleaños de tu hermano? Deberías saber que no salgo con mis clientes.

Él, a pesar de la advertencia, tuvo la sensación de que no estaba cerrándole todas las puertas.

–Dijiste que tus clientes suelen ser empresas. Esto podría ser una oportunidad muy buena para que te conozca Crosby Automotive y yo tengo la oportunidad de trabajar con una mujer que me intriga. Todos salimos ganando.

–Todos salimos ganando… –repitió ella sin disimular el interés.

El bolígrafo de London recorría al bloc de notas mientras dibujaba distraídamente un centro de flores y pensaba las palabras de Harrison. Había dado saltos de alegría cuando él la había llamado para concertar la cita. Si organizaba la fiesta de cumpleaños de su hermano, ya no tendría que seguir pensando qué podía hacer para acercarse lo bastante a Tristan y así averiguar cómo hundirlo. Cuanto más sabía sobre el exmarido de Zoe, más ardua le parecía la tarea. La frustración iba adueñándose de ella cada vez que pensaba en ese pacto irreflexivo que había hecho hacía unos meses. ¿En qué había estado pensando para aceptar algo que podría causarle problemas en el futuro si no tenía mucho cuidado? Sin embargo, ¿cómo iba a echarse atrás cuando Zoe y Everly ya tenían sus planes en marcha?

–¿Quieres cenar conmigo esta noche? –le preguntó Harrison.

Lo inesperado de la invitación, mezclado con el cosquilleo que le producía su cercanía, la sorprendieron desprevenida y se quedó desorientada por el placer que sentía por dentro.

–Yo…

Había estado tan concentrada en la misión de ayudar a Zoe que ni se le había ocurrido la posibilidad de tener una relación personal con Harrison. En ese momento, la situación se había complicado.

–No he podido dejar de pensar en ti desde que te conocí la otra noche en la fiesta –reconoció él con un brillo en los ojos–. No sales con los clientes, pero no hay nada que te lo prohíba. Déjame que te invite a cenar.

–Mañana sería mejor –replicó ella casi sin saber qué decir.

–Mañana me voy a Richmond con el equipo. Solo puedo hoy.

Estaba a punto de rechazarlo cuando él dejó de sonreír y sus ojos resplandecieron de tal manera que a London le costó respirar. El atractivo de ese hombre era inconmensurable y se encontró deleitándose con el resplandor de su admiración, aunque, al mismo tiempo, no podía evitar preguntarse si era sincero o solo quería halagarla para acabar acostándose con ella. Lo que era peor, tampoco sabía si le importaba.

Se acordó de lo que le había dicho Maribelle. Podía divertirse un poco y acostarse con Harrison Crosby podría ayudarle a pasar la página de Linc... solo si no utilizaba a Harrison en su plan de venganza.

–No quiero tener que esperar otra semana para salir una noche contigo –siguió él mientras ella se debatía con su conciencia.

–Me siento halagada –comentó ella para ganar tiempo.

–Eso no es verdad.

Harrison no era el tipo de caballero sureño a los que estaba acostumbrada, a los que podía dominar con un dedo. Tenía un atractivo sexual descarado que la excitaba y que hacía que se sintiera impulsiva. Se quedó pasmada cuando sintió unas ganas casi incontenibles de agarrarlo del jersey para besarlo.

–De verdad...

La intuición le avisaba a gritos que se alejara, que la debilidad hacia ese hombre podría llegar a ser muy peligrosa.

–Crees que coqueteo contigo porque quiero acostarme con todas las mujeres que conozco.

–Ni lo soñaría...

Ella lo murmuró con inocencia mientras miraba el bloc de notas y se daba cuenta de que había estado dibujando corazones. Pasó la página apresuradamente y dejó el bolígrafo.

–No te hagas la Scarlett O'Hara conmigo –replicó Harrison–. No voy a mentirte y a decirte que no me imagino que acabemos en la cama, pero estoy dispuesto a disfrutar del trayecto, no solo del destino.

La indignación se adueñó de London, pero mezclada con cierta curiosidad burlona. Maldito fuese ese hombre, su descaro al hablar estaba teniendo un efecto insospechado en ella.

–Pareces muy seguro de ti mismo. ¿Qué te hace pensar que me interesas en ese sentido?

–Que sigas hablando de eso conmigo en vez de haberme expulsado con cajas destempladas.

–¿De verdad crees que eres el primer cliente que coquetea conmigo?

–Estoy seguro de que no lo soy –él no parecía nada impresionado por la actitud de ella–, pero creo que vas a darme una respuesta distinta que a todos los demás.

Le fastidiaba que tuviese razón y no le consolaba pensar que lo habría rechazado de plano si no hubiese hecho ese trato con Zoe y Everly porque no era verdad.

–Cenaré esta noche contigo –concedió ella–, pero elegiré yo el sitio y te esperaré allí.

–Y te prometo que me portaré como todo un caballero.

–Me temo que no tienes nada de caballero –ella sintió un escalofrío de placer solo de pensarlo–. ¿Aceptas mis condiciones?

–¿Cómo no voy a aceptarlas si así te sientes segura?

Le irritó que hubiese empleado la palabra «segura». No había puesto esas condiciones porque se sintiera nerviosa con él, sino para que entendiera que no era una de esas mujeres que se morían de ganas por tener un anillo con un diamante de cinco quilates en la mano izquierda.

–¿Quedamos en The Front Porch a las ocho?

–Perfecto.

Entonces, ella volvió a hablar del motivo original de esa reunión.

–Estaría bien que pudiéramos vernos la semana que viene para visitar un par de sitios.

Ella ya se había hecho una idea del festejo por todo lo alto que pensaba organizarle.

–Estaré aquí el lunes y el martes.

Ella tomó el teléfono y comprobó la agenda.

–¿Te parece el lunes a las dos de la tarde? Cuanto antes reservemos un sitio, antes podremos entrar en detalles. Además, pensaré algunas cosas y te las mandaré a lo largo de esta semana.

–Me parece muy bien.

Harrison se levantó.

–¿Estás segura de que no quieres venir a Richmond para ver mi carrera? –le preguntó él mientras ella lo acompañaba a la puerta.

London miró a la recepcionista. Missy estaba con las antenas puestas.

–No sé…

–Podrías llevar a tu amiga Maribelle, se llamaba así, ¿no?

–Sí… –se desanimó un poco ante la idea de compartir las atenciones de Harrison–. Quiero decir, sí, se llama Maribelle. Ella y su prometido, Beau, son muy aficionados.

–Que vengan los dos. Os conseguiré asientos en nuestro palco.

London se acordó de lo entusiasta que había

estado Maribelle después de haber conocido a Harrison. Le extrañaba que ese deporte ruidoso y aburrido pudiera gustarle a una dama sureña.

–Veré si está ocupada y te lo diré –replicó ella antes de pensarlo un poco.

Tenía que llegar hasta Tristan y Harrison era la mejor manera de conseguirlo. A juzgar por cómo se le aceleraba el pulso cada vez que él le sonreía, no le costaría gran cosa parecer interesada. Solo tenía que mantener controlados los impulsos del cuerpo y que la cabeza solo pensara en la venganza.

Harrison pareció quedarse un poco sorprendido por el cambio de opinión, pero sonrió lentamente.

–Perfecto.

–Fantástico –murmuró ella mientras le tendía la mano.

Había sido un gesto profesional, pero sintió una descarga eléctrica por todo el brazo cuando él le tomó los dedos entre los suyos... Tenía una misión y Harrison era una pieza esencial para que pudiera cumplirla. Una cosa era que se aprovechara del interés de él por ella, pero corresponder a esa atracción solo podía darle problemas.

–Hasta las ocho.

London se dio cuenta de que seguían dándose la mano y soltó la suya.

–A las ocho –repitió ella mientras abría la puerta para que Harrison saliera a la calle.

Se despidieron y ella se dirigió a la recepcionista sin perder un segundo en mirar cómo se alejaba él. Missy estaba disimulando que trabajaba. Si le preocupaba que la vieran en público con él, no debería haberlo acompañado afuera.

Se dejó caer en la silla del despacho y no hizo caso del leve temblor de manos mientras tomaba el ratón para desactivar el salvapantallas. Miró el bloc y la mezcla de notas y garabatos. Había diez corazones, como mínimo, por toda la página. ¿En qué había estado pensando?

Tenía que dominar con más fuerza el subconsciente o podía pasar cualquier cosa.

Llamó a Maribelle para ponerle al tanto de todo lo que había pasado y transmitirle la invitación de Harrison.

–Beau se va a quedar maravillado. ¿Crees que Harrison podrá llevarnos a boxes el día de la carrera?

–Es posible. Puedo preguntárselo... –London pasó la yema de un dedo por el veinticinco que había vuelto a garabatear en el bloc–. Esta noche vamos a salir a cenar.

Maribelle dio un alarido tal que London tuvo que separarse el teléfono de la oreja.

–¿Lo ves? Sabía que estaba interesado por ti. ¿Adónde vais? ¿Va a llevarte a un sitio romántico? ¿Vas a acostarte con él? Yo lo haría. Estoy segura de que es muy bueno en la cama. Es muy sexy. He leído que está... en plena forma. Daría cualquier cosa por echarle las manos encima.

–¿Tengo que recordarte que estás prometida? Será mejor que moderes lo que dices. A Beau podría no gustarle que dijeras esas cosas de otro hombre.

–No te preocupes, mi Beau sabe que es posible que mire a otros, pero que tiene todo mi corazón.

London sintió cierta envidia por una declaración tan firme y entrañable. ¿Había estado ella tan entregada a Linc? No había hecho falta. No había mirado a nadie desde que se convirtió en su novio, y ella había creído que él era igual. Su confianza en él no había flaqueado ni un momento aunque sabía que habría muchas mujeres arrojándose a sus brazos mientras estaba fuera de la ciudad durante la temporada de béisbol. Jamás se había imaginado que su competidora podía ser alguien tan insospechado y tan… cercano.

–Sois muy afortunados por teneros el uno al otro –comentó London sinceramente.

–Encontrarás a alguien –replicó Maribelle en tono tajante–. Además, te amará y hará que te sientas segura.

Otra vez la palabra «segura» y London se irritó de nuevo. Era una mujer fuerte y competente que no necesitaba a un hombre para sentirse segura. Aunque se repetía esa letanía en la cabeza, cierta melancolía le atenazaba una parte diminuta de sí misma. ¿Qué se sentiría cuando cuidaban de una? No quería un respaldo físico o económico, sino un respaldo sentimental, formar parte de una pareja entregada como Maribelle y Beau.

Era algo que no había conocido cuando era pequeña. Sus padres habían depositado en ella unas expectativas enormes. Su padre era un empresario autoritario que le había metido en la cabeza que solo podía triunfar, y se había pasado toda la infancia aterrada por el miedo a no obtener notas suficientemente altas. Se había impuesto un régimen de clases muy riguroso, había participado en el consejo escolar, en el equipo de fútbol femenino y en el club de debates. No recordaba ni un momento durante el instituto y la universidad en el que no estuviese agotada o dominada por la angustia.

Su madre no era menos exigente. Si bien su padre había esperado que triunfara en el terreno profesional, su madre había esperado que lo hiciera en el social y, para conseguirlo, la había arrastrado a cientos de actos sociales y le había dedicado cientos de horas a trabajar como voluntaria. Prometerse a Linc había sido un triunfo, pero, aun así, tenía muy claro que hiciera lo que hiciese, nunca sería suficiente.

–Acabo de escribirle un mensaje a Beau y propone que volemos el sábado y volvamos el domingo –siguió Maribelle–. Dice que así podremos ver los entrenamientos. ¿Qué te parece? Tú sueles tener trabajo los sábados por la noche, ¿no?

Le habría resultado muy fácil utilizar el trabajo como excusa, pero vio que su amiga estaba tan emocionada que dejó escapar un suspiro de rendición.

–Solo tenemos una pequeña fiesta de aniversario y Annette va a ocuparse.

Para su propia sorpresa, se dio cuenta de que estaba deseando salir de la ciudad. Había trabajado como una loca desde que Linc rompió el compromiso. Mantenerse ocupada le había parecido la mejor manera de no darle vueltas a esa relación fallida.

–Además, como Beau va a llevarnos, yo me encargaré de las habitaciones de hotel.

–Deberíamos ir a comprarnos algo para la ocasión. Es más, deberíamos ir de compras ahora mismo.

London se imaginó a su amiga tomando el bolso y corriendo hacia el coche.

–¿Qué prisa tienes?

–Tengo que cerciorarme de que esta noche no te pones algo que proclame a los cuatro vientos que no quieres acostarte con nadie.

–Es que no quiero.

–¿Has estado con alguien después de Linc?

–Sabes que no.

–Tienes que sacarte un clavo con otro clavo y me parece que Harrison Crosby sería perfecto.

No le sorprendió que Maribelle le dijese lo mismo que había estado pensando ella hacía una hora. Eran amigas desde hacía tanto tiempo que algunas veces una terminaba la frase de la otra.

–¿Por qué lo dices? –le preguntó London.

–Porque jamás sentarías la cabeza con alguien como él y eso hace que sea perfecto para un revolcón esporádico.

A London estaba empezando a gustarle la idea de darse un respiro tórrido con un piloto de coches muy sexy. Todavía, no se había acostado con nadie sin sentimientos de por medio. Además, también era posible que saber que no iba a enamorarse de él fuese un punto extra para lo que estaban tramando Everly, Zoe y ella.

–Podrías tener razón...

Quizá no fuese mala idea dejarse llevar un poco por la sintonía sexual y tener una relación esporádica. Los dos eran adultos. ¿Qué daño podía hacerles?

Capítulo Tres

Harrison llegó a The Front Porch diez minutos antes de la hora y fue a la barra para esperar a London. Desde que salió de su despacho esa mañana, había estado temiendo que ella lo llamara para cancelar la cita. Sin embargo, a medida que pasaban las horas, había estado cada vez más seguro de que ella no se resistiría a la atracción que sentían. Sin embargo, en ese momento, mientras contaba los minutos, la angustia le atenazaba las entrañas.

El efecto que tenía ella en él debería haber bastado para que hubiese salido corriendo en dirección contraria. Ya sospechaba que eran muy distintos en algunas cosas fundamentales. Por ejemplo, London no era su tipo y estaba muy claro que él tampoco era el de ella. Era elegante y distante, muy distinta de las chicas con ganas de divertirse que rondaban por los circuitos.

También se imaginaba que sería muy mandona en una relación. Esa noche era un ejemplo. Ella había elegido el sitio y la hora para dejar muy claro que si él quería jugar, sería con las reglas de ella. Sonrió con sarcasmo. Podía poner todas las reglas que quisiera, se las saltaría todas. Se abrió la puerta del restaurante y a Harrison le dio un vuelco el corazón antes de que viera completamente a la mujer que entraba. Para ser alguien acostumbrado a sortear sin pestañear colisiones a velocidades de vértigo y a soportar sin inmutarse un estrés muy fuerte durante mucho tiempo, Harrison no supo cómo interpretar que se le hubiese parado el pulso por la llegada de London.

Ella echó una ojeada para buscarlo y él, con la respiración entrecortada, pudo observarla con detenimiento unos segundos. Se había puesto un impresionante vestido azul marino con un escote que le permitía ver los delicados hombros y las cavidades que tenía encima de las clavículas. La tela se le ceñía al torso, le resaltaba la curva de los pechos, y se abría en la cintura en una falda con vuelo que le llegaba hasta las rodillas. El color oscuro contrastaba con la blancura de su piel y entonaba con los ojos azules. Se había recogido el pelo en un moño suelto en la nuca y había dejado que unos largos mechones dorados le enmarcaran el rostro. Los únicos complementos eran unos pendientes de perlas.

Cuando lo vio, esbozó una sonrisa titubeante que lo alcanzó como un rayo. Se abrió paso entre el gentío del bar casi sin poder dominar los nervios.

–Estás impresionante –murmuró él mientras la agarraba del brazo y se inclinaba para darle un beso en la mejilla.

Ella se puso tensa por esas confianzas, pero no dejó de sonreír cuando él se apartó para mirarla.

–Gracias.

London lo dijo en un tono que no fue ni tímido ni insinuante y se fijó en sus vaqueros, en su camisa azul claro y en su chaqueta marrón claro.

–Tú vas muy elegante –comentó ella sacándole un poco el pañuelo azul marino que llevaba en el bolsillo de la chaqueta.

–Me alegro de que te guste –replicó él sinceramente–. También me alegro de que pudieras venir a cenar conmigo.

–Fuiste muy amable al invitarme.

Una vez terminados los cumplidos, Harrison le puso la mano en la espalda y la acompañó hasta el maître, quien los llevó a una mesa junto al ventanal y con vistas a la calle King.

–¿Vienes mucho por aquí? –le preguntó Harrison una vez sentados.

Miró la carta, que estaba especializada en productos muy frescos, y se fijó en las vieiras con yogur ahumado, remolacha y pistachos.

–La verdad es que no había venido nunca, pero es uno de los sitios favoritos de Maribelle y Beau. Si primera cita fue aquí y aquí se prometieron –London abrió los ojos como si se hubiese dado cuenta de lo que había dado a entender–. No paran de hablar de lo buena que es la comida y lo he elegido por eso.

–Estoy deseando comprobar si tienen razón.

–Entonces, ¿tú tampoco habías venido nunca?

–No salgo mucho.

–Me cuesta creerlo.

–Es verdad. Paso tanto tiempo de un lado a otro que cuando llego a casa, me gusta recogerme para cargar las pilas.

–¿De verdad?

–Dedico mucho tiempo y atención a los coches y las carreras; a analizar a los contrarios, a estudiar las pistas y a intentar mejorar.

–He investigado un poco sobre ti y he comprobado que eres muy importante en las carreras –London se sonrojó cuando él arqueó las cejas–. Sales en muchos sitios y vas a muchos actos.

–Solo para promocionar Crosby Motorsports. La verdad es que soy introvertido.

Harrison se dio cuenta de que ella no se lo creía.

–Eso es imposible, tienes muchísimos admiradores.

–No me interpretes mal. Hago las ruedas de prensa que tengo que hacer y me reúno con mis admiradores, pero no me divierte. Prefiero enredar con los coches o salir con mis amigos.

Ella hizo una mueca de extrañeza.

–Me imaginaba que estarías todo el rato en público recibiendo elogios y disfrutando de la fama.

–Me parece que tienes una imagen muy manida de mí –él frunció el ceño–. ¿Por qué?

–No es por ti –London movió la copa de vino y se quedó como absorta por el reflejo de la luz–. Supongo que es por lo que haces. He pasado mucho tiempo rodeada de estrellas del deporte y a la mayoría les encanta ser famosos; lo admiradores que los adoran, el trato especial que reciben en todos sitios... Hace que actúen como si tuvieran derecho a todo.

Evidentemente, era una opinión que se había formado durante su relación con Lincoln Thurston. Thurston, como jugador profesional de béisbol, habría disfrutado de la fama que le correspondía, pero tenía que convencerla de que él no estaba cortado por el mismo patrón.

–No todos son así –insistió Harrison.

–La mayoría.

–¿Linc era así?

Harrison lo preguntó aunque sabía lo arriesgado que era pedirle detalles sobre algo que podía ser doloroso para ella.

–No quiero hablar de él.

El tono tajante de London fue como una advertencia para Harrison, pero, aun así, él necesitaba saber dónde tenía la cabeza ella.

–¿Es porque todavía no has superado la ruptura?

¿Cómo iba a haberla superado? Él también había investigado un poco y sabía que solo habían pasado dos meses desde la ruptura y que habían estado dos años prometidos.

–La he superado –aseguró ella con un destello dorado en los ojos azules.

–¿También le has… superado a él?

–Estuvimos tres años juntos –contestó ella resoplando con desesperación.

–¿Eso es un «no»?

La expresión de London se endureció y Harrison lo interpretó como otro aviso para que no siguiera por ese camino. Aunque eso no iba a pararlo, merecía la pena luchar por esa mujer.

–No puedo imaginarme lo que ha sido para ti que rompiera el compromiso, pero te escucharé encantado si quieres ponerlo verde –él hizo una pausa y sonrió–. Como si quieres poner verde a todos los hombres en general.

Ella frunció el ceño y él supo que la había desconcertado.

–¿Por qué?

–Porque creo que hay demasiados hombres que tratan mal a las mujeres –contestó él encogiéndose de hombros.

–¿Y tú no? –preguntó ella con escepticismo.

–Estoy seguro de que podrías encontrar a muchas mujeres que se quejan de mí.

–Entonces –ella arrugó un poco los labios–, ¿por qué vas a ser distinto al resto de los hombres?

–Es posible que no lo sea, pero también es posible que la verdad sea que no me aprovecho de los demás solo porque puedo. No soy un majadero que se cree con derecho a todo, como muchas veces puede serlo mi hermano. Tristan trata a las mujeres como si fuesen un entretenimiento.

Harrison sacó a relucir a Tristan para ver cómo reaccionaba London. Había mostrado mucho interés por él durante la fiesta y quería saber por qué.

–Pero ha estado casado hasta hace poco. ¿Estás insinuando que fue infiel? –Harrison sacudió la cabeza y eso aumentó el interés de ella–. Nunca he entendido por qué los hombres se empeñan en tener una relación cuando piensan ser infieles.

Harrison se acordó de lo que le había contado su tío Bennet sobre la infidelidad de Linc Thurston. London tenía motivos para recelar de los hombres que eran tan famosos o adinerados como su exnovio.

–Es una convención social.

–¿Eso es lo que piensas? –le preguntó ella sin salir de su asombro.

–¿No es verdad?

–¿Y qué pasa con el amor?

–No todo el mundo cree en el amor. Mi hermano se casó con una mujer muy guapa, muy joven pasiva y maleable. Durante ocho años, ella fue una acompañante dócil y decorativa y eso satisfizo las necesidades de él –Harrison se acordó de que Zoe iba apagándose con cada aniversario de bodas que pasaba–. Su único fallo fue su incapacidad para hacer feliz a mi hermano.

–¿Era responsabilidad de ella? –preguntó London sin disimular la sorpresa–. Yo creía que en el matrimonio se sustentaban el uno al otro.

–El mío será así –Harrison esperó un segundo para ver cómo lo asimilaba ella–. Creo que la insatisfacción de Zoe con su papel llegó a ser tan grande que no pudo contenerla. Te diré algo sobre Tristan, le gusta salirse con la suya, se pone como una fiera si las cosas no salen como a él le gusta. Me imagino que, para él, el descontento de Zoe era por un defecto de ella, no por algo que hubiese hecho él.

London lo asimiló durante unos segundos antes de volver a hablar.

–¿Estás muy unido a su exesposa?

–Aprecio a Zoe. Es discreta, pero cuando llegas a conocerla, te das cuenta de que es cariñosa y de que tiene un gran sentido del humor.

Podría seguir cantando sus virtudes, pero decidió ajustarse a su propósito original, a demostrarle a London que Tristan no era una buena persona.

–Se merecía algo mejor que mi hermano.

–Espero que te agradeciera que fueses su paladín.

–No estoy seguro. Si hubiese sido mejor amigo, habría evitado que se casara con Tristan.

–A lo mejor no hubieses podido. Algunas veces, tenemos que equivocarnos para aprender.

–Es posible, pero algunas equivocaciones tienen peores consecuencias que otras.

London se dejó caer sobre el respaldo, se llevó las manos al regazo y lo miró fijamente.

–No eres lo que me esperaba.

–Espero que eso sea algo bueno.

–El jurado todavía está deliberando –London esbozó una sonrisa enigmática–. Entonces, don Introvertido, ¿qué te gusta aparte de los coches y las carreras?

–Lo típico de los hombres. Hacer deporte al aire libre, estar con mis amigos… ¿Y a ti? ¿Qué haces cuando no estás trabajando?

–Dormir y comer –ella se rio–. Algunas veces me doy un masaje o un tratamiento facial. Me cuesta relajarme.

–Me parece que no paramos…

–Como los tiburones; o nadas o mueres.

Sonó su teléfono dentro del bolso. Tomó el bolso de mano, lo dejó al lado del plato e hizo una mueca de fastidio. Volvió a sonar como si hubiese recibido un mensaje.

–Lo siento.

–¿Tienes que contestar?

–No –ella dejó escapar un suspiro–. Ya sé de qué se trata.

–Impresionante –bromeó él.

Ella repitió la mueca de fastidio.

–En cuanto a este fin de semana…

Hubo algo en su tono que hizo que él sonriera.

–Has decidido aceptar mi invitación y verme correr en Richmond.

–Hablé con Maribelle y ella y su prometido estaban emocionados por tu invitación.

Su media contestación dejaba lugar a la interpretación.

–¿Y tú?

–No sé en qué estoy metiéndome y me reservo el juicio.

–Algo es algo –murmuró él convencido de que acabaría haciéndose con ella.

–Iremos el sábado por la mañana en avión –siguió ella sin hacer caso del comentario irónico–. Además, a Beau le gustaría saber si podrás llevarnos a boxes.

–Claro.

Ella estaba sentada de frente a la puerta de entrada y, de repente, abrió los ojos como platos. Harrison fue a preguntarle qué le pasaba, pero ella volvió a mirarlo con una sonrisa de oreja a oreja.

–Ya sabes… –London tomó el bolso–. Creo que debería comprobar el mensaje, no vaya a ser que haya algún problema –esbozó una sonrisa nerviosa–. El inconveniente de ser la jefa es que siempre estoy de servicio. Perdóname.

London se levantó y se marchó antes de que él pudiera decir algo, y se quedó mirando cómo se alejaba su espalda.

Everly Briggs caminaba por la calle King, pero no prestaba atención a los restaurantes, tiendas o bares que llenaban las aceras. Estaba plenamente concentrada en el imponente hombre al que estaba siguiendo.

Linc Thurston parecía no darse cuenta del revuelo que levantaba a su paso. Normalmente, el jugador de béisbol se paraba a charlar con los admiradores que se encontraba, pero esa noche parecía ansioso por llegar a su destino.

Desde que Everly, Zoe y London se encontraron en el acto de «Las mujeres hermosas toman las riendas», Everly no había parado de buscar algo que hundiera a Linc. Había rebuscado todas las habladurías posibles y había oído decir que había roto su compromiso con London porque estaba engañándola con su empleada doméstica.

Cuando decidió que no era una aventura pasajera sino una relación secreta y en toda regla, decidió también que esa sería la mejor manera de vengarse de él. En ese momento, tenía planes para sacar a la luz las mentiras de la mujer y socavar su credibilidad. Linc sabría lo que era que lo traicionara alguien a quien amaba.

Naturalmente, sus planes caerían por tierra si se había equivocado sobre lo que Linc sentía hacia Claire Robbins. Por eso, estaba espiándolo para saber si era una aventura esporádica. Estaba tan absorta en sus pensamientos que no se dio cuenta de que Linc se había parado hasta que estuvo a punto de chocarse con él. Pararse de golpe habría sido muy raro y tuvo que seguir de largo, pero pudo ver lo que había llamado la atención de Linc y vio a London junto al ventanal de The Front Porch. Estaba cenando con Harrison Crosby y coqueteaban sin disimulo.

¿Podía saberse qué estaba haciendo London? Tenía que hundir a Tristan Crosby, no salir con su hermano. La irritación se había adueñado de ella cuando llegó al final de la manzana y ya había sacado el teléfono cuando dobló la esquina. Se paró, escribió un mensaje de texto y lo mandó. Aunque las tres mujeres habían acordado no comunicarse para que no descubrieran la trama, tenía que verse las caras con London.

Tenemos que vernos.

Esperó la respuesta con impaciencia y sin dejar

de mirar hacia la calle King porque Linc podría pasar en cualquier momento. Había querido seguir sus indagaciones y le molestaba que el comportamiento de London le hubiese obligado a dar un rodeo. Como London no contestó el mensaje inmediatamente, Everly escribió otro. *Te he visto cenando esta noche. Qué estás haciendo?*

Cuando London no contestó, Everly supo que no le quedaba más remedio que pasar a la acción. Linc había pasado de largo mientras ella escribía el segundo mensaje, pero, en vez de seguirlo, volvió al restaurante. London estaba sentada de frente a la puerta y ella se ocupó de que la viera cuando entraba. Las dos se miraron un instante a los ojos antes de que ella siguiera hasta el fondo, donde estaban los cuartos de baño.

Entró en el de señoras y respiró con alivio cuando comprobó que no había nadie. Se acercó a los lavabos y sacó el pintalabios. Estaba tan furiosa que le temblaron las manos. Linc estaba escapándose mientras ella tenía que vérselas con London.

Cuando London entró por fin en el cuarto de baño, ella estaba más que dispuesta a cantarle las cuarenta.

–¿Qué haces cenando con Harrison Crosby? –le preguntó haciendo un esfuerzo para no gritar–. Deberías estar pisándole los talones a Tristan.

–¿Qué haces tú aquí? –replicó London en un tono poco más elevado que un susurro–. Acordamos que no íbamos a estar en contacto para que esto saliera bien. No pueden vernos juntas.

–He venido para averiguar por qué estás siguiendo al hermano equivocado –replicó Everly sin hacer caso de las objeciones de London.

London se cruzó de brazos y la miró con rabia.

–¿No se te ha ocurrido pensar que Harrison podría ser la mejor manera de llegar a Tristan?

Everly dejó escapar un sonido de desprecio. ¿Cómo podía creer London que iba a tragarse eso? Era evidente lo que estaba pasando.

–A mí me parece, más bien, que te parece atractivo y piensas acostarte con él –London desvió la mirada y Everly supo que había dado en el blanco–. ¿Sabes las consecuencias tan desastrosas que puede tener eso?

–Mira –London parecía convencida de que no estaba haciendo nada malo–, cómo cumplo mi parte del trato no es asunto tuyo. Si alguien nos ve juntas y se descubre que estás detrás de lo que le pase a Linc, podríamos tener un problema.

–Confía un poco en mí. Nadie va a saber que estoy detrás de lo que le pase.

–Da igual. Acordamos que esto solo podía salir bien si no estábamos en contacto. Déjame tranquila.

London se marchó del cuarto de baño antes de que Everly pudiera decir algo.

Everly se quedó echando chispas. Esa situación con London y Harrison Crosby era un problema. Ella tendría que ocuparse de su propia venganza y cerciorarse de que London se mantenía centrada en el plan. Si London no podía llevar a cabo su misión, ella le enseñaría lo que pasaba cuando se dejaba en la estacada a las amigas.

Capítulo Cuatro

London, con el corazón saliéndosele del pecho, se alisó el vestido y volvió lentamente hasta donde estaba Harrison. Los mensajes y la aparición de Everly la habían alterado. Lo que estaban haciendo ya era bastante peligroso, pero si se descubría esa conspiración, podría significar la ruina de sus vidas.

Tampoco podía pasar por alto la pregunta que le daba vueltas en la cabeza. ¿Everly estaba siguiéndola? Se le pusieron los pelos de punta. Si no, ¿cómo había sabido que estaba cenando con Harrison? Además, ¿se había vuelto loca para encararse con ella en un local público donde cualquiera podría haberlas visto? ¿Se habría puesto en contacto con Zoe también? Estuvo tentada de llamar a la tercera integrante de la confabulación, pero estaba enfadada con Everly precisamente por eso.

Tenía los nervios a flor de piel cuando se sentó enfrente de Harrison, y supuso que se le notaba porque Harrison frunció el ceño después de mirarla.

–¿Pasa algo?

–No, nada –London hizo un esfuerzo para sonreír–. He recibido un par de malas noticias sobre un festejo que iba a organizar –la mentira le salió con tanta facilidad que le preocupó–. El cliente no sabía muy bien lo que quería y ha acabado cancelándolo.

–Pareces inquieta. Debía de ser un buen cliente.

–No era extraordinario, pero todos mis clientes son igual de importantes para mí y me fastidia que no haya cuajado.

Aunque no estaba mintiendo, le dejaba un mal sabor de boca estar engañando a Harrison.

–Es posible que cambie de opinión –él sonrió y a ella se le aceleró el corazón por otro motivo–. Estoy seguro de que puedes ser muy persuasiva.

Ese intento de que se sintiera mejor mediante halagos estaba derritiéndola por dentro y aliviando el desasosiego que había sentido. Le sonrió con gratitud mientras el placer se adueñaba de ella. Ese hombre tenía la facultad de cautivarla.

–Si por «persuasiva» te refieres a mandona, estoy de acuerdo contigo –London se dio cuenta de que tenía la tendencia de ir al meollo del asunto sin andarse por las ramas–. Algunas veces me pongo un poco tajante.

–Quieres que se hagan las cosas –Harrison asintió con la cabeza–. Lo entiendo, ganar es lo único que importa.

London pensó que quizá tuvieran más cosas en común de las que había pensado al principio. A los dos les gustaba competir y luchaban por llegar a la meta. Quizá la diferencia fuese que él pilotaba coches a una velocidad de vértigo y tenía que tomar decisiones en milésimas de segundos y ella solía hacer las cosas de una forma más metódica y reflexiva.

–No lo hago exactamente por ganar –replicó London–. Es por el trabajo bien hecho.

–No tiene nada de malo.

–¿Tú ganas muchas carreras? –le preguntó ella mientras jugaba con un pendiente.

–He tenido mis éxitos a lo largo de los años. Suelo terminar entre los diez primeros dos terceras partes de las veces. Menos los dos primeros años, cuando todavía estaba aprendiendo, y otras dos temporadas que estuve apartado de los circuitos por una lesión.

–¿Eso es un buen resultado?

Ella captó su mirada burlona y comprendió que había demostrado una ignorancia absoluta.

–Es una estadística aceptable.

–Entonces, ¿ganar no es importante?

–Claro que es importante, pero hay treinta y seis carreras en una temporada y es imposible estar en lo más alto en todas ellas. Si gano entre cuatro y seis veces por temporada, eso me permite colocarme entre los tres primeros del año si mantengo unas buenas estadísticas.

London, como organizadora de eventos, estaba acostumbrada a hacer montones de cuentas. Así conseguía que sus clientes se quedaran contentos al sacar el máximo rendimiento a su presupuesto, y que además fuese rentable. Le interesaba intentar entender cómo se hacía la clasificación de los pilotos.

–¿Cuántos pilotos hay?

–Casi sesenta.

–¿Cuál fue tu peor temporada?

–La primera, en 2004. Terminé el cincuenta y ocho.

–¿Cuántos años tenías?

–Diecinueve –Harrison arrugó los labios–. Y creía que sabía todo lo que había que saber.

Ella pensó como había sido a los diecinueve años y no se parecía en nada. Fue su primer curso en la universidad, fue la primera vez que se separó de sus padres y hacía lo que podía por saber quién era.

–¿Y ahora?

–Sigo aprendiendo –contestó él–. Siempre intento mejorar.

–Parecen unos buenos principios…

Su mezcla de confianza en sí mismo y humildad era cautivadora. Se ablandó más todavía con él mientras se maravillaba de su destreza para salir ganando.

Llegó la camarera para tomar el pedido y observó que el hombre que tenía sentado enfrente se la ganaba con su simpatía. Volvió a llamarle la atención la diferencia entre los dos hermanos. Cuando le presentaron a Tristan, él la miró de tal manera que tuvo ganas de salir corriendo hasta su casa y darse una ducha.

–¿Van a tomar postre? –les preguntó la camarera.

Harrison miró a London, que negó con la cabeza.

–Pero no dejes de pedir algo por mi culpa.

–Me espanta comer solo –Harrison esperó a que la camarera se hubiese alejado–. Además, prefiero tomarme un helado de cucurucho en Swenson's.

–Hace años que no voy por allí.

London se acordó del placer tan raro que era que su padre la llevase allí.

–Entonces, ya va siendo hora de que vayas, ¿no? –Harrison no esperó a que contestara–. ¿Cuál es tu sabor favorito? De vainilla, por favor.

–No lo sé… –estaba impresionada por lo que le apetecía hacer algo tan sencillo con Harrison–. Quizá sea el de fresa.

–Hace unos meses añadieron un helado de fresa, miel y pimienta negra que está muy bueno.

–Conoces bien el sitio –a London ya se le estaba haciendo la boca agua–. ¿Llevas allí a todas las chicas con las que sales?

No había querido parecer tan frívola y se sonrojó cuando él la miró con los ojos entrecerrados.

–Tú serás la primera.

–Ha sido una grosería, lo siento.

–¿Eres tan escéptica con todos los hombres o solo conmigo?

Ella pensó la pregunta durante un segundo antes de contestarla.

–Ni con todos los hombres ni contigo. Es que desde que Linc y yo... –lamentó haber vuelto a sacar a relucir el nombre de su exnovio–. La ruptura me ha dejado con una sensación de estar desprotegida y ataco en el momento más inesperado. Lo siento.

–Te ha hecho daño de verdad...

–Sí y no –ella no quería hablar de Linc durante la primera cena con Harrison, pero quizá conviniese aclarar algunas cosas–. Siempre he conseguido todo lo que me he propuesto, menos una cosa, que me acepten en ciertos círculos sociales. En Charleston es imposible entrar en esos círculos, tienes que haber nacido dentro. Cuando Linc y yo nos prometimos, se abrieron puertas a las que llevaba llamando toda mi vida.

London suspiró. Quería que Harrison entendiera lo que la había motivado. Su familia había empezado de cero, había trabajado muchísimo para levantar un imperio automovilístico. ¿Le parecería a él que su ansia por entrar en ciertos círculos era superficial e intrascendente?

–De pequeña, fui a colegios muy selectos –siguió ella–, pero siempre era la que miraba desde fuera.

–Y eso te molestaba mucho.

Ella se puso a la defensiva a pesar del tono neutro de él.

–¿No debería?

–¿Por qué creías que necesitabas reconocimiento? En mi opinión, ya lo tienes todo.

Sintió un placer que le despertó todas las terminaciones nerviosas y, de repente, toda esa vida de exclusión la pareció menos dolorosa.

–Eres muy amable, pero nunca parecía bastante –London siguió con la explicación al ver que Harrison arqueaba las cejas–. Mi madre no para de repetir lo frustrante que es para ella que no la acepten por mucho dinero que done o por muy espléndidas que sean sus cenas.

–Entonces, es posible que sea un problema de tu madre, no tuyo.

Ojalá fuese tan sencillo…

–Está empeñada.

London podría haber hablado más sobre la presión de su madre para que se casara bien, pero decidió que eso solo serviría para dejar en evidencia los defectos de su familia.

–Parece mucha presión…

–No es ninguna novedad –London se encogió de hombros–. Al fin y al cabo, una presión extrema y el calor convierten el carbón en diamantes –añadió ella repitiendo la frase favorita de su madre.

–Eso no es una verdad científica –replicó Harrison.

–Bueno, pero los diamantes necesitan calor y presión para formarse –murmuró ella.

–Eso sí es verdad –concedió él con una sonrisa cautivadora.

Esa conversación le había demostrado lo fácilmente que Harrison podía derribar sus defensas y le había indicado que podía estar equivocada sobre el hermano Crosby que era más peligroso para ella. Se acordó de lo que le había dicho Everly. Quizá su preocupación estuviese justificada. ¿Podría cumplir su parte del trato cuando ya estaba pensando en conocer mejor a Harrison y no en utilizarlo?

Quince minutos después, estaban saliendo del restaurante y Harrison, nada más pisar la acera, le tomó la mano y se rodeó el brazo con ella. Sentía cierta calidez por dentro gracias al vino que había bebido y a la estimulante compañía de Harrison. Estar pegada a él aumentaba la temperatura de esa calidez y tomó una bocanada de aire fresco con la esperanza de que le aclarara la cabeza.

–¿Sigues pensando en el helado? –le preguntó él cuando llegaron a una esquina y la llevó a una calle más tranquila–. Yo no...

–¿No...?

London tembló ligeramente cuando la puso contra la pared de ladrillo del edificio y apoyó el antebrazo al lado de su cabeza. Él la miró a los ojos antes de bajar la mirada a los labios.

–El único postre que quiero es el sabor dulce de tus labios.

Si se lo hubiese dicho otro hombre, habría replicado algo cortante, pero Harrison tenía algo que le indicaba que lo decía sinceramente. Se le aflojaron los músculos y agradeció la pared que tenía detrás. Además, no sabía qué hacer con las manos. Ese cuerpo granítico las atraía, pero acariciarle el pecho, aunque tentador, podría ser una… confianza excesiva para la primera vez que salían a cenar.

–De acuerdo.

–¿De acuerdo…? –repitió él antes de rozarle los labios con sus labios delicados y firmes a la vez.

–Sí… –contestó ella en un tono casi suplicante.

–¿Estás segura de que no sería demasiado atrevido por mi parte?

Parecía decidido a atormentarla como fuera. La propuesta de un beso conseguía exactamente lo que pretendía. La frustraba y le producía curiosidad a la vez. Levantó las manos y las introdujo entre su pelo.

–Bésame como quieres besarme –casi le ordenó ella mientras él le pasaba los labios por la mejilla.

–Si lo hago, podrían detenernos.

Él se rio sobre su piel y ella se estremeció. London, alterada por el anhelo que había despertado en ella, puso una mano sobre su pecho y captó al instante los latidos acelerados de su corazón, lo que le dio más confianza en sí misma. No era la única que sentía esa atracción, sino que había brotado entre ellos cargada de expectativas.

–No sé qué hacer contigo –murmuró ella mientras él le rodeaba la cintura con una mano y la estrechaba contra su cuerpo.

–Qué curioso, porque yo sé perfectamente qué hacer contigo –Harrison le acarició la curva del trasero–. Eres la tentación en persona.

London sintió una palpitación de deseo entre los muslos y tuvo que hacer un esfuerzo para hablar.

–Será mejor que me vaya a casa.

–Te acompañaré hasta el coche.

Para su espanto, eso la defraudó y se hizo varias preguntas mientras iban hacia al aparcamiento donde había dejado el coche. ¿Cómo había esperado que hubiese acabado la noche? ¿Había esperado que él insistiera en que siguieran un rato juntos? ¿Había esperado que la hubiese invitado a su casa?

Él había demostrado que ella le atraía, ¿no? Su comentario sobre la tentación en persona quería decir eso, ¿no? Hablaba como si la deseara, pero no había hecho nada que se hubiese pasado de la raya que ella fijaba para las primeras citas. Sus besos no habían buscado derribar sus defensas ni abrasarla por dentro. Estaba segura de que eso acabaría pasando. El breve contacto que había tenido con él le había demostrado que su cuerpo era como una tea y que sus besos eran la chispa que la encenderían.

–¿Te pasa algo? –le preguntó él abriéndose paso entre sus pensamientos.

–No, estoy bien.

Sin embargo, no lo estaba, ni mucho menos. ¿Le pasaría algo que hacía que los hombres perdieran el interés en el sexo? ¿Sería de ese tipo de mujeres que les quitaban las ganas a los hombres? Harrison casi ni la había besado, era posible que no le interesara llevar las cosas más lejos.

Se le pusieron los pelos de punta al pensar en su relación con Linc. Hacía meses, le había obsesionado la posibilidad de que él hubiese roto el compromiso porque ella no era deseable. Las relaciones sexuales entre ellos habían sido buenas, desde luego. Linc era un amante fantástico y ella siempre se había quedado satisfecha, pero no habían sentido esa pasión desgarradora que Maribelle sentía con Beau, según le había contado ella muchas veces. En realidad, había llegado a molestarse algunas veces con Maribelle después de que le contara historias de ella y su novio.

–¿Te acuerdas de que te dije que soy introvertido?

–Sí.

–Aparte de la impresión negativa que podemos dar por tímidos, distantes o altivos, tenemos muchas características positivas. Por ejemplo, tenemos la capacidad de recibir y procesar mucha información.

–¿Qué tipo de información? –preguntó ella, que no sabía adónde quería llegar Harrison.

–Cuando estoy en una carrera, pequeños detalles de los coches pueden decirme lo que están pensando los pilotos. También se me da muy bien interpretar expresiones mínimas. Puedo decir lo que está sintiendo alguien por la levísima contracción de un músculo.

–¿Crees que sabes lo que estoy pensando?

A London le molestaba sentirse como un bicho en un microscopio.

–Sé que no estás contenta.

Ella se limitó a mirarlo con una ceja arqueada.

–Puedes mirarme como quieras, pero no estás molesta conmigo.

–¿Qué te hace pensar que estoy molesta con alguien?

–No es con alguien, es contigo misma.

Debería inquietarle que la hubiese interpretado tan fácilmente, pero él no la juzgaba.

–Y supongo que sabes el motivo...

–Podría adivinarlo, pero prefiero esperar a que tú me lo cuentes.

Él no podría haber dicho nada mejor, pero London tuvo ganas de llorar. Se preciaba de su fuerza y resistencia. Que Harrison le hubiese alterado las hormonas, le hubiese despertado sus inseguridades y hubiese estado a punto de hacerle llorar demostraba lo peligroso que podía llegar a ser.

–¿Y si no te lo cuento nunca?

Él, para sorpresa de ella, le dio un abrazo fuerte y casto que le dejó el cuerpo temblando y los nervios de punta.

–Todo el mundo necesita hablar con alguien, London –susurró él mientras la soltaba–. Te llamaré a lo largo de la semana con los detalles sobre el sábado. Estoy deseando que tus amigos y tú vengáis a la carrera.

London aprovechó que estaba sentándose detrás del volante para recuperar el dominio de sí misma.

–¿Debería saber algo de antemano?

–Parece ser que va a hacer sol y un poco de fresco el día de la carrera. Vístete adecuadamente.

–De acuerdo. Hasta el sábado.

Ella no tenía ni idea de lo que había que ponerse en un circuito de carreras, pero seguro que Maribelle tenía infinidad de ideas.

–Hasta el sábado.

Harrison le guiñó un ojo y retrocedió un paso para que pudiera cerrar la puerta.

–¡Harrison! –el grito de su tío Jack lo devolvió al presente–. ¿Se puede saber qué te pasa? Llevas toda la semana pensando en otra cosa.

Su tío tenía razón. Era sábado a primera hora

de la tarde. Las vueltas de clasificación habían sido esa mañana y, en vez de volver a consultar sus resultados en el circuito de Richmond, una rubia no se le iba de la cabeza y le alteraba su capacidad para centrarse en lo que tenía que hacer.

Los días previos a una carrera solía estar especialmente concentrado, pero no lo estaba y había malgastado mucha fuerza lamentándose por haberse echado atrás en vez de haber dado el paso definitivo, como, al parecer, había esperado ella.

Aun así, el conflicto de ella había sido evidente. Había dejado muy claro que él no era el tipo de hombre con el que ella se veía, pero la atracción innegable entre ellos la tentaba. A juzgar por cómo le había rogado que la besara, era indiscutible que le gustaba, y precisamente por eso se había retirado en vez de agotar su resistencia. Esa mujer tenía ideas y límites muy claros sobre cómo tenía que ser una… aventura amorosa. Él tenía que crear las condiciones para unas reglas del juego nuevas.

–Creo que he estado un poco ausente.

–¿Un poco? –su tío se cruzó de brazos–. Nunca te había visto así.

–No será para tanto.

–Desde que te presentaste en Crosby Motorsports y afirmaste que algún día serías nuestro primer piloto, siempre has sido el integrante del equipo más concentrado, y no es decir poco si tenemos en cuenta todo el talento que hemos reunido. Sin embargo, esta semana no lo has hecho.

Entonces, Harrison vio un trío que se dirigía hacia ellos por el callejón de los boxes y sonrió de oreja a oreja. Había reconocido inmediatamente a Maribelle. El hombre espigado y bien vestido que seguía su paso enérgico tenía que ser su novio, y la rubia de piernas largas que los seguía parecía un pulpo en un garaje, miraba a un lado y a otro mientras intentaba asimilar el ruido de los coches y el ajetreo de los mecánicos.

–Perdóname un segundo –le pidió a su tío antes de ir a recibir a los visitantes–. Bienvenidos a Richmond –les saludó cuando llegó a su altura–. Hola, Maribelle. Tú serás Beau, su novio. Yo soy Harrison Crosby.

–Beau Shelton –Harrison y él se estrecharon la mano–. No hace falta que te presentes, somos grandes admiradores tuyos –Beau señaló a Maribelle con la cabeza y ella asintió con vehemencia–. Te agradecemos esta ocasión de ver las cosas entre bastidores.

–Me alegro de que hayáis venido.

Harrison tuvo que hacer acopio de toda su paciencia porque lo único que quería era dejar a un lado a esa pareja y tomar a London entre los brazos.

–Gracias por la invitación –intervino Maribelle guiñándole un ojo.

A Harrison no le importó su descaro, aunque le llamó la atención otra vez lo distinta que era de su reservada amiga. Dado lo íntimas que parecían ser, Harrison esperó que eso fuese un buen presagio para sus posibilidades con London. Evidentemente, quería tener a alguien cerca que la animara a divertirse de vez en cuando... y la necesitaba.

–Hola –le saludó a London cuando la pareja se apartó–. Me alegro de que hayas venido –añadió él antes de darle un beso en la mejilla a pesar de los titubeos de ella.

London lo miró con los ojos entrecerrados.

–Has sido muy amable al invitarnos.

–Estás impresionante.

Se había puesto unos pantalones vaqueros azul oscuro, ceñidos y con unos desgarrones que les daban un aspecto muy moderno; un jersey blanco, amplio y peludo y una cazadora de ante marrón claro que entonaba con unas bailarinas también de ante. Parecía como si se hubiese esforzado para vestirse, pero no había conseguido el aspecto desenfadado y de fin de semana de su amiga. Sus dedos anhelaban introducirse entre el moño bajo para soltárselo. Necesitaba a alguien como él para desaliñar un poco su imagen perfecta.

–Me gusta tu mono –ella lo miró de arriba abajo y la sangre le bulló–. Tiene mucho colorido.

Harrison se ajustó a una conversación de cortesía para dominar las ganas de buscar un rincón apartado y borrarle con un beso esa sonrisa sarcástica.

–¿Qué tal el vuelo?

–Uno poco más… azaroso que otras veces –sus ojos azules se desviaron y miraron a sus amigos–. Beau está enseñándole a Maribelle a pilotar y ha despegado y aterrizado.

–No ha pasado nada –intervino Maribelle–. Hacía más viento del que estoy acostumbrada durante el aterrizaje, pero lo hice bastante bien, ¿no?

La última pregunta se la hizo a su novio, quien asintió con la cabeza y le sonrió con el cariño reflejado en los ojos.

–Lo hiciste muy bien.

Harrison sintió una opresión de envidia en el pecho por la sintonía evidente de la pareja. Fue un sentimiento que le sorprendió. Durante los diez últimos años, había visto que la mayoría del equipo y pilotos se enamoraba y se casaba. Muchos, incluso, habían formado familias. Ni una sola vez se habría cambiado por ellos, pero estaba empezando a sentir una considerable insatisfacción con su vida personal desde que había conocido a London.

–Mi coche está en el tercer box de la izquierda, si queréis verlo…

–No he visto nunca un coche de carreras de cerca –comentó Maribelle mientras tiraba de la mano de Beau–. Tengo cientos de preguntas.

Harrison dejó que los amigos de London fuesen por delante. No podía negar que tenía ganas de tocarle y rozó el dorso de la mano con el de ella para ver cómo reaccionaba. Ella lo miró con una expresión titubeante, aunque dio la vuelta a la mano para que las palmas se encontraran. Él esbozó una sonrisa indolente mientras le rodeaba los dedos con los suyos.

–Vaya… no está mal… –él no supo qué quería decir, pero ella miraba alrededor como si temiera que fuesen a arrollarla en cualquier momento–. Cuánta actividad…

Los técnicos se arremolinaban alrededor de los coches y hacían los retoques de última hora antes del último entrenamiento del día. Era un día menos caótico que el día de la carrera y él estaba encantado de poder enseñárselo a London y a sus amigos.

–Si creéis que esto es un jaleo, esperad a mañana. Entonces, las cosas se ponen que arden.

–Pero vas vestido como si fueses a ponerte detrás del volante –London le puso un dedo encima del corazón desenfrenado–. ¿Qué pasa hoy?

–Esta mañana hemos tenido las vueltas de clasificación y esta tarde hay entrenamientos.

Ella ladeó la cabeza como si fuese un pájaro curioso.

–¿Tienes que clasificarte para correr?

–Para ordenarnos por puestos de salida.

–¿En qué puesto sales?

–El décimo.

Debería haberlo hecho mejor, pero la emoción de volver a verla le había impedido concentrarse, y era algo insólito. Ninguna mujer lo había desbaratado de esa manera.

–¿Está bien?

A juzgar por la bronca que le había echado su tío, no estaba nada bien.

–No está mal si tenemos en cuenta que somos cuarenta –contestó Harrison encogiéndose de hombros.

Tampoco era su peor puesto de la temporada. Hacía un mes, el coche no había pasado la inspección previa a la clasificación por culpa de una cinta adhesiva en el alerón y acabó saliendo en el puesto treinta y seis.

–Entonces, ¿te veré pilotar esta tarde?

–Tenemos un entrenamiento de cincuenta minutos a las tres –Harrison le tomó la mano y la llevó consigo–. Venid a conocer al equipo y a ver el coche.

Después de presentarles a su tío y de darles una vuelta por el garaje, Harrison indicó a Beau y a Maribelle desde dónde podían ver los entrenamientos. Luego, antes de dejar que London siguiera a su aire, le tomó la mano para que detuviera a ocho metros del box de su coche.

–He estado pensando en ti durante toda la semana... –reconoció él hipnotizado por los puntos dorados de sus ojos azules.

–Yo también he pensado en ti –luego, London siguió como si ya hubiese dicho demasiado–. El lunes tenemos que ver varios sitios y tengo que pasarte un montón de ideas sobre la decoración.

Él no hizo caso de su intento de desviar la conversación y se inclinó hacia ella.

–He estado lamentándome por no haber aceptado tu oferta.

–¿A qué oferta te refieres? –le preguntó ella con la voz ronca.

Él le tomó la chaqueta entre dos dedos y tiró de ella hasta que los muslos se rozaron. Ella se mordió el labio cuando las miradas se encontraron.

–Cuando me dijiste que te besara como quisiera.

–Eso lo dije llevada por la pasión del momento –replicó ella con la voz baja y un poco temblorosa–. No sé qué estaba pensando.

–Yo esperaba que no estuvieses pensando nada...

–Me imagino que no pensaba nada –London esbozó una sonrisa irónica–. Si hubiese pensado algo, no habría salido contigo.

Ella lo dijo en un tono desenfadado que le quitó hierro a sus palabras.

–Pues yo creo que piensas demasiado.

–Yo creo lo mismo de ti.

–Es verdad –reconoció él—, menos cuando tú estás cerca. Entonces, solo siento –Harrison le tomó la cara entre las manos y le pasó un pulgar por el labio inferior. Ella abrió los ojos por la sorpresa–. Mi tío está muy enfadado conmigo porque no he podido concentrarme.

Estuvo a punto de dejarse llevar por la tentación de inclinar la cabeza y besarla delante de su tío y todo el equipo, pero ella le apartó la mano con delicadeza y se la acarició.

–Te encanta seducir.

–No te estoy seduciendo. Estoy diciendo la verdad pura y dura. ¿Cenarás conmigo esta noche?

–¿Con todos? –preguntó ella mientras miraba a sus amigos que se alejaban.

–Claro, sois mis invitados.

A Harrison le gustó captar cierta decepción en su mirada. ¿Había esperado cenar a solas con él?

–Tengo una rueda de prensa a las seis. ¿Os recojo a las ocho?

–Me parece bien –contestó ella sin dejar de mirar a la otra pareja.

–Perfecto –él desvió la mirada a sus labios–. ¿Un beso para desearme suerte…?

–Yo creía que se trataba de entrenamiento –ella arqueó una ceja–. ¿Para qué quieres la suerte?

–El peligro ronda siempre en la pista –contestó él un tono muy persuasivo mientras tiraba de ella–. Hay mil cosas que podrían salir mal.

–Bueno, no me gustaría ser la responsable de que te pasara algo.

London le dio un beso muy fugaz en la mejilla. No era lo que él había pensado, pero la sangre le bulló en las venas solo de sentir el roce de sus pechos. La agarró de la cintura y la estrechó contra sí durante un segundo arrebatador. Ella se apartó enseguida y con las mejillas sonrojadas.

–Buena suerte, Harrison –le deseó ella antes de darse la vuelta para seguir a sus amigos–. No dejes que se desperdicie al beso.

Él sacudió la cabeza con tristeza y volvió al box, donde su equipo estaba dispuesto a tomarle el pelo por lo evidentemente que se le caía la baba con London.

–La verdad es que no está nada mal –comentó Jack Crosby inexpresivamente–. Ahora, ¿te importaría dejar de babear y podrías concentrarte durante los próximos cincuenta minutos?

–Jack, si no estuvieses tan enamorado de tu esposa, podría pensar que estás celoso –replicó Harrison con una sonrisa jactanciosa.

Capítulo Cinco

El reloj de la mesilla de la habitación del hotel marcaba las ocho menos cinco y la angustia se adueñó de ella. London se miró en el espejo. Era la tercera vez que se probaba algo distinto y no sabía qué hacer.

Había ido demasiado arreglada al circuito. Parecía que fuera a reunirse con un cliente, no que fuese cenar con un sexy piloto de carreras. ¿Se presentaría él con unos vaqueros y una camiseta o con unos pantalones y un jersey? ¿Debería ponerse ella los pantalones negros y la blusa blanca que había metido en la maleta? Ya estaba yendo hacia el armario cuando llamaron a la puerta.

El corazón estuvo a punto de salírsele del pecho, pero se acordó de que Harrison no sabía el número de su habitación y no podía ser quien llamaba. Abrió la puerta y vio a Beau en el pasillo.

–¿Vas a ponerte eso para salir a cenar? –le preguntó él arqueando una ceja.

Había llegado a apreciar mucho a Beau en los tres últimos años, pero le parecía excesivo que criticara su vestimenta. Se cruzó de brazos y lo miró con el ceño fruncido.

–Sí –¿por qué todo el mundo criticaba su aspecto?–. ¿Qué tiene de malo?

Ella había querido parecer agresiva, pero parecía preocupada.

–Es una cita para salir a cenar –contestó Beau–, no una reunión de trabajo.

–No es una cita –replicó ella.

Quería que lo fuese, pero no podía encariñarse de Harrison cuando tenía que utilizarlo para llegar hasta su hermano.

–Solo somos cuatro personas que vamos a cenar –añadió ella.

–En cuanto a eso… –Beau miró hacia la habitación que tenía con su novia–. Maribelle no se encuentra muy bien y vamos a quedarnos. Pediremos algo al servicio de habitaciones.

London supo al instante que su amiga estaba perfectamente y que solo era una treta de la pareja para que ella cenara a solas con Harrison. El pánico se apoderó de ella.

–Pero ya es demasiado tarde para que yo la cancele. Ya estará aquí…

–Seguro que los dos os lo pasáis muy bien –él le sonrió y le guiñó un ojo–. Ponte otra cosa y diviértete. Es un tipo estupendo.

–Estupendo –farfulló ella mientras cerraba la puerta y se quedaba pensando lo que había dicho Beau.

Efectivamente, Harrison parecía estupendo, alguien que no se merecía lo que ella estaba haciéndole. Sintió una punzada de remordimiento mientras iba al tocador para recoger el bolso. Una mancha azul verdoso le llamó la atención cuando pasó al lado del armario. Había metido el vestido ceñido y con vuelo en el último momento porque el color le recordaba a los ojos de Harrison.

Gruñó por los impulsos que la dominaban, se quitó la chaqueta y se bajó la cremallera del recatado vestido. Un minuto después estaba poniéndose el otro vestido. Casi inmediatamente, la idea sobre la noche que se avecinaba cambió por completo. Se dio la vuelta para tomar la bolsa con accesorios que estaba en el tocador y notó que el remolino de la falda le acariciaba los muslos. Sintió una reacción en cadena de sensaciones.

El espejo del tocador reflejaba la cara de una mujer con un brillo de excitación en los ojos. Se soltó el moño y dejó que el pelo le cayera alrededor de la cara antes de ponerse unos largos pendientes de cristal que le rozaban el cuello al moverse. Miró el reloj y comprobó que llegaría tarde. Recogió la ropa del suelo y la dejó en la cama mientras se ponía unas bailarinas rosadas y tomaba el bolso.

Entonces, cuando cerró la puerta y fue apresuradamente hacia el ascensor, se dio cuenta de que tenía la respiración entrecortada. No podía atribuirlo a haberse cambiado de ropa en el último momento sino a que le alteraba la idea de cenar a solas con Harrison.

Como su habitación estaba en el segundo piso, tuvo menos de un minuto para serenarse antes de que se abrieran las puertas del ascensor. Salió al suelo de mármol del vestíbulo, que estaba repleto de gente que se iba a cenar o que se dirigía al elegante bar para tomar una copa.

Entonces, se dio cuenta de que la zona era muy grande y de que no había quedado con Harrison en ningún sitio concreto. Sin embargo, no le dio tiempo a preocuparse porque apareció enseguida. Iba completamente vestido de negro, muy guapo, muy deseable y con un aire un poco peligroso. Él se acercó y ella resopló para soltar la respiración.

–Hola… –le saludó ella en voz baja.

–Estás impresionante.

Él se inclinó y le rozó la mejilla con los labios. A ella se le puso la carne de gallina.

–Gracias –a London le pareció increíble que no se le ocurriera nada más–. Y tú… Quiero decir, que tú también estás muy bien.

–Gracias –Harrison miró alrededor–. ¿Dónde están Maribelle y Beau?

–Van a quedarse. Ella no se encuentra bien y pedirán algo al servicio de habitaciones.

–Espero que no vayan a perderse la carrera de mañana –replicó él con el ceño fruncido.

–Creo que se repondrá milagrosamente.

Harrison arqueó las cejas y ella se aclaró la garganta.

–Le encanta hacer de casamentera.

–Entiendo.

¿Lo entendía? London lo miró de soslayo y vio que él también estaba mirándola, aunque lo hacía con un descaro y una curiosidad evidentes.

–Maribelle cree que eres un buen partido.

–No quiero ofenderla, pero me da igual lo que crea –Harrison la llevó hacia las puertas de salida de la mano–. Quiero oír tu opinión.

–¿Si eres un buen partido? –London tenía la respiración entrecortada y era por la calidez de los dedos de Harrison–. Claro que lo eres.

Él la miró mientras salían por la puerta.

–Lo dices sin inmutarte.

–¿Y cómo debería decirlo? –a pesar de los recelos iniciales, estaba pasándoselo bien bromeando con Harrison–. ¿Quieres que descubra el pastel y le diga a todo el mundo que estoy colada por ti?

–No estaría mal –contestó él con una sonrisa burlona–. Sobre todo, después de lo que he pensado en ti durante estos últimos días. Me está complicando las cosas con mi equipo.

Él había vuelto a tomarle la mano en cuanto pisaron la acera. ¿Lo decía de verdad? Solo se habían visto tres veces y habían salido una. Estaría contándole un cuento, aunque era muy tentador creerlo. Ese halago era un estímulo para su vanidad, y lo necesitaba mucho porque estaba por los suelos desde que Linc rompió el compromiso.

–Te has quedado muda –siguió–. ¿No me crees?

–No nos conocemos casi.

–Eso es verdad, pero me sentí atraído por ti inmediatamente, y creo que tú también sentiste la misma atracción. Si no, ¿por qué has aceptado venir aquí este fin de semana?

–Maribelle me habría matado si te hubiese rechazado.

Era una excusa muy mala y los dos lo sabían. London contuvo la respiración. Harrison había sido muy generoso al organizarles ese fin de semana y estaba en deuda con él.

–Además, quería ver lo que hacías. Ha sido muy emocionante verte en las vueltas de entrenamiento.

Él casi la deslumbró con la sonrisa tan radiante que esbozó.

–Pues ya verás la carrera. Todo gana interés cuando cuarenta pilotos ponen toda la carne en el asador.

–Puedo imaginármelo –ella también sonrió porque el entusiasmo de él era contagioso–. ¿Adónde vamos?

La había llevado por una calle del centro mientras hablaban y en ese momento, mientras cruzaban una calle, él le señaló una marquesina roja que indicaba la entrada a un restaurante.

–La comida es muy buena y pensé que te gustaría probarla.

–Me parece muy bien.

La había llevado a un pequeño bistró francés con suelo de madera y mesas con manteles blancos. Había una serie de mesas con asientos de respaldos muy altos a lo largo de una pared de ladrillo y la pared de enfrente estaba llena de botellas de vino. La iluminación tenue daba un aire cálido y romántico al espacio y el olor hizo que a London se le hiciese la boca agua. Los sentaron en una tranquila mesa al fondo del restaurante y ella se concentró en la carta.

–¡Todo tiene muy buena pinta! –exclamó ella–. No sé qué elegir.

–Podemos pedir un par de cosas y compartirlas –propuso Harrison.

A London le pareció que facilitaría la elección y asintió con la cabeza.

–Como ya has estado aquí, te dejaré que decidas.

–¿Te fías de mí?

Ella tuvo la sensación de que él estaba pensando en algo más que en la comida.

–Digamos que me siento un poco audaz en este momento.

–Me gusta...

La camarera les llevó las bebidas y tomó nota y London decidió que iba a tomar las riendas de la conversación.

–¿Dónde te alojas?

–En una autocaravana al lado del circuito –contestó él–. Te invito a que vengas a verla más tarde. Es muy amplia y tiene una cama muy grande al fondo.

–Supongo que así te sentirás más cerca –replicó ella pasando por alto su invitación–. He visto tu programa del fin de semana y estás muy ocupado. Me sorprende que hayas tenido tiempo para salir a cenar conmigo.

–Me he escapado –dijo él con una sonrisa maliciosa–. Mi tío cree que estoy repasando los datos de las vueltas de hoy para la carrera de mañana.

–¿De verdad? –ella se quedó estupefacta antes de darse cuenta de que él estaba bromeando–. Me estoy dando cuenta de que una carrera no es solo montarse en un coche y correr mucho.

–Algunas veces, los cambios más nimios son trascendentales.

–Entonces, aparte de hidratarte –ella se refería a que él estaba bebiendo solo agua y no compartía la botella de vino que había pedido para ella–, ¿qué más haces para preparar la carrera de mañana?

La ocupación de Harrison estaba empezando a parecerle muy interesante, a pesar de que, en un principio, había dudado mucho de que pudiera interesarle un piloto de coches.

–La noche anterior como muchos hidratos de carbono. Espero que te guste la mousse de chocolate.

–Siempre tengo un hueco para el chocolate.

–Mañana por la mañana desayunaré en abundancia y luego tomaré un almuerzo ligero. En medio, apareceré con los patrocinadores y luego me reuniré con el equipo para repasar la estrategia. Después, hay una reunión de pilotos donde la asociación nos informa de los últimos detalles. Si tengo suerte, conseguiré estar un rato solo en la caravana para poner la cabeza en orden, pero lo más probable es que esté viendo gente y saludando. Al final, después del almuerzo, me vestiré e iré a la presentación de los pilotos.

–¡Caray! El programa es muy apretado –ella empezaba a darse cuenta de que, además de pilotar, era como un embajador de los patrocinadores y una celebridad–. No tienes tiempo para ti mismo.

–La verdad es que no. Todo forma parte de mi trabajo y no renunciaría a nada.

–Dirás que eres introvertido pero ¿no te quedas machacado por esas apariciones en público y el poco tiempo que te dejan?

–Me gusta encontrarme con mis admiradores –untó un poco de mantequilla en un trozo de pan y se lo metió en la boca–, pero cuando tengo tiempo libre, hago lo que sea para recargar las pilas.

–Me sorprende que hayas salido conmigo.

–¿Por qué? –él sonrió de oreja a oreja y las defensas de ella se tambalearon–. Estar contigo es muy estimulante.

–Eres muy amable…

–Lo digo de verdad –él la señaló con otro trozo de pan–. Es el momento para que confiese algo.

–¿El qué? –preguntó ella con la esperanza de que fuese algo espantoso y así pudiera sentirse mejor por utilizarle para acercarse a Tristan.

–Utilicé la fiesta de cumpleaños de mi hermano para volver a verte.

–Ah… –a London se le paró el pulso–. ¿Eso significa que no me necesitas para que la organice?

Ella pensó en todo el tiempo que había dedicado a la fiesta y suspiró, pero tampoco sería el primer cliente que se echaba atrás.

–No, ni mucho menos. Mi madre está encantada de que la haya liberado. Mi hermano puede ser muy especial en algunas cosas y es mejor que yo me haga responsable de su decepción.

–¿Estás dando por supuesto que se decepcionará antes de que te haya contado mis planes? Eso no dice mucho sobre la confianza que tienes en que haga bien mi trabajo.

Él abrió mucho los ojos aunque ella lo había dicho sin rencor ni apasionamiento.

–No quería decir eso. Estoy seguro de que lo harás de maravilla. Lo que pasa es que no es fácil impresionar a Tristan. Siempre ha sido así.

London asintió con la cabeza al acordarse de que Zoe le había contado algo parecido sobre su exmarido.

–Acepto el reto.

–Te creces con las dificultades –comentó él con la admiración reflejada en los ojos–. A mí me pasa lo mismo... por eso nos convenimos el uno al otro.

Aunque esas palabras la emocionaban, el remordimiento empañaba el placer. Había aceptado organizar la fiesta de su hermano y seguir viéndolo para vengarse de Tristan. Lo único que tenía que hacer era dominar los sentimientos.

–¿No crees que dos personas competitivas acabarían estropeándolo todo porque siempre querrían ganar? –preguntó ella.

–No si lo hacemos juntos. Si formamos un equipo, podríamos lograr lo que quisiéramos.

London, antes de asentir con la cabeza, se recordó por qué había empezado a salir con él. Intimar con Harrison era un medio para alcanzar un fin.... y si eso la convertía en una persona espantosa.

***

Harrison observó mientras subían su coche, el número veinticinco, en el camión que lo llevaría de vuelta a Carolina del Sur. Estaba contento con el segundo puesto. Solo faltaba una carrera para que terminara la temporada e iba el tercero de la clasificación general. A juzgar por los puntos, muy mal tendría que hacerlo el fin de semana siguiente para perder ese puesto.

Cuando desapareció el coche, sintió una oleada de agotamiento que se adueñaba de él. Ya conocía esa sensación. Una vez terminada la carrera, y cuando ya no tenía entrevistas con la prensa, su cuerpo se desinflaba como reacción a ese día interminable.

–Buena carrera –su tío estaba a su lado mientras el equipo se ocupaba del coche–. Estaba preocupado por ti al principio.

Había sido una carrera inusitadamente complicada al principio porque le había costado concentrarse en la pista y en los demás coches cuando no podía dejar de pensar en London y en la cena de la noche anterior. Todo había mejorado después de la centésima vuelta, cuando se había asentado en la carrera y había querido ganar para impresionar a London.

–Solo quería darle un poco de emoción –replicó Harrison con una sonrisa irónica.

–Pues lo conseguiste –gruñó Jack–. Avísame cuando estés preparado para marcharte. Me gustaría haberme largado a medianoche.

–La verdad es que ya tengo quien me lleve a Charleston.

–¿Tu nueva novia? –le preguntó su tío con una ceja arqueada.

–No es mi novia… todavía.

La última palabra dejó claro algo que Harrison no se había reconocido a sí mismo. El interés por London McCaffrey era más que esporádico. ¿Qué le pasaba? ¿Habían salido un par de veces y ya estaba pensando en una relación formal? Solo hacía las cosas deprisa en la pista de carreras, pero se sentía bien cuando estaba con London y su intuición no le había fallado nunca.

–¿Estás seguro de que es la mujer acertada para ti?

La pregunta de su tío fue como un bache que no había visto acercarse.

–¿Tienes algún motivo para pensar que no lo es? –preguntó Harrison con un regusto amargo en la garganta.

Si bien Jack nunca decía nada sobre la vida personal de sus pilotos, dirigía una empresa en la que cada piloto aportaba entre cientos de miles y millones de dólares de patrocinadores. Eso significaba que no podía permitirse que su equipo no rindiera al cien por cien, y que, por lo tanto, se condenaría cualquier cosa que fuese un obstáculo.

–Le he preguntado a Dixie sobre ella.

–¿Y? –preguntó Harrison en tono desafiante.

–Es una… arribista –contestó Jack con una expresión más dura–. Al parecer, su madre y ella han estado intentando entrar en los círculos más selectos de Charleston sin mucho éxito.

–¿Qué tiene que ver eso con que ella y yo salgamos?

Harrison ya sabía la respuesta, pero quería oírsela a su tío.

–Solo me preocupa que te altere la cabeza si no tienes cuidado.

–¿Porque no soy su tipo?

–Antes de Linc Thurston, solo había salido con ejecutivos y profesionales –contestó Jack–. No creo que hubiese salido con un jugador de béisbol si no hubiese pertenecido a una de las familias más antiguas de Charleston. Además, creo que si ya no están prometidos es porque Linc se lo olió antes de que fuese demasiado tarde.

–Yo creo que no es tan superficial –replicó Harrison con la esperanza de que fuese verdad–. Además, acabamos de conocernos, ¿quién sabe cómo acabará todo esto?

–Ocúpate de aclararlo en cualquier sentido antes de que la temporada vuelva a empezar en febrero –gruñó su tío con el ceño fruncido–. No quiero que estés pensando en otra cosa cuando corres.

–Con un poco de suerte, no tardaré tanto.

Jack asintió con la cabeza y los dos hombres se separaron.

Harrison volvió a la caravana y se dio una ducha. Aunque el día era frío, dentro del coche se alcanzaban temperaturas por encima de los cincuenta grados y una carrera media duraba tres horas como mínimo. Se vistió, se echó la bolsa de lona por encima del hombro y fue al sitio donde había quedado con London y sus amigos. La parecía curioso que Beau fuese piloto de aviones y que Maribelle estuviese aprendiendo a pilotar. Era una pareja que le caía bien, eran la contrapartida optimista a la discreción de London.

Harrison, a raíz de la conversación con Jack, reflexionó sobre lo que buscaba con London. Si solo quería sexo, iba por el camino equivocado a juzgar por la sintonía que bullía entre ellos. La noche anterior, por ejemplo, la acompañó hasta la habitación de su hotel y, una vez más, ella dejó entrever que le gustaría... el contacto físico. Sin embargo, él no entró con ella en la habitación e hizo todo lo que había fantaseado hacer, sino que se limitó a darle un beso en la frente, porque no se atrevió a rozarle los labios, y se marchó con un dolor punzante en el pecho y en las entrañas.

Agradeció al fresco en la piel y aceleró el paso porque estaba ansioso por ver a London y por oír qué le había parecido la carrera. Un todoterreno plateado lo esperaba al lado de la puerta del aparcamiento. La ventanilla estaba bajada y reconoció a Beau, que sonreía y gesticulaba mientras hablaba con los ocupantes del coche.

–Hola –le saludó Harrison al acercarse–. Gracias por llevarme.

–¿Estás de broma? –Beau miró a su novia–. Es lo mínimo que podemos hacer después de este fin de semana. El pase que nos diste para entrar en boxes fue increíble.

Harrison abrió la puerta que había detrás de la del conductor y vio a London sentada en el extremo opuesto. Sintió una opresión en el pecho. Era preciosa. Llevaba pantalones negros y una chaqueta vaquera sobre un jersey color crema. Tenía el pelo recogido en una coleta floja y unos mechones largos le enmarcaban el rostro. Sus labios carnosos esbozaron una sonrisa y él no captó ningún titubeo. Se sentó al lado de ella con el pulso alterado y enseguida percibió su olor floral.

–¿Qué te ha parecido tu primera carrera? –le

preguntó Harrison mientras dejaba la bolsa en la parte de atrás–. ¿Ha sido como te esperabas?

–Si soy sincera, creí que me aburriría, que quinientas vueltas serían demasiadas, pero me lo he pasado muy bien –London señaló a la pareja que iba delante de ellos–. Me explicaron muchos detalles de la estrategia. Por cierto, enhorabuena por el segundo puesto.

–Sí, el equipo ha trabajado muy bien este fin de semana.

¿Por qué estaba quitándole importancia a su éxito? ¿Acaso no quería impresionar a esa mujer? Según lo que había oído, ella solo se conformaba con lo mejor.

–Si todo sale bien el fin de semana que viene –siguió Harrison–, Crosby Motorsports acabará segundo esta temporada.

–Entonces, el fin de semana que viene es la última carrera, ¿no? ¿Qué haces cuando termina la temporada?

–Descanso, juego y me preparo para la temporada siguiente.

–¿Cuánto tiempo tienes?

–La temporada empieza en febrero. Me tomo unas vacaciones en diciembre para celebrar las fiestas con mi familia, pero entreno aunque no haya carreras. Entreno en el gimnasio y con simuladores para mantener los reflejos a punto –Harrison le tomó la mano y le acarició la palma. Notó que los dedos le temblaban un poco–. Anoche lo pasé muy bien –siguió él bajando la voz para que solo lo oyera ella.

–Yo también. Gracias por la cena.

Ella desvió la mirada hacia la pareja que iba delante y volvió a mirarlo.

–Siento que tuviéramos que acabar tan pronto.

–Hoy te esperaba un día muy importante. Me habría sentido mal si te hubiese entretenido hasta muy tarde.

Ella le dirigió una mirada abrasadora y se le disipó el cansancio. ¿Acaso se sentía descarada porque no estaban solos? Jugó con sus dedos y se imaginó lo que sentiría si le acariciaban el cuerpo desnudo. Sin embargo, para su sorpresa, el deseo que se le despertó al pensar en eso vino acompañado de unas ganas tremendas de saber qué era lo que le estimulaba a ella. Levantó su mano y se la llevó a los labios. Ella contuvo el aliento y él sonrió. Empezaba a sospechar que para abrirse paso entre sus defensas tenía que tensar sus límites sensuales y desequilibrarla. Tendría que ponerlo a prueba al día siguiente, cuando fueran a buscar un sitio para la fiesta.

–Creo que una noche en vela contigo habría compensado un mal resultado en la carrera.

–Estoy segura de que tu tío no opina lo mismo.

–Él también fue joven una vez.

–Dirige un equipo con un presupuesto de muchos millones –replicó ella en un tono tajante–. Además, aunque él te hubiese perdonado, ¿qué me dices de los patrocinadores?

–Algún día me sorprenderás y no serás tan pragmática –contestó él con un suspiro muy exagerado.

–¿Tú crees? –preguntó ella con una leve sonrisa.

–Lo sé.

London se quedó reflexionando en silencio y Harrison no la molestó durante unos minutos.

–No soy precipitada y espontánea. Mi madre me metió en la cabeza que tenía que pensar primero y actuar después. Le preocupan mucho las apariencias y, de pequeña, nunca pude intentar cosas nuevas.

Él sintió curiosidad por ese esbozo de su pasado.

–¿Qué habrías hecho si no hubieses estado tan constreñida?

–Escaparme con un circo.

Ese intento por contestar con humor fue, evidentemente, para que él no siguiera preguntando. Sin embargo, se encogió ligeramente de hombros y siguió.

–No lo sé. Algunas veces reprocho a mi madre que estuviese tan obsesionada con que yo ascendiera en la escala social de Charleston.

–¿Solo algunas veces?

Ella cerró un poco la mano alrededor de la de él.

–Cuando me permito pensarlo –London se quedó un rato en silencio, pero él esperó con paciencia–. Te fastidia que tu madre piense que tu valía depende de con quién te cases. Eso lo hacen otras personas, pero no tus padres.

–¿Por qué te importa?

Se quedó sorprendida por esa pregunta tan directa. A pesar de la penumbra del asiento trasero, pudo ver la tensión en su expresión. Reaccionó como si él hubiese atacado un principio esencial para ella.

–Quiero que mi madre esté contenta de tenerme como hija.

Él lo entendía. Tristan había buscado siempre la aceptación de su padre, sobre todo, desde que se hizo cargo de Crosby Automotive. Su hermano parecía obsesionado con emular el éxito de su padre con la empresa, aunque no había tenido casi beneficios durante los primeros años de su hermano al frente. No obstante, eso no había parecido afectar a sus gastos personales, algo que había oído criticar a su tío más de una vez.

–¿Crees que no admira todo lo que has logrado? –le preguntó Harrison.

–Creo que mi padre sí –contestó ella con el orgullo reflejado en la voz–. Mi empresa marcha muy bien y eso le enorgullece.

–¿Y tu madre no?

–Ella habría estado contenta si me hubiese casado con Linc y hubiésemos tenido varios hijos y una hija.

–¿Una hija...? –preguntó él aunque sospechaba que sabía la respuesta.

–Evidentemente, mi madre opina que las mujeres valen menos que los hombres –London lo dijo sin alterarse ni indignarse–. Aun así, le gustaría tener una nieta que pudiera hacer lo que yo no hice; presentarse en sociedad.

Harrison sabía que su madre había pasado por todo eso y se había presentado en sociedad a los diecinueve años, pero, en esos tiempos, ¿a quién le importaban esas cosas?

–¿Por qué es tan importante para ella?

–Mi madre se crio en Nueva York y nunca la aceptaron para el baile internacional de debutantes a pesar de las relaciones y la fortuna de su familia. Encajó mal el rechazo –London se dio la vuelta en el asiento para mirarlo–. Luego, llegó a Charleston y se encontró con todas las puertas cerradas. A nadie le importaba su dinero, solo les importaba que no fuese una de ellos.

–Deberías hablar con mi madre –comentó Harrison–. Rechazó presentarse en sociedad y se casó con mi padre, quien no solo no era uno de ellos, sino que era pobre para el criterio de la familia de ella.

–Supongo que me diría que hiciese caso a mi corazón.

–Es lo que me dijo cuando mi padre me daba la tabarra por hacerme piloto en vez de entrar a trabajar en Crosby Automotive. Si lo hubiese hecho, sería completamente desdichado.

–¿No te ves como un empresario?

–No de los que se sientan todo el día en un despacho estudiando informes. Mi idea es ocuparme algún día de Crosby Motorsports.

–Entretanto, vas a correr y a divertirte.

–Divertirse no tiene nada de malo. Me gustaría demostrártelo.

–¿Qué tipo de diversión crees que me interesa? –le preguntó ella en un tono más serio que coqueto.

–Es difícil decirlo si no te conozco mejor –él tenía algunas ideas al respecto–, pero ¿habrías adivinado que te lo ibas a pasar tan bien en la carrera como te lo has pasado?

–La verdad es que no. Es posible que tenga que mirar fuera de mi limitado círculo de actividades.

–¿Eso es un «sí» a experiencias nuevas?

–Estoy dispuesta siempre que tú estés dispuesto a equilibrar la aventura con formas de entretenimiento más sosegadas.

Ninguna mujer le había dicho nunca algo tan dulce.

Capítulo Seis

El lunes siguiente al fin de semana en Richmond, poco después del almuerzo, London estaba sentada detrás de la mesa ojeando el bloc de notas y con Maribelle hablando sin parar por teléfono mientras le contaba lo bien que Beau y ella se lo habían pasado en el circuito de carreras.

–Le gustas –comentó Maribelle.

London sintió un estremecimiento de placer.

–No sé qué pensar.

Sin embargo, no era sincera del todo. En realidad, estaba pensando que había utilizado a Harrison para llegar hasta su hermano y que cuanto más tiempo pasaban juntos, más se complicaban las cosas por la atracción que sentía hacia él.

Aunque eran íntimas, no le había contado a Maribelle el plan disparatado que habían trazado en el acto de «Las mujeres hermosas toman las riendas». Sabía que si ahondaba un poco en los motivos que había tenido para ocultárselo a su mejor amiga, saldría a la luz más de una duda sobre sus decisiones morales. Sin embargo, abandonarlo cuando las otras dependían de ella…

–¿Te preocupa lo que pensará tu madre de él? –le preguntó Maribelle abriéndose paso entre los pensamientos de London.

Maribelle había estado a su lado cuando la frustración de Edie Fremont-McCaffrey por las reglas de la alta sociedad de Charleston había hecho que la vida de London fuese un infierno. Ella no tenía la culpa de que no la hubiesen aceptado para que se presentara en sociedad, pero eso tampoco había impedido que su madre le reprochara todo tipo de cosas.

–No le hizo mucha gracia que Linc fuese jugador de béisbol, pero era adinerado y tenía las relaciones sociales que anhelaba para mí. ¿Te imaginas lo que le parecería Harrison? No solo es piloto de carreras, es que su padre y su tío no son de la flor y nata y no tienen una categoría social.

–¿Por qué te importa?

No era la primera vez que se lo preguntaba, pero tampoco despertó ese resentimiento que siempre se escondía bajo la superficie. Era muy fácil para alguien que lo tenía todo restar importancia a sus ventajas. Si a eso sumaba que la familia de Maribelle siempre la respaldaba en todo lo que hacía, London solía acabar sintiendo cierta rabia.

–Porque discutir con ella da mucho trabajo. Es más fácil tirar la toalla.

Se quedó asombrada cuando se dio cuenta de lo que había reconocido y, al parecer, Maribelle se quedó igual de asombrada.

–Oh, London...

Se le empañaron los ojos de lágrimas y, atónita por ese arrebato sentimental, parpadeó repetidamente para contenerlas. Su madre la había perseguido implacablemente toda su vida, pero ella había resistido. Siempre había parecido resistente por fuera mientras por dentro creía que Edie tenía razón y que todo era culpa suya. Tomó el teléfono y le quitó el altavoz.

–Mi madre es una tirana –susurró London como si casi le diera miedo decir lo que tenía en el corazón–. Ha criticado casi todo lo que he dicho y hecho en mi vida.

–Es una persona atroz –confirmó Maribelle, quien siempre estaba del lado de London–, pero también es tu madre y quieres complacerla. Es normal.

¿Lo era? ¿Acaso los padres no deberían querer lo que fuese mejor para sus hijos? Dicho lo cual, Edie defendería que animar a su hija a que se casase bien era lo más importante para su futuro, aunque estaba muy claro que su madre no tenía también en cuenta la felicidad de su hija.

–Es posible que necesite un concepto nuevo de lo que es normal –farfulló London.

–Es posible –reconoció Maribelle en un tono muy serio–. ¿Cómo estás vestida en este momento?

La pregunta fue tan inesperada que London se rio. Se secó las lágrimas que le brotaban por la comisura de los ojos y notó que estaba más animada.

–¿Estás intentando que participe en una sesión de sexo telefónico contigo? –bromeó London para fingir que estaba indignada–. Creo que no es lo que nos va a ninguna de las dos.

–Ja, ja... –Maribelle pareció más impaciente que divertida–. Te lo pregunto porque oí que hacías planes con Harrison para ir a buscar un sitio para la fiesta. Espero que lleves algo menos... recatado que de costumbre.

London se miró el vestido color esmeralda con el escote cruzado que llevaba. Era mucho más... divertido y relajado que los trajes grises, azules o negros que solían ser su uniforme típico.

–Llevo el collar que me regalaste las navidades pasadas.

London no se había puesto nunca ese collar con coloridas flores de piedra porque le parecía demasiado atrevido para ella, pero ese día había querido impresionar y el collar era el complemento perfecto del vestido.

–¿Llevas el pelo recogido?

London se llevó una mano al tirante moño que llevaba.

–Olvídate de la pregunta –siguió Maribelle–. Suéltatelo y mándame una foto.

London obedeció, aunque se sintió un poco ridícula e, incluso, se ahuecó el pelo para darle un aire sexy y desaliñado, lo que mereció un grito de alegría de su amiga.

–Supongo que eso quiere decir que le das tu visto bueno.

–Esa es la London McCaffrey que he estado esperando toda mi vida. Estás fantástica y es un placer ver que te quites esos trapos anodinos que crees que te hacen parecer más profesional.

–Gracias…

A pesar del cumplido con doble intención de su amiga, se sentía emocionada y optimista por volver a ver a Harrison. ¿Le gustaría su imagen nueva o sería el típico hombre que no se daba ni cuenta del cambio?

–Te gusta mucho, ¿verdad?

London abrió la boca para negar que el corazón se le aceleraba y que temblaba como un flan cada vez que estaba con Harrison, pero no podía mentirle a su amiga.

–Me gusta… más de lo que podía haberme imaginado. Dicho lo cual, también es posible que todo sea… química y que no haya nada más que eso.

Dejó los peros flotando en el aire.

Cada vez le costaba más encontrar excusas para que salir con Harrison le pareciera una pérdida de tiempo. Desgraciadamente, el verdadero motivo era un secreto que no podía contarle a su amiga y que hacía que todo eso fuese peor todavía.

–Tú dirás lo que quieras, pero a mí me parece que las cosas entre vosotros van sobre ruedas.

–No lo sé. Somos muy distintos, tenemos puntos de vista distintos sobre la forma de vida y sobre las cosas que nos gustan. ¿Cómo va a seguir adelante si no tenemos nada en común?

–Te pareces a tu madre. ¿Qué os diferencia de verdad? Vuestras familias son adineradas. Es posible que no pertenezcáis al mismo grupo, pero vuestras familias tienen relaciones sociales parecidas. Los dos estáis muy comprometidos con vuestras profesiones y sois muy competitivos. A lo mejor te refieres a que se gana la vida como piloto de carreras y a que gana un montón de dinero haciéndolo, pero yo creo que te aburrirías con un empresario rechoncho al que solo le gusta hablar de cómo marcha su empresa. Necesitas a alguien que te… estimule.

–No paras de decir esas cosas, pero la emoción nunca me ha servido de criterio para que un hombre me parezca atractivo.

–¿Y qué resultado te ha dado?

London fue a contestar que estaba muy contenta con su vida, pero se encendió una luz en el teléfono de mesa. Era una llamada de Missy y, seguramente, querría decirle que Harrison ya había llegado.

–Creo que ya he llegado Harrison.

–Llámame luego para contarme cómo ha ido todo.

–Estoy segura de que no habrá nada que contar –replicó London en vez de decirle que era una reunión de trabajo.

–Déjame que eso lo decida yo.

London sacudió la cabeza mientras cortaba la llamada con su amiga y contestaba la de la recepcionista. Harrison estaría esperándola en el vestíbulo. Comprobó el maquillaje, se repintó un poco los labios y tomó la tableta con toda la información sobre los sitios que iban a visitar. El brillo de los ojos y el rubor de las mejillas le recordaban cuánto le apetecía ver a Harrison. Evidentemente, la había cautivado... y lo peor era que se alegraba.

Aunque lo había visto la noche anterior, sintió que el corazón le daba un vuelco cuando llegó a la recepción y vio a Harrison. Aunque le había hecho esperar por acicalarse, él no estaba mirando el teléfono ni coqueteando con la recepcionista, estaba mirando hacia el pasillo que llevaba a su despacho. Sus miradas se encontraron y una descarga de chispas le arrasó las terminaciones nerviosas.

–Hola –le saludó ella en un tono que no pareció nada profesional. Se aclaró la voz y volvió a intentarlo–. Perdona que te haya hecho esperar –ella, azorada por su sonrisa sexy e indolente, se dirigió a la recepcionista–. Missy, estaré fuera el resto de la tarde. Hasta mañana.

–Claro –Missy le guiñó un ojo con descaro–. Que os divirtáis.

London abrió la boca mientras pensaba una respuesta cuando Harrison le tomó la mano y la llevó hacia la puerta. Ella captó su delicioso olor mientras iban hacia su Mercedes.

–¿Adónde vamos primero? –le preguntó él mientras se sentaba detrás del volante.

Aunque sabía perfectamente lo que iban a hacer esa tarde, London consultó la tableta para no tener que mirarlo. Le dio una dirección que estaba a unos ochocientos metros por la calle King y empezó a enumerarle los pros y los contras de ese sitio.

–Lo mejor es la carta. Tienen un cocinero fantástico. Sin embargo, no tiene ascensor y solo se puede llegar por las escaleras. Lo digo por si hay algún invitado que no pueda subirlas.

–Eso no debería ser un inconveniente.

Harrison encontró un sitio a media manzana del local y aparcó junto a la acera. Cuando llegaron y Harrison le abrió la puerta, ella notó que tenía el ceño ligeramente fruncido. La primera planta del estrecho edificio era un bar.

–No te dejes engañar por el tamaño de esta planta –comentó ella mientras saludaba al dueño con la mano–. El piso de arriba mide ciento cuarenta metros cuadrados y es mucho más espacioso. Hay sitio de sobra para tus invitados e, incluso, hay un patio al aire libre por si hace buen tiempo –London hizo una pausa para saludar Jim Gleeson y se lo presentó a Harrison–. Jim me ha ayudado en distintos actos corporativos los dos últimos años.

Los dos hombres se estrecharon la mano y subieron al piso de arriba.

–Podemos distribuir el espacio como te parezca. Es lo bastante grande como para poder dividirlo en dos zonas. Una de cóctel con mesas altas y asientos y la otra con mesas grandes y redondas.

–Creo que estaría bien –reconoció London.

Cuando llegaron al segundo piso, Harrison no se fijó en el espacio, no apartaba la mirada de ella.

–Como hemos hablado de un grupo de jazz –siguió ella decidida a tratarlo como a un cliente–, podríamos ponerlo cerca del bar, por donde entra la gente.

En un momento, el espacio se organizó para un cóctel, con una barra en cada fondo y mesas altas repartidas por el perímetro. Entonces, llamaron a Jim por el teléfono. Se disculpó y se marchó de la habitación.

En cuanto se quedaron solos, ese cuarto enorme resultó extrañamente íntimo. Aunque quizá fuese la forma que tenía Harrison de mirarla. London no pudo evitar acordarse de la decepción que se llevó el sábado cuando él no intentó darle un beso de buenas noches, ni de cómo se acercaron el uno al otro durante el vuelo de vuelta para que él le enseñara la grabación de la cámara que había dentro del coche de carreras.

–Lo que me encanta de este sitio son los detalles de época.

London se refugió en la profesionalidad para evitar la mirada ardiente de Harrison. Se apartó de él para señalar los ladrillos vistos y los revestimientos de madera. Los tacones resonaron en el suelo de madera de pino y retumbaron en el artesonado original del techo.

–¿No te parece fantástica la chimenea? –añadió ella.

–Tú me pareces fantástica.

–Me imagino diez mesas de diez personas con grandes jarrones de cristal en el centro llenos de cuentas también de cristal y con una vela. Como es diciembre, podríamos hacer centros con plantas de hoja perenne, aunque a lo mejor está un poco trillado –London estaba hablando por hablar porque si paraba podría dejarse arrastrar por el anhelo que estaba adueñándose de ella–. También podríamos poner tubos de cristal con caramelos y bombones envueltos en papeles verdes y rojos.

Harrison había estado siguiéndola con los ojos entrecerrados. Cuando llegaron a la puerta que daba a la azotea, él agarró el picaporte para impedir que ella la abriera.

–Creo que eres fantástica –repitió él para que ella dejara de eludirlo–. Me interesa todo lo tuyo.

–Me gustas mucho –reconoció ella para sorpresa de los dos–. Lo que haces es peligroso y emocionante. Nunca me imaginé…

¿Qué estaba haciendo? Estaba a punto de soltarlo todo sobre los sentimientos descontrolados y traicioneros que dirigían sus actos, de contarle lo decepcionada que se quedó el sábado porque él no intentó nada cuando la acompañó hasta la habitación de su hotel. Sería un error monumental confesarle cómo habían ido evolucionando sus sentimientos. ¿Cómo iba a salir de ese atolladero verbal en el que se había metido sola?

Harrison vio que el rostro de London reflejaba una docena de sentimientos conflictivos. Había demostrado que podía ser una esfinge y disimular lo que pensaba, y esa necesidad de ocultarse le desesperaba, quería que se abriera y le transmitiera lo que le hacía vibrar.

–También he tenido mucho éxito con farolillos con luces de colores y bolas de navidad –aseguró ella casi sin respirar y volviendo al asunto de los centros de mesa–. O con cuencos de cristal con velas que flotan encima de ramas de acebo.

–¿Qué es lo que no te habías imaginado? –le preguntó él sin hacer caso de su intento de cambiar de conversación.

–Este no es el sitio indicado para esta conversación –contestó ella sacudiendo la cabeza.

–¿Adónde quieres que vayamos?

Harrison esperó que propusiera su casa o la casa de él, ya era hora de que estuviera a solas con ella.

–Te he reservado esta tarde para ayudarte a encontrar un sitio para la fiesta de cumpleaños de tu hermano.

–London... –susurró él pasándole un pulgar por la mejilla sonrojada.

–¿Qué...?

Ella también lo dijo en voz baja y a él le pareció captar cierto tono de desesperación, como si estuviese perdiendo la batalla para conservar el dominio de sí misma. Era lo mismo que le pasaba a él cuando estaba con ella. Cada momento que pasaba con ella, le ponía a prueba su fuerza de voluntad. Sabía que no podía presionarla de esa manera. Aunque le encantaría atacar con fuego a discreción, tenía que engatusarla, atraerla, tentarla... Sin embargo, lo que más le gustaría era ver que se rendía a su caricia.

–Me da igual el sitio que elijamos –contestó él–. Si estoy aquí, es para estar contigo.

Le acarició la espalda solo con las yemas de los dedos. Ella se estremeció antes de inclinar la cabeza hacia atrás para mirarlo. Se sintió fascinado por la avidez que vio en sus ojos. Inclinó la cabeza hasta que notó el aliento de ella en la piel. Rozó la nariz con la de ella y lo aprovechó para moverle un poco la cara. Sonrió por el suspiro que dejó escapar ella y la besó casi sin tocarla. Aunque ya la había besado en aquella calle del centro, no pudo hacerlo con toda la intimidad que la situación merecía. Además, había sido demasiado pronto como para llevar las cosas hasta donde él quería.

Esa vez sería distinta.

Ella hizo un sonido de impaciencia justo antes de que sus labios se encontraran y el mundo dejó de ser normal y corriente para él. Entonces, se le escapó otro sonido de la garganta mientras una oleada abrasadora se adueñaba de él. Las terminaciones nerviosas se le descontrolaron y el corazón se le desbocó. Volvió a ver en la cabeza esas fantasías interminables de ella y él desnudos en la cama y dominados por una pasión irrefrenable.

Le importaba un rábano que el dueño pudiera volver y los interrumpiera, lo único que tenía en la cabeza era esa mujer que hacía que el corazón se le desbocara y el cuerpo le abrasara. El anhelo se había adueñado de él y no iba a soltarlo.

La estrechó contra sí con una mano, le tomó la cara con la otra y profundizó el beso. Le costaba un esfuerzo sobrehumano ir despacio cuando lo quería todo, los labios, la lengua, los dientes… Casi se volvió loco cuando ella separó los labios con un gemido.

Cuando sus cuerpos se fundieron, Harrison se sintió incapaz de parar. A pesar de sus mejores intenciones, el beso se disparó de tal manera que no pudo contenerlo y se dejó arrastrar por el deseo mientras se daba cuenta de que London lo deseaba tanto como él a ella.

Así tenía que ser un beso, un toma y daca de delicadeza y pasión, puro anhelo e intenciones obscenas. Entrelazó la lengua con la de ella para enardecerle la pasión más todavía. London le introdujo los dedos entre el pelo y se los clavó en la cazadora de cuero.

Oyó unos pasos por detrás y volvió a la realidad. Soltó una maldición, se separó de ella y tomó aire. Sin soltarla, parpadeó varias veces para intentar orientarse. ¿Cuándo había perdido el dominio de sí mismo de esa manera jamás? ¿Quién era esa mujer que podía volverle loco solo con hablarle de metros cuadrados, colores y centros de mesa?

–¿Qué tal todo? –preguntó una voz desde el extremo opuesto de la habitación.

London dio un respingo y apartó la mano de Harrison de su cara mientras retrocedía un paso mirándolo con los ojos como platos. El pecho le subía y bajaba y se llevó una mano a la boca para sofocar una exclamación. Él se fijó en el color congestionado de su piel y en los labios hinchados por la pasión y no pudo contener una sonrisa.

Estaba maravillosa cuando mostraba vulnerabilidad. Era todo suavidad y entrega, pero mientras se le pasaba eso por la cabeza, también podía decir que estaba recuperando muy deprisa la entereza. Su rostro volvió a tener la frialdad discreta con la que se enfrentaba al mundo. Solo los ojos la delataron antes de que los cerrara para ocultar su perplejidad.

–Me parece fantástico –le contestó él al dueño–. Creo que nos lo quedaremos.

–Perfecto. Prepararé el papeleo.

–Muy bien. Nosotros tenemos que comentar un par de cosas y ahora bajamos.

–Tengo que enseñarte tres sitios más –susurró London con rabia mientras se oían los pasos del dueño bajando por las escaleras–. No puedes tomar una decisión sin verlos todos.

Él le pasó un dedo por un pómulo y se maravilló de sus facciones.

–¿De verdad quieres pasar el resto de la tarde viendo sitios cuando lo que queremos hacer es conocernos mejor?

–Yo... –ella entrecerró los ojos–. Si crees que vas a acostarte conmigo por un beso, estás muy equivocado.

Le había salido un tono muy poco convincente.

–Tienes una mente obscena –le riñó él mientras le daba un golpecito cariñoso en la nariz–. Me gusta eso en una mujer.

–No tengo nada de eso.

–¿De verdad? –él arqueó una ceja–. Te digo que quiero conocerte mejor y tú das por supuesto que quiero acostarme contigo.

–Ya, claro... –ella se mordió el labio inferior y frunció el ceño–. Quiero decir...

–No lo digas –Harrison bajó la cabeza y le dio un beso fugaz y firme–. Lo que yo quería decir con conocerte mejor es que fuiste a Richmond a ver la carrera y que pensé que me gustaría que me enseñaras algo de tu mundo.

La noche anterior, cuando la dejó, se le ocurrió que ella sabía más cosas de él que él de ella.

London, sin dejar de mirarlo, hizo un gesto que abarcaba toda la habitación.

–Este es mi mundo.

–¿Te refieres al trabajo? Tiene que haber algo más en tu vida –ella negó con la cabeza y él asintió. Evidentemente, eran únicos en su especie en lo que se refería a sus profesiones–. Entonces, seguiremos organizando la fiesta. Ya hemos elegido el sitio. ¿Qué viene ahora?

–El menú, las flores, las invitaciones, el tema…

–Entonces, vamos a firmar el contrato y a pensar la comida. Luego, compraremos algunas flores.

–¿De verdad? –ella lo miró con escepticismo–. ¿Eso es lo que quieres hacer?

–Quiero estar contigo y ver lo que te gusta hacer. Si hay que elegir flores e invitaciones, así sea.

Ella titubeó unos segundos, pero Harrison no dijo nada y dejó que ella se aclarara.

–De acuerdo.

–Pero antes –Harrison le dio la vuelta hasta que los dos estuvieron mirando por la puerta de cristal–, vamos a hablar del patio.

–De acuerdo –repitió ella.

London lo miró con desconcierto, pero desconcertarla era parte de su plan para descubrir las pequeñas cosas que mantenía ocultas.

–¿Cómo podemos aprovecharlo para la fiesta de Tristan? –le preguntó Harrison mientras le tomaba las manos y se las ponía en la puerta–. Deja las manos ahí y dime lo que piensas.

London se estremeció cuando él le acarició los brazos hasta que llegó a los hombros y le apartó el pelo para verle el cuello.

–Se pueden colgar luces y poner asientos.

–¿Qué más?

Fue bajándole los labios por el cuello hasta que

llegaron al borde del vestido. Se lo bajó un poco para besarle la parte alta de la espina dorsal, el hombro y la nuca.

Ella se echó hacia atrás y gimió cuando su trasero se encontró con su erección. Eso inflamó más su ya incontenible deseo y le mordió ligeramente el lóbulo de la oreja entre murmullos.

–¿Qué más? ¿Cómo te imaginas la escena?

–Mmm… –murmuró ella con la respiración acelerada–. Podemos poner una barra. Eso me gusta…

La última frase fue porque él estaba acariciándole el abdomen mientras ella contoneaba las caderas para frotarse contra él.

–¿Cuántas personas crees que caben ahí fuera? –le preguntó él mientras le acariciaba un muslo por debajo del vestido.

–Un par de docenas. Ah… –ella dejó caer la cabeza sobre el hombro de él cuando le pasó los dedos por el interior del muslo–. Lo que estás haciéndome…

–¿Qué?

¿Sabía ella que había separado las piernas para que él llegara mejor? Le mordió ligeramente el cuello mientras se moría de ganas por comprobar si estaba húmeda.

–No pares.

–Aparte de las luces y los asientos, ¿cómo lo decorarías?

Pasó los dedos por encima de las bragas de algodón y, efectivamente, la tela estaba húmeda.

–Por favor…

Ella jadeaba y se cimbreaba contra su mano entre sonidos incoherentes para pedirle más.

–¿Cómo lo decorarías? –repitió él.

Introdujo la mano por debajo del elástico de las bragas y la acarició antes de hundir un dedo entre los pliegues húmedos. Dejó escapar un gruñido mientras descubría cómo le gustaba que la acariciara y ella se estremeció.

–Velas. Montones de velas.

Estaba llegando al clímax, arqueaba la espalda y oscilaba las caderas. La tormenta iba a desencadenarse y eso le producía placer. Ya no eran dos personas sino un solo ser que buscaba que tuviera un orgasmo deslumbrante.

–Concédemelo, cariño –le susurró él–. Déjame que me ocupe de ti.

Ella le clavó las uñas en el muslo. Había estado tan pendiente de ella que no se había dado cuenta de que le había agarrado tan cerca de la erección que hizo que se le endureciera hasta casi dolerle.

–Harrison...

London acabó con un estremecimiento interminable y él la acarició con más delicadeza para darle hasta la última gota de placer. Se apoyó en el marco de la puerta con una mano, jadeando para intentar respirar, soltó la otra mano de su muslo y se pasó un mechón de pelo por detrás de la oreja.

–Me encanta que llegues al clímax conmigo –murmuró Harrison mientras retiraba la mano de entre sus muslos.

La puso sobre su abdomen para estrecharla contra sí y le dio un beso en el cuello.

–No tanto como me gusta a mí llegar al clímax –replicó ella con una risa entrecortada.

–Jamás había conocido a nadie como tú –reconoció él.

–¿De verdad? –preguntó ella girando la cabeza lo suficiente como para que él vislumbrara su gesto de escepticismo.

–De verdad.

Bajo esa fachada de contención, él ya sabía que era algo que había representado toda su vida, había una mujer desenfrenada e insatisfecha con todos los límites que le habían impuesto la sociedad y las expectativas. Estaba deseando persuadirla para que dejara de esconderse.

–¿No habías hecho esto con otra mujer?

–La mayoría de las mujeres con las que he estado sabían a qué atenerse. Estuvieron conmigo por ser quien soy y estaban dispuestas a hacer lo que se me ocurriera –Harrison le dio la vuelta y no dijo nada hasta que ella lo miró a los ojos–. Tú estás conmigo a pesar de quien soy. Lo que acaba de pasar ha sido por ti, para ti, y para mí ha sido un honor inmenso haber formado parte.

–No puedo creerme lo que he hecho –murmuró ella en un tono de incredulidad sincera–. Es muy impropio de mí.

–Yo no lo creo, lo que pasa es que no quieres reconocerlo –él hizo una pausa al notar que seguía insegura–. Has estado increíble.

–No esperes que vuelva a pasar.

Sin embargo, los dos sabían que la cosa no había terminado ahí.

–Pasará lo que quieras que pase.

London lo miró con el ceño fruncido como si quisiera interpretar lo que había querido decir, y Harrison supo que organizar una fiesta jamás había sido tan sexy.

Capítulo Siete

Chip Corduroy era de lo más granado de Charleston y London había empezado a tratarlo mucho antes de crear su empresa de eventos porque conocía los secretos más abyectos de todo el mundo y le daba información a cambio de favores. Era espigado, tenía cincuenta años, era de rancio abolengo y tenía gustos caros. Desafortunadamente, eso significaba que vivía por encima de sus posibilidades y por eso le encantaba que London lo llevara al spa, de compras o a los mejores restaurantes a cambio de presentaciones y pistas.

–Me han dicho que has salido un par de veces con Harrison Crosby –comentó Chip mirándola de soslayo.

Estaban esperando a que los sentaran en Felix Cocktails et Cuisine.

–Ha sido por trabajo –contestó ella–. Estoy organizando la fiesta de cumpleaños de su hermano.

–No parece tu tipo.

–¿Porque es piloto de coches?

Ella misma captó el tono defensivo de sus palabras e hizo una mueca de fastidio para sus adentros.

–Porque su familia no es de Charleston de toda la vida.

–No hay muchos candidatos que lo sean pero, según lo que he oído, Tristan y yo encajaríamos mejor.

Se le quedó un regusto espantoso por la mentira, pero tenía que sacarle a Chip todo lo que supiera sobre Tristan.

–Entonces, ¿te has dado por vencida en cuanto a volver con Linc? Quiero decir, formabais una pareja de oro.

–Sobre el papel.

La verdad era que cuanto más tiempo habían pasado juntos y más empeño había puesto Linc en sentar la cabeza y formar una familia, más había remoloneado ella para fijar una fecha de boda. La verdad era que le había aterrado que esperaran que abandonase su profesión y que le había costado imaginarse como madre.

Sin embargo, no se planteaba esas preguntas o inseguridades cuando se imaginaba con Harrison, aunque tampoco veía un porvenir con él. Su madre dejaría de hablarle si se casaba con un piloto de coches. Además, estaba la trama contra Tristan, algo que tendría que ocultarle a Harrison toda la vida. ¿Cómo podía salir una relación si la pareja no era sincera entre sí?

Como era imposible que Harrison y ella fueran felices y comieran perdices, no tenía que angustiarse. Como no tenían ningún porvenir juntos, podía soñar despierta que vivían en una casa entre el centro de Charleston y la sede de Crosby Motorsports; que su empresa era cada vez más próspera gracias al trabajo de los fantásticos empleados que había contratado y que ya podía delegar más; que tenían dos hijos, un niño y una niña, con los ojos azul verdoso de Harrison y el pelo rubio de ella y que llegarían a ser lo que quisieran porque sus padres los animarían en todo momento.

–¿Te has enterado de que está con su empleada doméstica? –le preguntó Chip sacándola de sus sueños.

A London le costó salir de esa fantasía tan placentera.

–¿De verdad?

Hizo un esfuerzo para parecer horrorizada porque sabía que así conseguiría que su acompañante siguiera cotilleando.

–Se acuesta con ella, no hay duda.

Cuando la madre de Linc lo animó para que contratara a Claire Robbins, su reacción inicial había sido no creerse que la guapa viuda de un militar pudiese ser competencia para ella, como le preocupaba a Maribelle, y pasar por alto que Linc y Claire se entendieran muy bien. Para ella, estaba muy claro que Claire seguía enamorada de su difunto marido y que estaba completamente concentrada en su hija pequeña.

–¿Lo ha reconocido él o es un rumor? –preguntó London rompiendo la promesa de no hablar sobre los rumores que afectaban a su ex.

–Han salido a cenar y él le ha comprado unos pendientes –contestó Chip como si eso le diera toda la razón–. Además, cómo se miraban en la fiesta de su madre... –Chip puso los ojos en blanco teatralmente–. Algo está pasando sin ninguna duda.

–Todo son conjeturas –insistió ella con la esperanza de que las habladurías no fuesen verdad. Había algo de Claire que no le gustaba, había sido muy ambigua sobre su vida antes de llegar a Charleston–. Además, aunque se acueste con ella, no durará.

–¡Claro que no! –exclamó Chip como si le indignara.

Mientras los acompañaban a la mesa, London se olvidó de Linc. Linc era asunto de Everly y ella tenía que aparentar que había pasado página para que no le salpicara nada cuando el plan de venganza de Everly se llevara a cabo.

Se sentó y buscó la manera de llevar la conversación hacia Tristan Crosby y lo que Chip pudiera saber sobre él. Decidió que se lo preguntaría directamente.

–Harrison me ha contratado para que organice la fiesta sorpresa de su hermano. ¿Qué puedes decirme de Tristan?

Chip la miró con los ojos entrecerrados antes de contestar.

–Viste bien y le gusta lo mejor. Dona a organizaciones benéficas, pero no porque le importen, sino para que la gente pueda decirle lo bueno que es. Algunas mujeres me han dicho que es un depredador sexual. No te quedes a solas con él o acabará poniéndote las manos encima.

Todo eso no era ninguna novedad e insistió.

–¿No estuvo casado hasta hace poco?

–Con Zoe. Una gran chica. No sabía dónde estaba metiéndose cuando se casó con él.

–¿Chica? –repitió London al acordarse de la mujer que conoció hacia unas semanas–. Creía que tenía veintimuchos años.

–Hablo en sentido figurado. Él le echó el guante cuando todavía estaba en la universidad y siempre ha tenido un aire apocado. No hablaba casi cuando salían juntos. Solo era un elemento decorativo que todos los hombres presentes querían tener.

London sintió un escalofrío al pensar en lo que se sentiría si solo la valoraran por la cara y el cuerpo. Aunque no conocía casi a Zoe, a las dos las habían maltratado unos hombres ricos y poderosos y eso había hecho que sintiera cierta solidaridad que no había sentido con Everly, quien quería vengarse de Ryan Dailey por cómo había tratado a su hermana.

–Tú puedes conseguir algo mejor –siguió Chip–. Te propongo a Grady Edwards. De una buena y adinerada familia. Está un poco obsesionado con el polo, pero nadie es perfecto.

–Lo tendré en cuenta –replicó London diplomáticamente sin saber cómo volver al asunto de Tristan–. Aunque he oído decir que Landry Beaumont ha estado viéndolo... –eso era falso porque, según los rumores, Landry estaba persiguiendo a Linc–. ¿Y qué pasó entre Tristan Crosby y su exesposa?

–La dejó porque ella tenía una aventura. Luego me enteré de que él había montado toda la historia para no tener que pagarle nada a ella. Es un hombre sin escrúpulos –Chip se inclinó hacia delante y bajó la voz aunque no había nadie que pudiera oírlos–. Magnolia Spencer me dijo en confianza que ella no se llevó casi nada.

–¿Por algún contrato prematrimonial?

–Porque no hay dinero.

–¿Cómo es posible? Crosby Automotive va excepcionalmente bien y, según me han contado, Tristan lleva cinco años restaurando la casa Theodore Norwood en Montague. Un cliente mío ha hecho parte del trabajo y me ha contado que Tristan ha metido casi tres millones en el proyecto.

Chip se encogió de hombros y se concentró en la carta.

–¿Qué te apetece?

A ella le encantaría mantener viva esa conversación, pero decidió que si seguía indagando, Chip acabaría sospechando. Fuera lo que fuese lo que estaba haciendo Tristan, no provocaba ese tipo de habladurías que le perjudicarían si se sabían. London también miró la carta, pero estaba pensando que parecía casi imposible encontrar una manera indirecta de hundir a Tristan Crosby.

Zoe había explicado que Tristan era increíblemente discreto sobre sus asuntos económicos. Tanto que cuando el abogado de ella investigó su situación, a raíz del divorcio, resultó evidente que gastaba más que lo que recibía en concepto de sueldo de Crosby Automotive y por sus inversiones.

–Creo que voy a tomar la *tarte flambeé* –siguió Chip–. O el pulpo.

Una vez elegida la comida, London se dejó caer en el respaldo y escuchó a medias lo que estaba contándole Chip sobre los últimos acontecimientos. Dejó de pensar en Tristan para empezar a pensar en Harrison y en el peligroso camino que estaba tomando. Lo que había pasado en el sitio donde iba a celebrarse la fiesta de su hermano era un ejemplo perfecto del poder que ejercía ese hombre sobre su libido. Ella no podía creerse todavía que hubiese tenido un orgasmo en un sitio donde podrían haberlos descubierto en cualquier momento.

Se sonrojó al acordarse de cómo se había restregado contra él para exprimir todo el placer que le ofrecía. Jamás había tenido un clímax como ese y tenía que reconocer que había sido en parte por el peligro de que los descubrieran con la mano de él debajo de su falda.

Cuando se lo contó a Maribelle, su amiga se quedó atónita al principio y luego la animó encarecidamente. Decir que había dado un paso adelante era decir muy poco. Lo que más le sorprendía era que no se arrepentía ni lo más mínimo. Había hecho algo perverso y lujurioso y no oía la voz de su madre recriminándoselo en todos los tonos. Quizá estuviese progresando.

Le sonó el teléfono. Era el jueves por la noche y Harrison se había marchado a Miami para correr la última carrera de la temporada, pero le impresionó un poco que el corazón se le acelerara de esa manera solo de pensar en hablar con él. Aun así, dejó el teléfono boca abajo en la mesa.

Después de aquel encuentro increíble del lunes, Harrison había cumplido su palabra y la había acompañado a elegir las flores y las invitaciones, y los días siguientes, aunque había estado ocupado con los preparativos de la carrera, le había mandado unos mensajes que habían hecho que le vibrara el cuerpo. Se había sentido cada vez más impaciente por volver a verlo con cada mensaje que recibía. Incluso, había soñado despierta con lo que haría la próxima vez que lo viera a solas.

El teléfono volvió a sonar.

Hace calor en Miami. Pienso en ti en bikini.

La alegría se adueñó de ella. Mareada por el placer, se olvidó de que estaba sentada enfrente de uno de los cotillas más empedernidos de Charleston.

Te echo de menos.

London se quedó mirando el mensaje que acababa de mandar. Sin bien era verdad, no podía creerse que se hubiese sincerado de esa manera.

¿Seguro que no puedes venir aquí conmigo?

Ella se mordió el labio inferior por la tentación. Grace podría ocuparse del acto que tenía organizado para el sábado por la noche. Sería muy fácil montarse en un avión y el domingo estar en las gradas animándolo.

No puedo. ¿Cenamos el lunes en mi casa?

La respuesta apareció en cuestión de milésimas de segundo.

Claro

London le mandó una cara sonriente y dejó el teléfono en la mesa con una sonrisa de oreja a oreja. Entonces, se dio cuenta de que su compañero de mesa la miraba con una expresión pensativa.

–Eso no era trabajo…

–¿Por qué lo dices? –replicó ella sonrojándose.

–Jamás te había visto con esa sonrisa –Chip entrecerró los ojos–. Ni siquiera cuando empezaste con Linc. Además, estás sonrojada. ¿Quién es él?

–¿Por qué crees que era él? –London sacudió la cabeza–. Podría haber sido Maribelle.

–Era Harrison Crosby, ¿verdad? –Chip mostró un convencimiento absoluto–. Te interesa, es un partido.

–¿Lo es…? –preguntó London en voz baja–. No había pensado en él de esa manera…

Mentiras y más mentiras. No había pensado en otra cosa durante los últimos días. Se quedó espantada de la persona en la que estaba convirtiéndose. Tampoco había pensado cómo zafarse de su promesa de hundir a Tristan si sus sentimientos hacia Harrison se hacían más intensos. Cada vez estaba más convencida de que todo eso iba a estallarle entre las manos y que acabaría perjudicándole a Zoe en vez de ayudarla.

***

Everly, en una mesa al lado del ventanal de una cafetería que había enfrente de las oficinas de London, bebía té verde y pensaba en lo mucho que le preocupaba la relación de London con Harrison. Era una majadera. Al menos, había elegido al hermano sin importancia, si se hubiese enamorado de Tristan, habría tenido que matarla.

Sonó su móvil y vio el nombre de su secretaria. Dejó que saltara el buzón de voz porque no quería cometer el mismo error que London, no quería que nada la distrajera. El teléfono volvió a sonar un segundo después y era Nora otra vez. Resopló, dejó de apretar los dientes y contestó.

–Qué.

–Devon Connor está aquí para la reunión de las cuatro –contestó Nora sin inmutarse por el tono cortante de su jefa.

–¿Qué reunión de las cuatro?

Everly se ocupaba de potenciar la marca de los muchos centros turísticos con campos de golf que Devon Connor tenía a lo largo de la costa. Su cuenta se había convertido en la parte principal de su actividad desde que detuvieron a Kelly hacía un año.

–La que te comuniqué por mensaje, por correo electrónico y de viva voz ayer y esta mañana. ¿Dónde estás?

–Dile que me he retrasado –le pidió Everly maldiciendo para sus adentros.

–¿Cuánto tiempo?

Everly miró el reloj y vio que ya eran las cuatro y cuarto. London solía salir a esa hora de trabajar.

Antes, ese mismo día, se había hecho con cierto dispositivo que podía ayudarles a todos. Como decidió que London no sabía nada de tecnología ni tenía las herramientas necesarias para enterarse de los trapos sucios de Tristan Crosby, había tomado cartas en el asunto.

La memoria USB que llevaba en el bolso tenía un software que si se conectaba a un ordenador, podía sortear las contraseñas y hacerse con la información del disco duro. La cuestión era si London sería capaz de llegar hasta el ordenador de Tristan.

–Vuelve a citarlo para mañana –Everly calculó todo el trabajo que le quedaba para la presentación de la última adquisición de él–. Si puedes posponerlo para la semana que viene, sería mucho mejor.

–No va a hacerle ninguna gracia.

–Invéntate algo. Dile que tengo que resolver una emergencia –Everly vio a London que salía del edificio–. Tengo que dejarte.

Everly cortó la llamada de su secretaria, salió de la cafetería y siguió a London aparentando ser una mujer anodina que iba mirando escaparates por la calle King.

London caminaba con decisión. Evidentemente, tenía que ir a algún sitio. Con toda certeza, iría corriendo a encontrarse otra vez con Harrison. La idea hizo que le rechinaran los dientes. ¿Podía saberse qué se creía que estaba haciendo? ¿Acaso se creía que tenía la más mínima posibilidad con Harrison? Aunque solo estuviese divirtiéndose un rato con el atractivo piloto de coches, se había desviado de sus prioridades. Le irritaba tener que recordárselo otra vez.

London había llegado casi a su coche, pero

Everly aceleró el paso y la alcanzó justo cuando estaba abriendo la puerta con el mando a distancia.

–¿Adónde vas tan deprisa? –le preguntó Everly en un tono más acusatorio del que había querido emplear.

–¿Qué haces aquí?

London miró alrededor para comprobar si estaban viéndolas.

–Tranquila, nadie va a vernos –Everly se cruzó de brazos y la miró con desdén–. Has pasado mucho tiempo con Harrison Crosby, ¿le has sacado alguna información que podamos utilizar contra su hermano?

Everly lo preguntó aunque creía que ya sabía la respuesta. A juzgar por cómo había desviado la mirada London, era evidente que no estaba tomándose en serio el pacto de venganza que habían hecho.

–Mira, no es tan sencillo, no puedo limitarme a pedirle a Harrison que me cuente los secretos de Tristan.

–Claro que no –Everly sacó la memoria USB del bolso–. Por eso te he traído esto.

London miró el artilugio unos segundos.

–¿Qué es eso?

–Es una memoria USB con un programa especial. Solo tienes que conectarlo en algún puerto del ordenador de Tristan y teclear algunas órdenes. Así le sacaras toda la información del disco duro.

–¿De dónde lo has sacado?

–Eso da igual –contestó Everly menos irritada–. Solo tienes que saber que funciona.

–¿Y cómo voy a llegar hasta el ordenador de Tristan?

London no servía para nada. Estaba dejando que sus sentimientos hacia Harrison la desviaran de su misión principal. Afortunadamente, Everly lo tenía todo pensado y había trazado un plan.

–Va a haber un partido de polo benéfico en la finca de Tristan –le explicó Everly–. Ocúpate de que te inviten. Será la ocasión perfecta para que consigas la información que necesitamos.

–Parece arriesgado...

Everly quiso zarandearla.

–¿Crees que eres la única que se la juega?

–No lo sé –contestó London endureciendo la mirada–. Además, ¿no se trataba de que no tuviéramos ningún contacto? Si cada una se ocupaba del problema de otra, nadie podría seguirnos la pista, solo habría sido un encuentro casual de unas desconocidas en un acto. ¿No era ese el plan? Sin embargo, me has seguido a la salida de mi empresa para darme un dispositivo que debería utilizar. ¿Qué pasaría si me capturan y siguen el rastro hasta ti?

–No dejes que te capturen.

–¿Pueden localizarte por este cacharro?

–No. La persona que me lo dio es muy meticulosa.

–¿No podría esa persona entrar en los archivos de Tristan? ¿No es eso lo que hacen?

–Si hubiese querido contratar a un pirata informático, no te habría necesitado a ti y tampoco tendría por qué arruinarle la vida a Linc de tu parte –Everly no le contó que el pirata había intentado meterse en el ordenador portátil de Tristan y no lo había conseguido–. Cumple tu parte y todo se resolverá.

Everly se dio media vuelta y se marchó antes de

que London pudiera abrir la boca. Una princesa malcriada como London McCaffrey acabaría estropeándolo todo. Aunque, naturalmente, no era el único problema. Zoe también se había estancado en su misión de hundir a Ryan Dailey. Al menos, era muy poco probable que la exesposa de Tristan fuese a enamorarse de su objetivo. Tristan la había dejado escaldada durante el matrimonio y el divorcio y, seguramente, Zoe no volvería a confiar en un hombre jamás. Eso le venía bien a ella. Esos tres hombres eran lo peor de lo peor y se merecían todos los espantos que pudieran pasarles.

Capítulo Ocho

London se había pasado los días previos a la cena con Harrison pensando en cómo quería que transcurriera la noche. Ya había decidido que dormiría con él y había cambiado las sábanas de la cama. También había puesto flores y velas en el dormitorio. Seguramente, él no se fijaría en ninguno de esos detalles, pero ella era una organizadora de eventos y llevaba en la sangre lo de acondicionar los sitios para que la experiencia fuese más intensa.

Además, no quería que él la sorprendiera desprevenida por segunda vez. Lo que pasó entre ellos en Upstairs fue increíble, pero no estaba acostumbrada a que fuese tan... espontáneo. Esa noche sería distinto. Ella sabía qué podía esperar. ¿Podía Harrison decir lo mismo? ¿Se daría cuenta de que estaba dispuesta a llevar las cosas al siguiente nivel? ¿No debería hacerlo él después de haberla llevado al clímax en un sitio público?

Cuando él llamó a la puerta con una botella de vino blanco en las manos, ella estaba perfecta.

–¡Caray! –exclamó Harrison mirándola detenidamente con esos ojos del color del mar.

London había elegido un vestido de seda rosa oscuro que le resaltaba las curvas y hacía que se sintiera sexy y cómoda a la vez. Se había pintado las uñas de los pies a juego con el vestido y había dejado los zapatos en el armario para mostrarle una faceta de su personalidad que salía a la luz cuando estaba en su propio espacio.

–Gracias –murmuró ella–. Pasa.

–¿Sabías que somos vecinos? –le preguntó él mientras le rodeaba la cintura con un brazo y la estrechaba contra sí–. Vivo en el edificio del al lado –Harrison bajó la cabeza para ponerle la nariz debajo de la oreja–. ¡Qué bien hueles!

–¿De verdad? –ella ladeó la cabeza para que la oliera mejor–. Me refiero a que vivas en el edificio de al lado.

–Es increíble, ¿verdad? –él la soltó y levantó la botella de vino–. Dijiste que íbamos a comer marisco.

–Risotto con vieiras.

–Tiene muy buena pinta –la acompañó a la cocina mientras miraba alrededor–. Es muy bonito. ¿Cuánto tiempo llevas viviendo aquí?

–Tres años. ¿Desde cuándo tienes tú tu casa?

–Casi cinco años.

–Me sorprende un poco que tengas un piso en el centro. Me pegaba más que prefirieras un garaje grande y mucho sitio al aire libre.

–Había pensando venderlo, pero con mi tipo de vida me resulta más fácil vivir en un sitio donde no tengo que ocuparme de nada. ¿Te ayudo?

Ella le pasó la botella de vino y el sacacorchos. Él sirvió dos copas y le llevó una a los fuegos.

–También cocinas –comentó él en tono de admiración–. Eres una mujer con infinidad de talentos.

–Me gusta probar recetas nuevas. Solía recibir mucho, pero hace tiempo que…

London no terminó la frese al acordarse de todas las cenas que habían dado Linc y ella allí.

–¿No tienes a quién cocinar?

Ella asintió con la cabeza, aunque habría preferido que no hubiese invocado al espectro de su exnovio con esas palabras tan irreflexivas.

–Maribelle viene una vez a la semana para ponerme al día de sus preparativos de boda, pero le da miedo no entrar en el vestido de novia y le pongo ensalada con pollo cocido.

–Puedes cocinar para mí siempre que quieras. La mayoría de los días, durante la temporada de carreras, estoy tan ajetreado que me alimento con batidos de proteínas y comida preparada. Algunas veces, alguna de las esposas de mis compañeros se compadece de mí y me trae algo de comida casera.

–Pobrecito… –se burló ella cuando su teléfono empezó a sonar.

London miró la pantalla e hizo un gesto de fastidio. Llevaba una semana eludiendo las llamadas de su madre. Alguien le había informado a Edie sobre el hombre nuevo que había en su vida y le había dejado unos mensajes en el buzón de voz salpicados de decepción y comentarios desagradables.

–¿No contestas? –le preguntó Harrison.

–No.

–¿Pasa algo? –insistió él con las cejas arqueadas por el tono tajante de ella.

–Le gusta meterse donde no le llaman.

–¿Dónde es eso?

Harrison apoyó la cadera en encimera y la clavó la mirada.

–En mi vida.

–¿Se ha enterado de que estamos viéndonos?

–No quiero estropear la cena con una conversación sobre mi madre.

–Lo tomaré como un sí.

Él lo había dicho como si eso le preocupase, pero ella no quería que se quedara con una impresión equivocada.

–Me da igual lo que ella piense, no es asunto suyo.

–Sin embargo, ella no me habría elegido…

–Me da igual a quién hubiese elegido ella. Yo soy quien está saliendo contigo.

–Seguro que estaba encantada de que te casases con Linc Thurston.

Necesitaba que la cena fuese perfecta para lo que tenía pensado y no lo sería si la actitud elitista de su madre le ponía de mal humor.

–Si no te importa, no quiero hablar ni de mi madre ni de mi compromiso fallido.

–Lo entiendo.

Ella captó algo en su tono que le indicó que no se había quedado satisfecho con la forma de haber acabado la conversación.

–Creo que el risotto ya está. ¿Te importaría llevar los platos?

Fueron a la mesa del comedor y se sentaron. La luz de las velas suavizaba los rasgos de Harrison y le daba un aire misterioso a sus ojos del color del mar cuando hablaba de la carrera del día anterior y ella le contaba cómo era el grupo de jazz que había contratado para el cumpleaños de su hermano.

Mientras comían, ella lo devoró con la mirada. Era un temerario y un competidor. Era un hombre que clavaba la mirada en la línea de meta y no paraba hasta que llegaba. Por eso se había imaginado que la cena transcurriría de otra manera, que la tensión sexual habría ido creciendo y que habrían acabado el uno encima del otro antes del postre.

Harrison, sin embargo, había estado cambiando de conversación de un tema a otro. Fue cómodo y divertido, pero London no pudo evitar un arrebato de desaliento mientras llenaban el lavaplatos entre los dos.

¿Se habría equivocado al haber dado por supuesto que acabarían en la cama? Harrison parecía tan relajado como ella alterada.

Entonces, cuando el lavaplatos empezó a funcionar, se dio la vuelta para mirarlo. Se miraron durante un rato largo y silencioso. La avidez y el nerviosismo se debatían dentro de ella mientras esperaba a que él diera el primer paso. Cuando la tensión llegó a un punto crítico, London levantó una mano hasta el lazo que le mantenía cerrado el vestido. Había llegado el momento de ser lanzada con él. Tiró y el lazo se deshizo. Harrison se quedó en silencio mientras miraba cómo le caía el vestido a los pies. Se quedó con una camisola de seda y un tanga a juego y le sonrió.

–He pensado que podríamos ver una película –London tomó un mechón de pelo entre los dedos–. A no ser que prefieras hacer otra cosa.

Él resopló, dejó escapar una risa entrecortada y esbozó media sonrisa.

–Vamos a pasarlo bien juntos.

–Lo sé –London le agarró la camisa y tiró de él–. Bésame.

Él obedeció, pero no como había esperado ella. London quería que le devorara la boca y le desarbolara el alma, pero él la atormentó con delicados besos por las mejillas, la nariz, los ojos y la frente.

–La de cosas que quiero hacerte... –murmuró él junto a su oreja.

London se sintió aliviada aunque los pechos anhelaban sus caricias.

–¿Como qué?

–Llevarte al dormitorio.

Subió las manos por sus costados y le pasó un pulgar por debajo de un pecho hasta que se arqueó para que le pasase el pulgar por el pezón, pero volvió a acariciarle la espalda.

–¿Y luego? –le preguntó ella con cierta frustración en el tono.

–Quitarte la ropa.

¡Por fin parecía que estaban llegando a algo!

–¿Y… qué más?

–Tumbarte en la cama y abrirte bien las maravillosas piernas.

Sus palabras estaban haciendo que se pusiera a temblar y sospechaba que lo que estaba haciéndole con las palabras no podría compararse lo más mínimo con lo que le haría cuando empezara a utilizar las manos y los labios.

–¿Qué te parece? –preguntó él.

Ella asintió con la cabeza porque se había quedado un segundo sin voz por la excitación.

–¿Qué más? –susurró London con un hilo de voz.

Él, sin embargo, la oyó y sonrió.

–Te besaría por todos lados hasta que te retorcieras del placer.

–Sí, por favor.

–Te lo aviso desde ahora, pienso hablar mientras…

–¿Qué? –London lo miró deleite–. ¿Qué vas a decirme?

–Lo hermosa que eres y lo mucho que me excitas.

–¿Y esperas que te conteste?

A esas alturas de la relación, no sabía si estaba preparada para abrir el corazón y transmitirle lo que pensaba y sentía.

–No espero nada. Relájate y escucha.

–¿Que me relaje? –tenía todos los músculos en tensión y los nervios a flor de piel mientras esperaba sus caricias–. Tengo la sensación de que puedo hacerme añicos en cuanto me toques.

–Eso no va a pasar –le tranquilizó él antes de besarla.

London suspiró y cambiaron sus sensaciones. El nerviosismo dejó paso al ardor y las oleadas de placer. Intuía que Harrison no haría nada que fuese a romperle el corazón. En realidad, podría curárselo si ella lo dejara.

Sin embargo, era imposible.

Una mentira enorme se cernía sobre ellos y proyectaba una sombra sobre cada una de las maravillosas sensaciones que le oprimían el pecho. Anhelaba estar con él aunque sabía que el remordimiento acabaría destruyendo todo lo bueno que había entre ellos.

Sintió un cosquilleo por todo el cuerpo cuando él le recorrió el brazo con una mano y le bajó el tirante de la camisola. Se olvidó del futuro en cuanto la seda le rozó el pecho y el ardor se hizo abrasador. Se estremeció cuando él bajó los labios por el cuello. Lo deseaba. Era sencillo y complicado a la vez, pero, sobre todo, era inevitable.

Le tomó el borde de encaje con los dedos y fue bajándole la tela, que se atascó un poco en los pezones endurecidos. Ella contuvo la respiración cuando la piel ardiente quedó expuesta.

–Tienes unos pechos perfectos –murmuró él pasándole los labios por la parte de arriba.

London introdujo las manos entre su pelo y tuvo que contener un grito de rabia cuando él apartó los labios de los anhelantes pechos y volvió a besarle el hombro.

–Necesito tu boca en mi cuerpo. Harrison, por favor...

Él, en vez de hacer lo que le había pedido, se apartó un poco y la miró con los ojos nublados por la avidez, lo que le disparó el deseo y la seguridad en sí misma.

Sabía lo que era la pasión y se había entregado al deseo y a las relaciones sexuales incontenibles. Sin embargo, lo que sentía por Harrison no era solo físico. Le gustaba de verdad.

Linc y ella habían sido novios durante tres años y habían pasado mucho tiempo separados, pero muy pocas veces se los había imaginado haciendo el amor y nunca se había excitado tanto que había necesitado... liberarse. Harrison, en cambio, le había despertado un anhelo incontenible casi desde el principio. Un anhelo que una vez, cuando estaba sola en la cama, le había obligado a tomar el asunto entre las manos antes de volverse loca.

–¿Estás húmeda? –le preguntó él en un tono susurrante que le disparó la avidez.

–Sí...

Él introdujo los dedos por debajo de la escasa tela del tanga y ella contoneó la pelvis para que ahondara más.

–Lo estás –murmuró él sin dejar de acariciarla–. ¿Puedes estarlo más?

–Sigue así... –a London se le quebró la voz

cuando él presionó levemente en la pequeña protuberancia– y lo verás...

Él se rio ligeramente en un tono ronco.

–¿Y si meto la cabeza entre tus piernas y te paladeo?

Las piernas habían estado a punto de doblársele antes de esa oferta, pero, en ese momento, el anhelo la dominaba.

–Harrison.

Le temblaban las rodillas, pero sabía que él se ocuparía de ella. Él la tomaría en brazos y le daría un placer como no había conocido hasta la fecha.

–¿Sí, London?

Sus diestros dedos la acariciaban tan maravillosamente que le parecía que podía morirse. Cerró los ojos con fuerza y tomó aire para decirle lo que quería.

–No quiero que nuestra primera vez sea aquí –aunque estaba a punto de darle igual que se hubiese pasado horas preparando la noche perfecta–. Llévame al dormitorio.

A él le daba igual dónde fuese la primera vez si ella estaba contenta. Se inclinó y la tomó en brazos. Ella se rio mientras se agarraba al cuello y se lo besaba.

Él se dio cuenta de que ella lo había planeado, de que lo había invitado a cenar con la intención de acostarse con él. Menuda mujer.

La dejó en el suelo y la abrazó para besarla. Sintió una descarga eléctrica cuando ella introdujo la lengua en su boca para que paladeara su deseo. El beso, ardiente y vibrante, auguraba unas fantasías que todavía no había llegado a soñar. Esa noche se trataba de averiguar más cosas sobre London y algo le decía que iba a sorprenderlo.

–Estoy obsesionada con tu boca –comentó ella cuando él dejó de besarla y apoyó la frente en la frente de ella–. No puedo dejar de pensar en dónde quiero que me beses.

Harrison se limitó a sonreír y a dejar que sus ojos hablaran por él. Ella suspiró sin dejar de mirarle los labios.

–He intentado resistirme –siguió ella–, he intentado mantener la sensatez, pero me excito solo de oír tu voz.

Le acarició las caderas. No quería hacer o decir nada que detuviera aquella confesión. Ella hacía que sintiera cosas desconocidas para él y flotaba de placer cuando ella se hacía eco de los mismos deseos que sentía él.

–¿Cuánto te excitas?

–Me arde la piel, me duelen los pezones, quiero que te los metas en la boca y succiones con ganas.

–Sigue –le ordenó él con la voz ronca mientras le besaba el hombro.

Ella le rodeó los hombros con los brazos y echó la cabeza hacia atrás para mostrarle el cuello. Harrison lo aprovechó con los labios y los dientes. London dejó escapar un gruñido que le brotó del pecho y se le contrajeron los músculos.

–Harrison...

Su voz ronca delató lo excitaba que estaba y él sonrió a pesar de que casi sentía dolor por debajo del cinturón. La acercó a la cama y se quitó la camisa y los zapatos. Introdujo los dedos por debajo del elástico del tanga y le bajó el trozo de seda y encaje por las caderas y los muslos. Se estremeció cuando él se arrodilló para ayudarle a quitárselo de los pies.

Mientras se tumbaba en la cama, se quitó los pantalones y los calzoncillos. Su erección la señaló directamente en cuanto estuvo libre. London se apoyó en los codos y se lo comió con la mirada. Cuando vio que había captado toda la atención de él, separó las rodillas. Harrison quiso gritar de felicidad al verla tan rosa y húmeda. Se subió a la cama con una sonrisa.

–Eres preciosa.

Le pasó la yema de un dedo por el abdomen hasta que llegó a la franja de vello que llevaba a donde anhelaba entrar.

–¿De verdad? –preguntó ella mirándose con el ceño fruncido.

–Tú no puedes apreciarlo como yo –un dedo se abrió paso entre los pliegues húmedos y ella abrió los ojos mientras dejaba escapar un sonido gutural–. Me encanta lo sensible que eres.

–Tú sacas eso de mí –murmuró ella con unos delicados jadeos.

Él sonrió, bajó la cabeza entre sus piernas y le pasó la lengua por ese centro ardiente. Ella levantó las caderas mientras dejaba escapar un improperio.

–Avisa antes... –farfulló ella presionando contra su boca.

–Voy a volverte loca antes de que llegues al clímax.

–Mejor... –gimió ella antes de que él la paladeara por segunda vez.

Sonrió por su dulzura y su sabor. Ella gemía con cada movimiento de su lengua e introdujo los dedos entre su pelo para clavárselos en el cuero cabelludo cuando tomó el palpitante clítoris entre los labios y lo succionó. Ella gritó antes de decir su nombre y arqueó las caderas para recibir más placer de su boca.

–¡Harrison...! –gritó ella con la voz quebrada–. Me encanta...

Él le tomó el trasero con las manos y abrió los ojos para ver sus reacciones mientras seguía deleitándola con la lengua y los labios. Su cuerpo se movía con una elegancia perfecta, como en todo lo que hacía, aunque se había esfumado su discreción habitual. Se dejaba arrastrar por el momento y contoneaba las caderas como si estuviese bailando para él. Era tan increíblemente sensual que él sabía que tenía que darle más placer todavía. Redobló los esfuerzos y la deleitó con todos los recursos que conocía. Ella no sabría qué le había pasado cuando alcanzara el clímax, pero antes quería que conociera todo lo que él podía darle.

–Harrison, es demasiado...

London se agarró a la colcha hasta que los nudillos se le pusieron blancos.

–Acaríciate los pechos –le ordenó él aunque no sabía si ella podría oírlo–. Enséñame lo que hago que sientas.

Para su sorpresa, ella soltó su pelo y la colcha y empezó a acariciarse los pezones con un desenfreno que él jamás se había imaginado que vería.

–Ah... –gimió ella–. Más... Más...

Sus gritos apasionados lo endurecieron como no había estado nunca, pero ese no era su momento. Al menos, no lo era directamente. Sentía una satisfacción enorme al desenfrenarla de esa manera. Cuando comprendió hasta qué punto quería ella llegar al clímax, le introdujo dos dedos. Ella dejó caer la cabeza fuera de la cama y un sonido incoherente le brotó de la garganta.

–Muy bien, dámelo todo –Harrison la agarró del trasero y le presionó el clítoris con la punta de la lengua–. Déjate llevar.

–Es... Es... Es increíble...

Entonces, soltó un grito y explotó. Harrison la observó. No había nada tan perfecto en el mundo como London McCaffrey desmantelada por el placer, arqueándose y contoneándose para restregarse contra su boca. Un orgasmo devastador se apoderó de ella y él saboreó todas las oleadas que la arrasaban.

Cuando se quedó inerte, retiró la boca y le besó con delicadeza el vientre y el abdomen. Le subía y bajaba el pecho mientras intentaba recuperar el aliento. Estaba con las manos en los ojos mientras emitía unos sonidos incoherentes.

–¿Estás bien? –le preguntó él besándole el cuerpo y fijándose en el rubor maravilloso de su piel por el clímax.

–¿Qué me has hecho? –le preguntó ella como si estuviese desfallecida.

–Yo diría que ha sido un orgasmo.

Él no disimuló su satisfacción y esperó que ella no se abochornara de repente por cómo se había dejado llevar. Había sido increíblemente sexy y él no quería que ella se retrajera.

–Uno bastante intenso –añadió él.

Ella separó los dedos de las manos y lo miró.

–¿Qué voy a hacerte yo...?

Un segundo después, ella contestó su propia pregunta y le tomó la erección con una mano.

–Puedes acariciarla un par de veces –le propuso él con un gemido cuando ella lo hizo y le demostró lo dispuesta que estaba a complacerlo–. No hace falta que seas muy delicada, no va a romperse.

–¿Así?

Él gruñó después de una serie de caricias provocativas.

–Muy bien.

Harrison se inclinó para besarla con ganas y para que supiera lo mucho que le gustaba que lo acariciara.

–No está mal –murmuró ella–, pero estaría mucho mejor que te pusieras un preservativo y me hicieses el amor.

No hizo falta que se lo dijera dos veces. Tardó segundos en encontrar el envoltorio de papel de aluminio y en protegerse. Ella lo observó con los ojos entrecerrados y mordiéndose el labio inferior. Él se tomó un instante para deleitarse con su pelo rubio y despeinado y con sus labios inflamados por la pasión. Entonces, se puso entre sus muslos y fue abriéndose paso con cuidado. La notaba tan receptiva que quería que fuese un momento perfecto para ella.

Le apartó un mechón de la cara y le dio un beso en la mejilla.

–¿Preparada...?

–¿De verdad crees que tienes que preguntarlo?

Tuvo que concentrarse todo lo que pudo para entrar despacio y que ella fuese adaptándose. Lo que no había tenido en cuenta era que él también tenía que adaptarse a ella. London soltó el aire lenta y entrecortadamente a medida que iba llenándola. Era como si estuviese liberándose de algo que llevaba conteniendo desde hacía mucho tiempo.

Cuando terminó la lenta y prolongada acometida, ella abrió los ojos y lo miró. Él captó tanta confianza que se sintió el hombre más poderoso del mundo.

–Eres increíble, cariño –murmuró él para cumplir la promesa de hablar–. Me encanta cómo me atenazan tus músculos, como si me quisieras ahí y no quisieras soltarme.

–Así es –London bajó las manos por su espalda hasta clavarle los dedos en el trasero–. Me encanta tenerte dentro.

Entonces, no hizo falta decir nada más. Fue una mezcla de manos, lenguas, labios, respiraciones y pieles que se descubrían a un nivel completamente nuevo. Decir que le gustaba estar dentro de ella era como no decir nada. London era ardor, avidez e intensidad mientras le rodeaba la cintura con las piernas y se aferraba a él, que acometía con un ritmo firme que parecía gustarle a ella. Movía las caderas a su ritmo y hacía que la intensidad aumentara un poco más.

–Harrison, por favor –le pidió ella atenazándolo con los músculos internos–, llévame al clímax otra vez. Lo necesito.

Él jamás había decepcionado a una mujer. Introdujo una mano por debajo de ella para levantarla y adaptó las acometidas para rozarle el clítoris cada vez que entraba en ella como un émbolo. Eso parecía, entraba y salía una y otra vez con los dientes apretados para contener su propio placer. Hasta que ella arqueó la espalda y dejó escapar un grito mientras le clavaba las uñas en los hombros y decía su nombre al ritmo de las embestidas. Unos segundos después, se estremecía con toda una serie de convulsiones que lo arrastraron detrás de ella.

Acometió una última vez, se dejó caer en los antebrazos con la cabeza en la cama por encima del hombro de ella, que movió la cara para que se encontraran las sudorosas mejillas. Harrison tenía la respiración entrecortada y le costó abrir los ojos. Aunque más le costó levantar la cabeza. Sin embargo, tenía que mirarla para comprobar que ella había sentido la misma sensación devastadora que él.

Para su desconsuelo, ella tenía los ojos cerrados y una expresión de satisfacción.

–London…

–Ha sido mejor de lo que me esperaba –ella abrió los ojos con un brillo posesivo y volvió a cerrarlos–. Y había esperado mucho…

Él se tumbó de costado con la cabeza en una mano. Le apartó un mechón de pelo que le cruzaba la cara y se deleitó con ese momento de quietud. Ella levantó una mano para tomarle la cara y pasarle el pulgar por los labios.

–Ya no estoy obsesionada solo con tu boca –comentó ella en un tono adormilado–, ahora también lo estoy con tu… miembro.

Harrison se quedó boquiabierto. ¿De verdad había dicho eso? ¿Sus amigas de la alta sociedad sabían que esa mujer existía? Él no lo creía. En realidad, diría que London no se había dado cuenta de lo… ardiente que era hasta hacía muy poco.

–Me alegro de oírlo –murmuró él abrazándola con fuerza–. Yo también lo estoy…

Capítulo Nueve

A London se le aceleró el corazón cuando Harrison desvió el Mercedes para tomar el camino que llevaba a la entrada de Crosby Motorsports. Encima de ellos, el logotipo de la empresa y los números de los cuatro coches del equipo recibían a los empleados y a los admiradores.

Esa noche iban a asistir a una fiesta de final de temporada para los seiscientos empleados que habían conseguido que Crosby Motorsports acabara tercero. Era su primera aparición como novia de Harrison y llevaba todo el día nerviosa por las posibles repercusiones de lo lejos que habían llegado las cosas.

El dispositivo que le había dado Everly era una carga psicológica, pero cada día que no lo utilizaba era un día más que no había traicionado a Harrison. Ya no se identificaba con la mujer que se había comprometido a vengarse de Tristan. Además, ¿qué les debía a Zoe y Everly?

Quince edificios componían los treinta y cinco mil metros cuadrados de instalaciones de última tecnología que acogían a cuatro equipos permanentes de Ford. London y Harrison, de la mano, se dirigieron al museo de la empresa, al lugar donde estuvo la tienda original cuando se fundó la empresa en 1990, al edificio que albergaba la imponente colección de coches de Jack Crosby.

La corriente de invitados los arrastró dentro del edificio y pasaron de largo junto a algunas casetas que, según Harrison, eran muy visitadas por los aficionados. Se habían colocado distintas barras para que los invitados pudieran beber algo antes de que se sirviera la comida en una carpa.

–Alguna noche te traeré y te haré una visita guiada como dios manda –comentó Harrison mientras pasaban junto a unos coches únicos.

–¿Qué tiene de malo este momento? –le preguntó ella.

–Me he expresado mal. Quería decir una visita como dios no manda. ¿Nunca te ha apetecido hacerlo en el asiento trasero de un Chevrolet de 1969? –le preguntó él con una mano encima de un coche naranja.

Ella lo miró con un brillo burlón en los ojos, aunque se había sonrojado.

–¿Te parezco el tipo de chica que tendría esas fantasías?

Sin embargo, notó unas palpitaciones entre los muslos mientras lo decía. Se imaginó montándolo en uno de esos coches, empañando los cristales y mirándolo cuando llegaba al clímax. Se estremeció de placer.

–Creo que ya has hecho cosas conmigo que jamás te habías imaginado que harías.

Ella se encogió un poco de hombros porque tenía razón, pero un joven se acercó antes de que pudiera replicar y le pidió a Harrison si le importaría conocer a su abuela, que era una gran admiradora de él y estaba inmovilizada por la artritis.

–Ve –le dijo London–. Voy a buscar el cuarto de baño.

–¿Nos reencontramos aquí? –Harrison miró el Chevrolet–. Puedes pensar mi oferta mientras tanto.

–Estaré esperando.

Diez minutos después, volvió a ese punto, pero no le sorprendió que Harrison no hubiese llegado todavía. De repente vio a Tristan. Se abría paso entre la gente como si fuese la persona más importante que había allí. No irradiaba seguridad en sí mismo, más bien la atronaba. La gente lo observaba y ella no podía reprochárselo. Era difícil permanecer inmune a la perfección de sus rasgos cincelados y a su poderosa constitución.

Iba vestido con un elegante traje gris oscuro y parecía más ancho de espaldas que Harrison, pero ella sospechaba que no todo era músculo. Ella sabía de primera mano la fuerza que tenía ese cuerpo espigado de Harrison, afinado y esculpido por horas de entrenamiento físico y mental. Tristan no parecía un guepardo hambriento, parecía un león saciado. Aun así, era igual de peligroso. Por eso sintió como si recibiera un puñetazo en la boca del estómago cuando la miró fijamente. Cambió de dirección y se dirigió directamente hacia ella, que puso una expresión de agrado.

–Nos vemos otra vez –Tristan le tendió la mano mientras la miraba con un interés que no mostró la primera vez que se encontraron–. Te llamas London, ¿verdad?

–Sí –ella le estrechó la mano y tuvo que hacer un esfuerzo para no retirarla cuando él la tomó con una confianza injustificada–. Me sorprende que te acuerdes de mí. Nos conocimos un instante durante el acto benéfico de tu tía.

–Eres una mujer impresionante –replicó él sin

disimular el brillo sensual de sus ojos–. Recuerdo que pensé que me gustaría llegar a conocerte mejor.

Ella no se lo creyó. No le había hecho ni caso y se había ido con una mujer que llevaba un escote de vértigo. Entonces, ¿por qué ese repentino interés? Desconcertada, esbozó una sonrisa forzada.

–Me siento halagada.

–Pareces tan fuera de lugar como yo.

London habría pensado lo mismo hacía unas semanas. Miró alrededor y vio la diferencia de esa fiesta con el acto benéfico donde conoció a Harrison y a su hermano. Aquella vez, las mujeres iban vestidas de largo y cargadas de joyas. Esa noche, los invitados llevaban vaqueros. Tristan llevaba un impresionante traje hecho a medida más apropiado para el club náutico que para esa carpa.

–Tengo que reconocer que no es mi… círculo habitual –a London le espantó cómo había sonado aunque fuese verdad–. Doy por sentado que no tienes mucho que ver con Crosby Motorsports.

–Casi nada –Tristan se inclinó como si fuese a hacerle una confidencia–. A mi hermano es al que le gusta mancharse las manos –su sonrisa jactanciosa dejó claro el desprecio que sentía hacia Harrison–. Que sea piloto es un bochorno para la familia.

London se preguntó si Tristan sabría que Harrison y ella habían estado saliendo juntos.

–Lo hace muy bien…

–¿Muy bien? –él volvió a mirarla de arriba abajo y detuvo la mirada en su escote–. No irás a decirme que eres una de esas admiradoras que rondan por los circuitos. Parece que tienes demasiada clase para eso.

Los prejuicios de ese hombre eran tan descarados que London se quedó muda un momento.

Además, mientras buscaba una respuesta, pensó que ella había sido así de esnob hasta que conoció a Harrison y se sonrojó de vergüenza.

–¿Te apetece que nos marchemos?

Tristan le puso una mano en la cadera como si quisiera comprobar su reacción. Cuando ella no hizo nada por el estupor, él debió de considerarlo un consentimiento, porque bajó la mano por el trasero y se lo acarició sin reparos.

–Mi casa está a veinte minutos de aquí –añadió él.

London pensó en el dispositivo que había guardado en el bolso. ¿Qué excusa podía darle a Harrison para marcharse con Tristan y sacarle la información del ordenador? Le dio vueltas a la cabeza, pero no encontró ninguna que le convenciera.

–Yo...

No llegó a terminar de rechazarlo porque Harrison apareció entre la multitud y la vio con su hermano. Frunció el ceño con enojo y perplejidad al percatarse de dónde le había puesto la mano. London contuvo el aliento, se apartó de Tristan e intentó captar la atención de Harrison, pero fue inútil porque él no apartaba la mirada de su hermano.

–¿Qué haces aquí? –le preguntó Harrison con una cara y un tono de pocos amigos.

–Soy el presidente de Crosby Automotive.

–Eso no contesta a mi pregunta.

–Esta es una empresa familiar.

–Y tú has dejado muy claro que no quieres saber nada de nosotros –Harrison entrecerró los ojos–. Al menos, esa era tu actitud hasta que los beneficios de tu empresa empezaron a caer. ¿Acaso esperas convencer a Jack para que te ayude económicamente?

La expresión de Tristan se ensombreció. Evidentemente no le gustaba que su hermano pequeño sacara a relucir sus malos resultados.

–No necesito su ayuda ni la tuya. Además, este festejo es un aburrimiento. Tengo cosas mejores que hacer –dejó escapar un suspiro, miró a London y señaló hacia la puerta–. ¿Nos vamos?

Harrison la miró sin salir de su asombro y ella abrió la boca para darle una explicación, pero tenía el cerebro bloqueado y no pudo decir nada. ¿Por qué no había sido sincera y le había dicho a Tristan que estaba saliendo con Harrison? Maquinar no era su fuerte.

–Ella no se va a ninguna parte contigo.

–¿Por qué no le dejas a ella que lo decida?

–La verdad es que he venido aquí con Harrison –intervino London, aunque se dio cuenta de que era demasiado tarde y demasiado poco.

–¿Estáis saliendo…? –preguntó Tristan en un tono burlón.

–Bueno… –titubeó ella.

–Sí –contestó Harrison con rotundidad.

Tristan se rio por lo distintas que habían sido las respuestas y London miró fijamente a Harrison y se quedó sin respiración cuando sus miradas se encontraron. Vio su porvenir en esos ojos del color del mar y le gustó tanto que quiso llorar. Lo había tirado todo por tierra.

–Me parece que tenéis que aclararlo un poco… –Tristan agarró del brazo a London–. Llámame si te cansas de haber caído tan bajo.

Ella no dijo nada y se mordió el labio inferior mientras el hermano de Harrison se alejaba. Las palabras se le agolpaban en la garganta, pero el nudo no dejaba que salieran. Se daba cuenta de que al enamorarse de Harrison había hecho que sus sentimientos entraran en conflicto directo con lo que le había prometido a Zoe.

–Creía que remábamos en la misma dirección –le reprochó Harrison–. Si no estamos saliendo, ¿qué estamos haciendo?

–No lo sé –a ella le gustaría eludir sus preguntas, pero él se merecía sinceridad–. Esto no debería haberse complicado.

–¿Porque no soy el hombre que crees que quieres?

–¿Qué?

London estaba empezando a creer que él era el único hombre para ella y lo había embrollado todo. Él desvió la mirada hacia la espalda de su hermano.

–¿Crees que él puede hacerte feliz? Te diré que es incapaz de poner los sentimientos de nadie por encima de los suyos.

–Tu hermano no me interesa.

Al menos, en el sentido que estaba insinuando Harrison. ¿Cómo podía apaciguar esa situación sin comprometerse en ningún sentido?

–En realidad, estaba a punto de defenderte, pero nos interrumpiste antes de que pudiera hacerlo –añadió ella.

Harrison la miró un rato y debió de captar algo en ella, porque se relajó.

–No necesito que me defiendas.

–Lo sé.

Sin embargo, ella notaba que él lo agradecía. Le tomó una mano entre las suyas, se acercó a él y esperó a que la tensión se disipara de su cuerpo antes de terminar.

–Pero tampoco iba a quedarme de brazos cruzados mientras criticaba lo que haces.

–Hace un par de semanas tú pensabas lo mismo... –le recordó él rodeándole la cintura con un brazo y estrechándola contra sí.

–Razón de más para que te defendiera. Era ignorante y no veía más allá de mis narices. Haces lo que te gusta hacer y nadie tiene derecho a juzgarte por eso, ni siquiera tu hermano.

–Muy bien, te perdono.

Le tomó la cara entre las manos y bajó la cabeza para besarla. Fue un beso cariñoso y embriagador. Ella se dejó llevar por el abrazo y dejó a un lado las preocupaciones, por el momento. Ya analizaría más tarde ese embrollo.

No supo cuánto tiempo se habían quedado absortos el uno en el otro en medio de la fiesta, pero cuando Harrison acabó soltándola, volvió a la realidad con un respingo.

¿Adónde iban a parar el decoro y los modales cuando él la abrazaba? Jamás había actuado así, pero le encantaba cada segundo que lo hacía. Su relación con Linc, en cambio, siempre había sido muy comedida. Jamás le había rodeado el cuello con los brazos ni lo había besado en público. Siempre había estado pendiente de las apariencias y de quién pudiera estar mirando. Con Harrison, aunque también era famoso, nunca pensaba en las apariencias antes de mostrarle cariño.

–Lo siento –se disculpó cuando dejó de besarla.

–¿Por qué?

–Cuando estoy contigo, me siento emocionada y asustada a la vez, jamás había sentido algo tan intenso.

–A mí me pasa exactamente lo contrario –Harrison le dio un beso en la frente–. Me calma estar contigo. Me siento a gusto cuando estamos juntos.

London notó que le escocían los ojos. Ese hombre era perfecto y ella no se merecía la felicidad que le daba. Se secó la comisura de un ojo, le tomó una mano y suspiró ruidosamente.

–Siempre dices lo acertado.

London deseó que hubiese mostrado algo de la maldad de su hermano, así le habría resultado más fácil aprovecharse de él.

–¿Vamos a buscar nuestra mesa?

–Vamos.

–Es un sitio tranquilo –comentó London.

Estaba observando los establos, el campo de polo y la amplia casa con vistas a los pastos que pertenecían al hermano de Harrison. Había empezado a estudiar la casa en cuanto la vio para encontrar la manera de usar el dispositivo de memoria externa que llevaba en el bolso. Era una tarea que la aterraba. ¿Qué pasaría si la atrapaban o el dispositivo no funcionaba o la información que necesitaba no estaba en el ordenador? Había muchas cosas que podían salir mal.

Como había previsto Everly, Harrison la había invitado al acto benéfico que se celebraba en la finca que tenía Tristan a las afueras de Charleston. Había asistido a muchos actos como ese con Linc. A él le gustaba corresponder con la comunidad y apreciaba mucho a ese proyecto benéfico en concreto. No podría sorprenderse si se encontraba con su ex, pero ¿le sorprendería a él encontrarla con Harrison? ¿Le importaría lo más mínimo si era verdad todo lo que había oído sobre su relación con su empleada doméstica?

–No puedo imaginarme lo que costará mantener todo esto –siguió con cierta torpeza por el nerviosismo–. Además, también tiene una casa en el barrio histórico. Crosby Automotive debe de ir muy bien…

Harrison la miró de una forma rara. ¿Estaba dejando demasiado claro su interés otra vez?

–Es una finca muy impresionante –añadió ella precipitadamente.

–Supongo… Nunca lo había pensado.

–Además, costará una fortuna mantener a todos esos caballos.

–Mira, deja de irte por las ramas –replicó Harrison algo molesto–. ¿Quieres saber algo concreto?

–Voy a meterme donde no me llaman, pero he oído decir que su exesposa no recibió casi nada en el convenio de divorcio porque a Tristan le iba mal económicamente.

–Es posible que eso sea lo que dice la gente –Harrison se encogió de hombros–, pero, seguramente, lo que recibió se deba más bien a algo relacionado con ciertas cláusulas del contrato prematrimonial.

–Ah…

London ya sabía a qué se refería Harrison. Habían acusado a Zoe de infidelidad y Tristan se había salido con la suya. Se habían presentado fotos y pagos de hotel. Ella había rebatido la acusación y había demostrado su inocencia, pero el litigio había disparado las minutas de los abogados y había acabado con su pequeña indemnización. Tristan, en cambio, la había engañado todo lo que había podido sin que le pasara nada.

–¿No te lo crees? –le preguntó Harrison demostrando otra vez que sabía interpretarla.

–Bueno, tiene sentido.

Como sabía muy bien que había metido la pata, miró alrededor para dirigir la atención hacia otra cosa y vio a Everly. Se ponía tensa y muy nerviosa cada vez que se encontraba con esa mujer. Harrison, que captaba todas sus reacciones, le acarició la espalda para calmarla.

–¿Pasa algo? –le preguntó él con la preocupación reflejada en los ojos del color del mar.

London buscó alguna excusa creíble, pero no encontró ninguna y él, ante su falta de respuesta, también miró alrededor. Everly, Linc y la hermana de él paseaban entre la multitud. Él parecía contento. Evidentemente, la ruptura le había sentado bien.

Ella, en cambio, tenía los nervios a flor de piel y se sentía como si estuviese en un bote de remos azotado por un vendaval. Desde hacía un mes, desde que salió a cenar con Harrison la primera vez, el dolor por la ruptura se había convertido en un recuerdo lejano. Desde la noche que pasaron en el piso de ella, habían pasado juntos casi todas las noches.

–¡Ah! –exclamó Harrison al ver a Linc–. ¿Te incomoda?

–No –ella sacudió la cabeza–. No pasa nada.

–¿Estás segura?

Aunque lo había preguntado en tono de preocupación, su gesto era inexpresivo. Evidentemente, había interpretado mal el motivo de su desasosiego. Ella podía imaginarse cómo se sentiría si

Harrison tuviese una exnovia y estuviese asistiendo a la misma fiesta. Aunque no podía decirse que Harrison fuese inseguro.

–Claro –contestó ella con una firmeza especial para tranquilizarle a él también–. Es agua pasada.

–¿Por eso estás tan tensa?

Ese hombre era demasiado perceptivo. Ella notaba que los hombros se le estaban poniendo rígidos e hizo un esfuerzo para relajarlos. Normalmente, solo su madre tenía ese efecto, pero tenía que reconocer que Everly Briggs también la asustaba.

–No había vuelto a verlo desde que rompimos. Me cuesta un poco acostumbrarme.

Sintió cierto placer al ver la preocupación en los ojos de Harrison. Estaba acostumbrada a ser fuerte todo el rato, pero le gustaba apoyarse en alguien.

–Gracias por preocuparte de mí –añadió London.

Entonces, como los actos eran más elocuentes que las palabras, se olvidó del decoro, lo agarró de la chaqueta y tiró de él. Como llevaba tacones, sus labios quedaron a muy buena distancia de los de Harrison, que inclinó la cabeza. El beso fue como una descarga eléctrica que la aturdió y se alegró de que un poderoso brazo le rodeara la cintura.

El beso no se descontroló gracias a él. De haber sido por ella, lo habría llevado a un rincón y habría introducido las manos por debajo de la inmaculada camisa blanca. Aun así, los dos tenían la respiración un poco entrecortada cuando él levantó la cabeza.

–Caray… –murmuró él–. Me sorprendes algunas veces.

–Eso está bien, ¿no?

–Muy bien –él le dio un beso en la punta de la nariz y la soltó–. Vamos a buscar un sitio.

Lo encontraron cerca del centro del campo y se sentaron. Harrison le acariciaba los dedos, y a ella le costaba concentrarse en el juego. Se acordaba de esa mañana, de cómo la había acariciado hasta que le había pedido que la llevara hasta... el final.

Vio otra vez a Everly y dejó de pensar en todo. Para su desasosiego, la otra mujer también la vio y le frunció el ceño antes de mirar expresivamente a Linc. Su exnovio estaba charlando con unos amigos, pero no estaba atendiendo a la conversación, estaba observando a una morena esbelta que estaba preparando las cestas del pícnic. Reconoció a Claire Robbins, la empleada doméstica de Linc. Todas las habladurías y conjeturas sobre esos dos se hacían realidad y ella no sentía nada, era como si hubiese dejado atrás a Linc, o como si no hubiese nada que dejar atrás y él hubiese acertado al romper el compromiso.

Sonrió y miró a Harrison, pero él estaba atendiendo al partido de polo. Le encantaría contarle lo que había descubierto, aunque no dijo nada. La presencia de Everly le recordaba que tenía otro motivo para estar allí en ese momento.

La necesidad de colarse en la casa y conectar el dispositivo al ordenador de Tristan la tuvo agobiada durante el segundo partido y el descanso para almorzar. Le sorprendió muy agradablemente le cesta de pícnic para dos que había preparado Claire. La comida era fantástica. Probó un poco de todo, pero era tanto que se quedó llena y adormilada.

–Ha sido increíble –comentó London dejándose caer sobre el respaldo con un gruñido.

–Falta el postre.

Harrison señaló hacia la carpa de la comida, donde había mesas con bandejas de tartas.

–Yo no puedo más –London vio que eso podía ser una ocasión–. Ve tú. Yo voy a buscar el cuarto de baño.

Fue sorprendentemente fácil entrar en la casa de Tristan. Casi le decepcionó no encontrarse la puerta cerrada. Levantó la barbilla y tomó aire para intentar serenarse. Lo mejor que podía hacer era terminar lo antes posible.

No tardó ni cinco minutos en encontrar el despacho de Tristan. Entró con el pulso acelerado y cerró la puerta. Si la sorprendían allí, no tendría ninguna excusa. Era un disparate. ¿Compensaba eso el daño que hacía a su relación con Harrison?

Sintió una opresión en el pecho. Anhelaba pasar más tiempo con Harrison, pasar más horas hablando con él, pasar más minutos tomándole la mano, pasar más mañanas desayunando con él, pasar más noches haciendo el amor, pasar más semanas para que creciera esa relación íntima, pasar más años para formar una vida con él.

Todo era una fantasía absurda. No tenía ningún porvenir con Harrison. Estaba en el despacho de su hermano a punto de robarle el contenido de su ordenador, eso indicaba dónde había puesto su lealtad.

Se apoyó en la pared con un repentino ataque de impotencia y miró alrededor.

Cuanto más tiempo se quedara allí dándole vueltas a lo que estaba haciendo, más probable sería que la atraparan. Se oían los vítores del público que estaba viendo el partido de polo mezclados con los latidos de su corazón. No tenía mucho tiempo. Si se retrasaba, Harrison empezaría a preguntarse dónde estaba.

Le pareció un poco ridículo ir de puntillas hasta la mesa. Le temblaron las manos mientras rodeaba la enorme mesa de caoba para acercarse al ordenador. Levantó la tapa del ordenador portátil y la pantalla se iluminó. Previsiblemente, vio una imagen de Tristan con un aspecto viril y pulcro, montado en uno de sus caballos de polo y mirando directamente al fotógrafo.

Se estremeció, pero encontró donde conectar el dispositivo, aunque titubeó antes de insertarlo en la ranura. Tenía el corazón desbocado, como los cascos de los caballos en el campo de juego. Si iba a hacerlo, tenía que ser en ese momento. Aun así, siguió vacilando.

Entonces, oyó unas voces; la aguda de una mujer y la grave de un hombre. Se apartó precipitadamente del ordenador, pero se golpeó con la silla y la mandó contra la pared. Fue como una explosión en el silencio de la habitación y buscó un sitio para esconderse antes de que entrara la pareja. Vio los cortinones y no tardó ni un segundo en meterse por detrás de la pesada tela con la esperanza de que la cubriera por completo.

Esperó con el pulso acelerado, esperó que se abriera la puerta e intentó serenar la respiración, pero el miedo la tenía atenazada. ¿Era Tristan el hombre del pasillo? Se acordó de cuando se vieron en la fiesta de Crosby Motorsports. Con toda certeza, tendría un montón de mujeres a su disposición. El apetito insaciable de ese hombre no era solo un cotilleo. Había engañado a Zoe desde el principio de su matrimonio.

No supo muy bien cuánto tiempo había pasado detrás de la cortina antes de darse cuenta de que no iba a entrar nadie. Asomó la cabeza, miró hacia la mesa y fue hasta la puerta. Pegó la oreja, contuvo el aliento y la abrió un poco. No había nadie, salió del despacho de Tristan y volvió al exterior. No consiguió respirar del todo hasta que notó la luz del sol y la brisa en la cara. Un segundo después, soltó todo el aire con un chillido cuando alguien habló.

–¿Lo has hecho?

Se dio media vuelta y vio a Everly con un brillo implacable en los ojos.

–No he podido.

–¿No ha funcionado el programa?

London apretó con fuerza el artilugio. ¿Lo habría llevado a cabo si no la hubiesen interrumpido?

–No lo he probado –reconoció London.

–¿Por qué?

–No sé si está bien lo que estamos haciendo.

–¿Por qué? ¿Porque estás saliendo con Harrison? De repente, como estás contenta, ¿te parece que puedes echarte atrás? ¿Te parece justo para Zoe? Está viviendo en la trastienda de la boutique que abrió y no puede pagar la renta porque se gastó todos los ahorros en el abogado del divorcio.

Como no deberían estar en contacto unas con otras, no sabía que la situación de Zoe fuese tan apurada.

–Le daré algo de dinero para que salga del paso.

–No puedes –Everly resopló con desesperación–. No podemos tener contacto entre nosotras.

–Y tú me lo dices –London miró alrededor para comprobar que estaban solas–. Además, al parecer, también has estado pendiente de Zoe.

–Estoy cumpliendo mi parte –Everly no contestó a la acusación de London–. Si tú no cumples la tuya, Zoe no tendría por qué ir a por Ryan. Ese hombre destrozó la vida de mi hermana y estoy dispuesta a que reciba su merecido.

–No sé… –London, crispada por la vehemencia de Everly, intentó escabullirse–. Todo esto es mucho más de lo que me comprometí a hacer.

–Escucha –Everly se aceró a ella con un gesto intimidatorio–, hicimos un trato y vas a cumplirlo.

–Los tratos pueden romperse.

Everly cambió el gesto bruscamente y volvió a ser fría y contenida.

–Me imaginé que esto podía pasar contigo, pero no vas a romper este trato.

–¿Qué vas a hacer para impedirlo? –preguntó London con una seguridad en sí misma que no sentía.

Los cambios de estado de ánimo de Everly le preocuparon más todavía. ¿Con qué tipo de desequilibrada se había mezclado?

–Ya lo tengo todo en marcha para arruinar la vida de Linc. Tienes que cumplir tu parte. Me lo debes a mí y se lo debes a Zoe.

–Me retiro –London fue a marcharse, pero, para su sorpresa, Everly la agarró del brazo con todas sus fuerzas–. Suéltame.

–Si no lo haces, se lo contaré todo a Harrison.

El pánico se adueñó de ella e intentó encontrar la manera de aplacar la situación. Lo único que se le ocurrió para limitar el alcance del chantaje de Everly fue negar lo que sentía por Harrison.

–Si lo haces, solo conseguirás que toda la trama salte por los aires. He utilizado a Harrison para llegar hasta Tristan. No significa nada para mí, solo era un medio para alcanzar un fin. Si le cuentas lo que he estado tramando, todas caeremos.

Dicho lo cual, se soltó el brazo, pero notó que le arañaba. Se alejó todo lo deprisa que se atrevió. Le ardía la piel y la adrenalina le bullía por todo el cuerpo. No podía volver con Harrison así de alterada. Él querría saber qué le pasaba y no sabía qué podía contarle.

Entonces, se fijó en un pequeño grupo donde estaba alguien a quien conocía muy bien. Lincoln miraba a Claire y los dos tenían una expresión de angustia y desolación. Entendió que fuera lo que fuese lo que Everly había hecho, había logrado su objetivo. Se alejó apresuradamente con náuseas y los nervios de punta por el dolor y la rabia. ¿Qué habían hecho? ¿Qué había hecho? Linc no se merecía que le arruinaran la vida porque hubiera roto el compromiso. No estaban hechos el uno para el otro, pero ella no lo había visto porque se había regodeado demasiado en lo que le había parecido su propio fracaso.

Las lágrimas la cegaban, tenía un regusto amargo en la boca y la angustia le atenazaba el corazón. Everly había hecho lo que habría hecho ella para vengarse de Linc. Ya no tenía escapatoria.

Fue a la carpa donde se había servido la comida y en ese momento se servían las bebidas. Necesitaba un poco de agua y un momento de tranquilidad. Había sido una necia al hacer aquel pacto atroz. Apretó con todas sus fuerzas el dispositivo de memoria externa y se sintió aliviada porque ya había pasado el momento de usarlo.

No podía dejar de pensar en la amenaza de

Everly. Estaba segura de que le contaría a Harrison lo que estaba pasando aunque eso significara tirarlo todo por tierra. Estaba loca, o quizá lo estuviese ella. Seguía pensando cómo podía conseguir información que acusara a Tristan sin que, al hacerlo, destruyera lo que estaba levantando con Harrison. Se encontraba entre la espada y la pared.

Harrison se había acabado un plato de postres sin que London hubiese aparecido y se preguntaba dónde se habría metido.

El día había amanecido cálido y despejado para ser noviembre y se había sentido muy optimista. Había considerado esa primera aparición como pareja ante la flor y nata de Charleston como una declaración sobre su relación, y lo había sido, aunque no como él había esperado.

Había sentido una inquietud constante desde que London había visto a Linc Thurston. Había estado desasosegado desde la primera noche que pasaron juntos y ella reconoció que su madre creería que él no era el tipo de hombre con el que debería salir.

No sabía si ella lucharía por ellos o se plegaría a la voluntad de su madre llegado el caso.

Había llegado a conocer muy bien a London las dos últimas semanas. Al principio era reservada e incluso un poco recelosa con él, pero cuando había llegado a conocer a la mujer que había debajo de esos impecables y exclusivos trajes, se había encontrado una complicada mezcla de ambición, pasión y vulnerabilidad que lo intrigaba. Él ya aceptaba que no podría dejar lo que habían empezado, que merecía la pena luchar por esa mujer.

–Vaya, por fin te encuentro –la sonrisa de London, demasiado radiante, no podía disimular la sombras de sus ojos azules–. He estado buscándote por todos lados.

–Me alegro de que me hayas encontrado.

Harrison le tendió la mano y sonrió cuando ella la tomó. Hacía diez días, ella se habría negado a hacer algo tan sencillo e íntimo. Había avanzado mucho en muy poco tiempo, pero él no podía dejar de tener la sensación de que las cosas siempre andaban en la cuerda floja.

–¿Te lo has pasado bien? –le preguntó él.

–Mucho. Me han entrado ganas de aficionarme al polo.

–¿De verdad? –a él le gustaría verla galopando por el campo con un mazo en la mano–. ¿Sabes montar a caballo?

–Montaba cuando era más joven. Mi padre me enseñó. A él le encanta cazar. Ya sabes, cazar zorros con perros –añadió ella con una sonrisa infantil.

–¿Todavía se hace eso?

–Los martes, jueves y domingos durante la temporada.

–Quién lo diría…

–¿No podríamos irnos? –le preguntó ella tomándolo por sorpresa–. Quiero estar a solas contigo…

–Nada me haría más feliz.

Sin embargo, le quedó la duda de si realmente quería estar con él o quería escaparse de un acto donde su ex estaba con otra.

–Podemos tomar una copa… –propuso él.

–Claro. ¿Adónde quieres ir?

–¿Al Gin Joint o al Proof?

–Prefiero el Gin Joint.

Quince minutos más tarde estaban sentados en el acogedor bar y habían pedido dos de los cócteles que habían hecho famoso al local.

–Está delicioso –comentó London después de dar un sorbo–. Es la bebida perfecta para el otoño.

Se hizo el silencio mientras bebían y ojeaban la carta de aperitivos. Harrison no sabía si sacar el tema de su ex.

–Voy a decírtelo claramente –London, sorprendida, dejó de mirar la carta–. Hoy parecías incómoda y estabas pensando en otra cosa después de ver a tu ex.

–No es verdad… –replicó ella con los ojos muy abiertos.

No sabía mentir, pero él decidió no insistir y le hizo otra pregunta que lo quemaba por dentro.

–¿Has hablado con tu madre sobre nosotros? –él mismo hizo una mueca de disgusto por lo directa que había sido la pregunta–. Te lo pregunto porque veo un porvenir para nosotros…

–¿De verdad?

Ella pareció más asombrada todavía.

–Pienso todo el rato en ti cuando no estamos juntos, y no me había pasado jamás.

–Pero no nos conocemos casi.

La preocupación se apoderó de él. ¿Estaban en lo mismo o no?

–No digo que quiera casarme mañana, pero tampoco puedo imaginarme que esto vaya a acabar, y eso es decir mucho –él la miró fijamente–. Tengo que saber si sientes lo mismo.

–Yo… no… lo sé… –ella miró la mesa con una expresión de angustia–. Me gustas… mucho, pero no he pensado en el futuro.

Harrison se incorporó insatisfecho por la respuesta. Si bien tenía que aplaudir su sinceridad, no era lo que había esperado.

–Entonces, eres la primera mujer con la que he salido y no lo ha pensado. ¿Es por lo que hago?

–¿Te refieres a pilotar? No –él resopló con incredulidad y ella le tomó las manos por encima de la mesa–. Mi compromiso terminó hace un par de meses y había pasado tres años con Linc. Estaba empezando a entender quién soy cuando apareciste en mi vida.

–Creo que eso es una sandez. Sabes perfectamente quién eres. La cuestión es si esa mujer puede imaginarse con un hombre como yo. Tu madre no me daría el visto bueno. No pienso pavonearme entre la alta sociedad de Charleston y nuestra hija no iría a ninguna puesta de largo, pero te aseguro que jamás haría nada para que te arrepintieras de un solo día de los que pasaríamos juntos.

–Harrison... –susurró ella parpadeando y dejando escapar un suspiro.

–Tienes que decidir lo que es importante de verdad para ti.

–Haces que parezca una esnob –se lamentó ella sin disimular la confusión que sentía–. Ya sé que la gente dice que no estaba enamorada de Linc y es posible que sea verdad. Hay un buen motivo para que estuviéramos dos años comprometidos sin que fijáramos la fecha de la boda, pero, además, creo que Linc me engañaba –a London se le entrecortó la voz–. Es posible que no tenga lo que se necesita para mantener el interés de un hombre.

Harrison se quedó pasmado. ¿De verdad era eso lo que le preocupaba? ¿Creía que no era deseable? ¿Cómo podía creer eso cuando él le había demostrado lo contrario una y otra vez?

–Sí tienes lo que se necesita para mantener el interés de un hombre. Lo que pasa es que elegiste al hombre equivocado. Tienes que tener fe en lo que quieres y en quién eres –él le apretó la manos porque le desgarraba el corazón que ella no pudiera mirarlo a los ojos–. Tienes lo que se necesita para mantener mi interés toda la vida.

–No deberías decir esas cosas –replicó ella conteniendo la respiración.

–¿Por qué? ¿Crees que no lo digo de verdad?

–Creo que todavía tienes que saber muchas cosas sobre mí y que podrían hacerte cambiar de opinión.

No entendía de qué estaba hablando ni se le ocurría qué podía hacer para sacarla de esa crisis.

–Supongo que eso podría decirse de mí también. Solo te pido que estés dispuesta a ir descubriendo lo que podemos ser el uno para el otro.

–Eso sí puedo hacerlo –ella le apretó un poco las manos y las soltó. Dio un sorbo del cóctel y sonrió–. ¿Qué te parece que vayamos a mi casa y hagamos algunos de esos descubrimientos?

Harrison también sonrió, dejó un billete de cien dólares en la mesa, se levantó y le tendió la mano.

–Vámonos.

Harrison no sabía qué esperar cuando llegaron al piso de London. Ella había estado mirándolo con un brillo abrasador en los ojos durante todo el trayecto. Entonces, cuando la puerta casi no estaba ni cerrada, lo empujó contra la pared del recibidor, se estrechó contra él y lo agarró del pelo mientras lo besaba con voracidad. La sangre le bulló en las venas y lo latidos le retumbaron en los oídos mientras ella le anulaba los sentidos con los dientes, la lengua y la respiración entrecortada. Era incapaz de asimilar esa voracidad asombrosa que se había adueñado de ella, solo podía dejarse arrastrar.

Introdujo una mano entre su sedoso pelo mientras bajaba la otra por su espalda hasta tomarle el trasero para apretarla contra la erección creciente. Ella se estremeció y le mordió el labio inferior. Él gruñó por el mordisco y por el alivio posterior, cuando se lo lamió con la lengua.

–Voy a hacer que tengas un orgasmo como no has tenido otro igual –le susurró ella al oído mientras bajaba la mano a su cinturón.

La sangre se le concentró entre las piernas. Jamás había esperado que London fuese tan descarada ni que estuviese dispuesta a llevar las riendas, y eso le excitaba.

–Estoy deseándolo.

Se la echó sobre un hombro y la llevó al dormitorio para que empezase la fiesta. Ella pataleó por esa forma tan indigna de llevarla y, a juzgar por la cara que tenía cuando la dejó a los pies de la cama, pensaba hacérselo pagar. Harrison se quitó la chaqueta y la corbata y empezó a desabotonarse la camisa. Estaba impaciente por ver qué le hacía ella.

Para cuando se quitó los zapatos, ella ya estaba desnuda y había dejado su ropa muy ordenada encima de la cómoda. Lo miró en jarras mientras se bajaba los pantalones y se los quitaba. Esbozó una sonrisa cuando se fijó en la erección que se le marcaba en los calzoncillos.

Harrison frunció el ceño mientras intentaba interpretar su expresión. Si creía que sabía todo sobre London, se había equivocado. Ese era un aspecto nuevo de ella. Naturalmente, la mujer que era capaz de llevar las riendas en su trabajo también podía hacerlo en el dormitorio. Sintió impaciencia por ver qué era lo siguiente.

Se acercó a él, le agarró la cinturilla de los calzoncillos y se los bajó un poco por los muslos. Le tomó la erección con una mano. La caricia, aunque enérgica, fue indescriptiblemente maravillosa.

–Túmbate en la cama para que pueda quitártelos del todo.

–Sí, señora.

Harrison obedeció y le encantó cómo se le movían los pechos mientras lo desnudaba. Ella, como un ser salvaje, lo miró entre los mechones de pelo mientras tiraba los calzoncillos a un lado. Entonces, se incorporó y volvió a mirarlo con las manos en las caderas.

–¿Preparado?

–Vuélveme loco con la lengua –gruñó él en un tono gutural.

London sonrió con sarcasmo. Le pasó las uñas por los muslos y a él se le secó la boca. Evidentemente, ella estaba al mando y él se moría de ganas por saber qué se avecinaba. Afortunadamente, no tuvo que esperar mucho.

El anhelo lo dominó cuando ella bajó los labios hacia la punta de la erección, pero se quedó a unos milímetros en vez de tomarla con la boca. La provocación era casi dolorosa y entendió que ella pensaba tomárselo con calma.

Soltó un improperio cuando ella la rozó con la punta de la lengua y arqueó las caderas cuando se la introdujo en la boca y volvió a sacarla. London le separó las piernas con las manos en las rodillas y se tumbó entre los muslos. Contuvo la respiración cuando le tomó los testículos con la mano y se la introducía en la boca húmeda y ardiente otra vez hasta que gruñó. Le lamió la erección de arriba abajo y el placer lo deslumbró.

No podía hablar, solo podía pensar incoherencias. Estaba cayendo en un mundo boca abajo donde sus deseos y su placer eran menos importantes que la felicidad de ver la mirada de ella y darse cuenta de que estaba gozando al observar la reacción de él. Aunque quería cerrar los ojos para concentrarse plenamente en las sensaciones que le recorrían el cuerpo, también era digno de contemplar su pelo sobre los muslos y sus labios alrededor de él. London lo miraba con un brillo en los ojos azules y se dio cuenta de que ella estaba disfrutando tanto como él. Le tomó la cabeza entre las manos cuando se dio cuenta de que se le contraía el abdomen. Intentó contenerse para que el momento durara más, pero las llamas lo devoraban por dentro. Volvió a lamerle la erección y sintió la primera oleada devastadora, y luego otra... Esa boca era una maravilla.

–Ya...

El clímax lo arrasó por completo, fue tan poderoso que lo dejó sin palabras y le paró el corazón. Durante unos segundos, una felicidad inenarrable lo arrastró entre jadeos y convulsiones.

Ni siquiera supo que había explotado hasta que ella le recorrió el cuerpo con los labios y llegó a la oquedad en la base del cuello donde el pulso palpitaba bajo la piel.

–Increíble...

La voz se le quebró con esa palabra. Había recuperado bastante fuerza como para abrazar su cuerpo desnudo y besarla una y otra vez.

–Maldita seas… –Harrison le tomó la cara entre las manos y la besó con delicadeza en los labios–. Cumples tu palabra. Creo que he llegado a perder el conocimiento.

–Al parecer, disfrutas con cualquier cosa.

Él levantó la cabeza de la almohada y la miró con perplejidad.

–Si con «cualquier cosa» te refieres a tu maravillosa boca, tienes razón. Jamás había tenido un orgasmo como este –él repitió lo que le había prometido ella–. Es distinto contigo.

Ella se quedó estupefacta y empezó a rodearse de sus muros emocionales.

–No hace falta que digas eso…

–¿Te parezco alguien que dice lo que no piensa?

–No.

–Entonces, créeme cuando te digo que estoy deslumbrado. No sé qué me haces, pero me encanta.

–Tú también me haces cosas que me encantan –replicó ella mirándolo entre las pestañas.

London estiró su esbelto cuerpo y a él se le despertó el deseo otra vez. Entrelazó las piernas con las de ella y le besó ese punto del cuello que hacía que se estremeciera.

–Me alegra saberlo porque voy a pasar el resto de la noche haciéndote todo tipo de cosas, y creo que nos gustará a los dos.

Eran casi las dos de la madrugada y Everly estaba en su coche enfrente de la tienda veinticuatro horas y estaba abriendo el envoltorio del móvil prepago que acababa de comprar. Era importante que no la localizaran por la llamada que estaba a punto de hacer.

Llevaba dos días pensando ese paso, sopesando las ventajas y los inconvenientes y analizando si algo tan radical sería beneficioso para sus planes. Al final, había decidido que London merecía un castigo, que no haber usado el dispositivo para obtener la información del ordenador de Tristan demostraba que no solo habían cambiado sus prioridades, sino que tampoco era leal.

¿Cómo iba a vengarse Zoe si London no cumplía su parte del trato? Peor aún, ¿qué motivación iba a tener Zoe para hundir a Ryan si no le pasaba nada a Tristan? Necesitaba que Zoe se vengara devastadoramente de Ryan por lo que le había hecho a Kelly.

Ella sí había cumplido su parte del trato y se sentía plenamente satisfecha, casi ronroneaba de placer por lo que había hecho. Había arruinado la vida de Linc Thurston durante el partido benéfico de polo, le había contado la verdad sobre su empleada doméstica y había acabado con ese idilio ridículo. En ese momento, cuando el pasado de Claire había quedado al descubierto y se habían desvelado todas sus mentiras y engaños, Linc se sentiría desolado y como un tonto por haber caído tan fácilmente en las redes de una oportunista tan evidente.

En cierto sentido, le había hecho un favor. Aunque no esperaba que le diera las gracias por haber localizado a la familia de Claire y haberles dicho dónde estaba ella. Ver la cara de Linc cuando se dio cuenta de que le había mentido fue maravilloso. Había planeado y llevado a cabo un plan impecable y el resultado había sido mejor de lo imaginado.

Sin embargo, no todo el mundo tenía esa tenacidad, y que London hubiese preferido su aventura con Harrison a la lealtad al plan lo había dejado claro como el agua. Tenía que pagarlo y lo pagaría. Pulsó un botón de su teléfono y se oyó la voz de London firme y convincente.

–He utilizado a Harrison para llegar a Tristan. No significa nada para mí, solo era un medio para alcanzar un fin.

Marcó un número en el teléfono y esperó a que saltara el contestador automático. Había elegido esa hora porque sabía que Harrison estaría ocupado con London. Los dos habían estado todo el rato juntos y, después de haberlos visto en el partido de polo, era evidente que Harrison estaba enamorándose de la organizadora de eventos, y que ella estaba enamorándose de él.

Pues enamorarse no era parte del plan. London debería haberse dejado la ropa puesta y haberse concentrado en lo que estaban intentando conseguir.

–Soy Harrison. No puedo atenderte en este momento, pero déjame un número de teléfono y un mensaje y te llamaré.

Ella sonrió y pulso el botón de su teléfono.

Capítulo Diez

London se despertó con la tenue luz de la mañana que se filtraba entre los visillos de su dormitorio. Le encantaba que las ventanas estuviesen orientadas al este porque despertarse con el amanecer le daba optimismo. Los tonos dorados, rosados y melocotón le permitían empezar el día de una forma tranquila. Muchas veces, salía a la terraza con una taza de café y aspiraba la brisa que llegaba del río.

Palpó a su lado y encontró la cama vacía y las sábanas frías. Suspiró, se sentó y se pasó los dedos entre el pelo despeinado. Se hacía una trenza por la noche, pero a Harrison le encantaba que le cayera el pelo sobre el cuerpo y a ella le encantaba cuando introducía los dedos entre los mechones.

Se levantó de la cama, se puso una bata de seda y siguió el olor a café que llegaba de la cocina. Sin embargo, al acercarse, oyó su propia voz.

–He utilizado a Harrison para llegar a Tristan. No significa nada para mí, solo era un medio para alcanzar un fin.

Se quedó paralizada con una opresión insoportable en el pecho al recordar cuándo hizo esa declaración. ¿Podía saberse que estaba haciendo Everly?

Harrison estaba con una mano apoyada en la encimera de mármol de la isla de la cocina y miraba fijamente el teléfono como si le hubiesen dicho que no podría volver a correr nunca más. Era el mismo aspecto de desolación que había tenido Linc en el campo de polo durante el brutal incidente con Claire.

Oyó un zumbido en los oídos y la vista empezó a nublársele. Debió de hacer un ruido, porque él se giró para mirarla.

–¿Qué es esto? –le preguntó Harrison levantando el teléfono–. ¿Por qué dijiste eso?

No tenía palabras para explicárselo aunque hubiese podido hablar.

–London... –a él se le quebró la voz al decir su nombre–. Creía que teníamos algo...

Tenía que hablar, él se merecía una explicación, pero ¿la escucharía? Ella no creía que lo hiciera si la situación fuese al revés...

–No es lo que parece...

–No me mientas. Quiero saber qué está pasando.

London tomó una bocanada de aire, fue hasta la isla de la cocina, apoyó las manos en la encimera y se inclinó hacia delante.

–Intento averiguar si tu hermano está ocultando dinero.

–¿Por qué?

Se mordió el labio inferior. Habían prometido que no dirían a nadie lo que estaban haciendo. Sin embargo, Everly había roto el pacto al mandarle esa grabación a Harrison. ¿Qué más podía hacer? ¿Hundirle la reputación a ella? ¿Difamar a ExcelEvent?

Al final, se impuso la cobardía.

–No puedo decírtelo.

Harrison la miró fijamente durante unos segundos interminables. El desconcierto y el disgusto se reflejaban en su expresión.

–¿Por qué? –repitió él.

–Porque no es un asunto mío.

–Entonces, ¿nosotros...? –la pregunta no formulada le apagó todo el brillo de los ojos–. ¿Era un medio para alcanzar un fin?

Podía intentar mentirle, pero él ya la conocía lo bastante bien como para no tragárselo.

–Al principio.

Él encajó el golpe sin inmutarse.

–Supongo que pretenderás que me crea que las cosas han cambiado.

–Han cambiado. Yo nunca habría...

London se calló porque no supo cómo terminar. No se reconocía a sí misma gracias al trato para vengarse.

–¿Nunca habrías...? –repitió él–. ¿No te habrías acostado conmigo? ¿No me habrías hecho creer que sentías algo de verdad por mí?

Aunque lo dijo en un tono inexpresivo, la tensión que se reflejaba en sus ojos y el músculo que se le contraía en la mandíbula indicaban lo que estaba sintiendo por dentro.

–Siento algo por ti.

Sin embargo, London supo mientras lo decía que era demasiado poco y demasiado tarde. Harrison la miró con unos ojos duros como el pedernal y a ella se le paró el pulso.

–No lo entiendes –siguió ella.

–Entonces, cuéntame qué está pasando –replicó él insensible a la desesperación de ella.

–No puedo.

London, atrapada entre sus errores y las ganas de aclararlo todo, cerró los ojos y deseó poder remontar en el tiempo hasta aquel funesto acto de empoderamiento para las mujeres. ¿Cómo había llegado a creer que algo bueno podía salir de hacer algo malo?

–Quieres decir que no quieres.

–Es muy complicado.

Fue una excusa tan mala que no dio lástima. Harrison se cruzó los brazos y la miró con desagrado.

–¿Podrías explicarme al menos por qué estás haciéndolo?

Quizá sirviera de algo. No podía contárselo todo, pero quizá sí pudiera decir lo bastante como para que él lo entendiera.

–Estoy ayudando a una amiga. Tu hermano le hizo daño y estoy intentando…

Ahí se enturbiaba la historia. Ya no se creía que lo que estaban haciendo Everly, Zoe y ella fuese a servirle para algo a ninguna de las tres.

–¿Darle su merecido? –preguntó Harrison.

–Así empezó todo –contestó ella haciendo un esfuerzo para mirarlo a los ojos.

–¿Han cambiado las cosas?

–Sí y no. No hay duda de que Tristan es una mala persona que ha hecho cosas espantosas, pero no sé si la respuesta es hacer cosas espantosas a malas personas. ¿De qué le sirve a alguien darle su merecido?

–Soy el primero en reconocer que mi hermano ha sido despiadado y que yo no he querido ver muchas de las cosas que ha hecho.

London creyó, durante un segundo, que Harrison podría llegar a entenderla y a perdonarla, pero no vio compasión en sus ojos, solo arrepentimiento.

–Los comentarios que hiciste en el campo de polo sobre cómo gasta el dinero me hicieron pensar. No sé si se ha metido en actividades turbias, y espero que no tengan nada que ver con Crosby Automotive, pero es verdad que gasta mucho más que lo que ingresa –Harrison se frotó los ojos con una mano–. También sé que trató muy mal a Zoe. Ella no se merecía sus maltratos cuando estaban casados ni que la repudiara como hizo.

–Ella no tuvo ninguna aventura, eso se lo inventó Tristan para no pagarle una indemnización justa.

–Nunca pensé que la hubiese tenido y yo debería haberla defendido, se merecía más de lo que recibió.

London no dijo nada y Harrison entrecerró los ojos.

–¿Estabas ayudando a Zoe? –le preguntó él después de un rato en silencio.

Ella, intuitivamente, quería confiar en él aunque no sabía para qué. ¿Esperaba que él la perdonara si sabía lo que habían tramado? Además, ¿qué le parecería lo que le había hecho Everly a Linc para vengarle a ella? ¿Qué pasaría si Everly se enteraba de que se lo había contado a Harrison? ¿Qué disparate haría?

–Cuéntamelo –Harrison suavizó el tono–. ¿Puede saberse qué está pasando?

London se mordió el labio inferior y se quedó paralizada por el miedo a las consecuencias. Hasta que dejó escapar un suspiro.

–Solo puedo decir que estaba intentando averiguar la verdad sobre la situación económica de tu hermano. Parece probable que esté ocultando dinero porque casi todo el mundo sabe que Zoe no recibió lo que se merecía ni mucho menos.

–¿Y cómo pensabas hacerlo? –preguntó Harrison.

–Tiene que guardar información de alguna manera. Pensé que si entraba en su ordenador, podría encontrar lo que necesitaba.

–Eso es absurdo –Harrison frunció el ceño–. ¿No pensaste que tendría el ordenador y los archivos protegidos con contraseñas?

–Tengo algo que, en teoría, puede saltarse eso.

–¿Qué?

Fue al bolso, sacó el dispositivo de memoria externa y se lo enseñó.

–Esto. Es una especie de programa especial que, en teoría, me permitiría burlar sus medidas de seguridad.

Harrison se acercó mirando fijamente el artilugio.

–¿De dónde lo has sacado?

London negó con la cabeza y le suplicó con los ojos que lo entendiera. Harrison apretó los dientes.

–¿Cómo funciona?

Ella se lo explicó y él extendió una mano.

–Dámelo.

London, mansa como un corderillo, se lo dio.

–Lo siento –susurró ella–. Por favor, no se lo digas a Tristan. Si se entera, todo empeorará para Zoe.

Él no se inmutó. Seguía furioso, pero ella esperaba que todavía la apreciara un poco y que no hiciese nada para perjudicarla.

Harrison le dio vueltas al dispositivo mientras lo miraba.

–Mi hermano no tiene por qué saber nada de todo lo que está pasando, pero yo voy a quedarme esto y tú te mantendrás alejada de él.

El alivio se adueñó de ella. Retirarse de esa situación era lo que más le apetecía del mundo. Entonces, se acordó de que su problema no se reducía a Tristan. Everly le había mandado la grabación de su conversación como una advertencia. Todavía tenía que vérselas con ella.

–¿Qué vas a hacer con el dispositivo de memoria? –le preguntó ella.

–No lo sé –él se lo guardó en el bolsillo–. Lo único que sé en este momento es que tú y yo hemos terminado.

Harrison condujo por esas carreteras que conocía tan bien hasta Crosby Motorsports para buscar consuelo en lo que conocía y amaba. Siempre había recurrido a los coches y las carreras cuando las cosas se habían torcido. Había perdido la cuenta de las horas que había pasado de niño con una llave inglesa en la mano para desmontar algo y volver a montarlo. La razón de ser de las piezas que encajaban perfectamente en su sitio le daba seguridad.

Sin embargo, la vida y transitar por ella no era igual de fácil. Nada de todo lo que había vivido le había preparado para ver cómo se acercaba la colisión entre London y él. Ella lo había sorprendido por completo. Él iba por su trazado, creía que lo tenía todo dominado, y entonces, de repente, todo se le fue de las manos y tomó una dirección que podría haberlo estrellado contra un muro.

Las instalaciones de Crosby Motorsports habían sido más que su hogar durante casi dos décadas, habían sido el centro de su mundo. Sin embargo, esa noche, mientras aparcaba delante del taller de motores, su corazón no estaba allí.

Había esperado que el edificio estuviese vacío.

La temporada había terminado y el equipo se marchaba a casa para descansar y estar con sus familias.

–¿Qué haces aquí?

Harrison vio a su tío que se dirigía hacia él desde detrás de una hilera de motores.

–Aclararme la cabeza.

–¿Qué tal está London? ¿Va todo bien?

–¿Por qué lo preguntas?

–Es la primera mujer que has traído por aquí desde hace mucho tiempo. Me imaginaba que era alguien especial. Además, con esa expresión de angustia que tienes, me ha parecido que algo iba mal.

Decidió aprovecharse de la experiencia que tenía su tío al estar casado con una mujer tan temperamental como Dixie.

–Cuando London y yo empezamos a salir, creí que nuestro mayor inconveniente iba a ser que nunca me daría una oportunidad porque yo no tenía las relaciones sociales que ella quería conseguir.

–¿Y ahora? –le preguntó Jack sin mostrar la más mínima sorpresa.

–Creo que ese problema todavía está ahí, pero no es el mayor de nuestros problemas.

Jack sacudió la cabeza con desagrado y, de repente, Harrison volvía a ser un adolescente ansioso por sentarse detrás del volante de un coche que no podía conducir.

–¿Crees por un segundo que si no hubiese peleado por Dixie estaríamos aquí? –le preguntó Jack–. Tu padre y yo teníamos la cabeza llena de sueños y los bolsillos vacíos de dinero cuando conocí a tu tía.

–Pero se casó contigo –le recordó Harrison.

–Lo dices como si nunca hubiese habido ninguna duda de que lo haría. Su padre me echó a patadas de sus tierras la primera vez que la hice llorar.

Harrison miró a su tío sin dar crédito a lo que había oído. Jack nunca le contaba nada sobre su vida personal, normalmente, se limitaba a hablar de la empresa o las carreras y él siempre había creído que había una buena historia que contar.

–¿La hiciste llorar? –él no podía imaginarse a su tía, dura como el acero, llorando–. ¿Por qué? ¿Cómo?

–Entonces no tenía la mano izquierda que tengo ahora.

Harrison resopló. Su tío solía contar historias, y cuanto más exageradas, mejor. No todo era completamente cierto, pero sí había lo suficiente como para sacar una moraleja. La clave estaba en saber lo que había que creerse.

–¿Qué pasó?

–Iba a presentarse en sociedad y quería que yo fuese su acompañante en el baile. Solo llevábamos unos meses saliendo y yo no era, ni mucho menos, el favorito de sus padres.

–¿Hiciste algo que la abochornó en el baile?

–No llegué a ir.

–¿Por qué?

–Por un orgullo ridículo –contestó Jack con una expresión de arrepentimiento–. Rechacé su oferta. Ella y yo éramos de mundos distintos. Yo creí que si la acompañaba, sería objeto de burlas y no quería que pasara por eso.

Harrison hizo una mueca de disgusto. Él pensó lo mismo cuando vio a London en el circuito de Richmond y le pareció evidente que ella no encajaba allí. Luego, cuando la vio con Tristan en la fiesta de

Crosby Motorsports, se le pasó por la cabeza que ella podría preferir a alguien con las mismas relaciones profesionales y sociales.

–¿Y por qué empezaste a salir con ella?

–Porque dio un vuelco a mi vida. No podía separarme de ella, como no podía dejar de respirar. Ella era mi corazón y el motivo para que me levantara todos los días.

A Harrison le pareció que esas palabras podría haberlas dicho él...

–Entonces, ¿qué pasó cuando rechazaste su invitación para ir al baile?

–Había infravalorado lo fuerte que era y lo decidida que estaba. Le daba igual lo que pensaran los demás, ella estaba orgullosa de mí y quería que todo el mundo lo supiera –Jack pudo un gesto de arrepentimiento y Harrison vio que todavía, treinta años después, a su tío le habría gustado actuar de otra manera–. Pareció que yo creía que ella se había equivocado al elegir y que no confiaba en ella.

–Debió se superarlo porque se casó contigo.

–Me costó un año.

Él podía imaginarse lo que tuvieron que ser esos meses para su tío. En ese momento, él estaba sintiendo la angustia de la separación.

–Tenías que estar muy enamorado de ella para haber aguantado tanto tiempo peleando –comentó Harrison.

–Creo que al principio de ese año no entendía lo que estaba sintiendo. Además, si hubiese estado enamorado de verdad o, mejor dicho, si hubiese estado dispuesto a olvidar mi cabezonería y a dejarme llevar por los sentimientos, podría haberme ahorrado mucho sufrimiento.

Harrison no quería pasarse un año separado de London y reflexionando.

–¿Por qué insististe durante un año si te había rechazado?

–Porque estar sin ella me dolía, y no solo a mi ridículo orgullo. Intenté alejarme, pero no lo conseguí más de un par de semanas. La vida me parecía desoladora enseguida. También hacía que me sintiera más empeñado en ser digno de ella. Entonces fue cuando Crosby Automotive empezó a despegar. Dediqué toda mi desesperación, mi miedo y mi alegría a conseguir algo de lo que pudiera sentirme orgulloso. Creía que podría recuperarla si era rico y triunfador.

–¿No dio resultado?

–No. Las cosas empeoraron. Cuanto mejor iba Crosby Automotive, más seguro de mí mismo estaba yo y menos caso me hacía ella.

–Entonces, ¿qué tuvo que pasar? –preguntó Harrison, a quien no le gustaba la dirección que estaba tomando la historia.

–Ella empezó a salir con un tipo que era perfecto para ella, un tipo de una familia adinerada y bien relacionada –Jack puso una expresión dura–. Yo caí en un pozo durante un par de semanas.

–¿Y cómo saliste de él?

–Puse en la balanza mi orgullo o ser feliz el resto de mi vida.

–¿Y? ¿Qué tuvo que pasar?

–La conversación más difícil de toda mi vida. Tuve que abrirme completamente a ella. Mis miedos, mis esperanzas, que ella hacía que mi vida mereciera la pena y que quería ser digno de su amor.

Jack lo dijo con una emoción muy intensa incluso treinta y cinco años después, y eso hizo que la desdicha de Harrison fuese mayor. Tenía un nudo en la garganta y no pudo hablar durante un rato, pero su tío siguió.

–¿Merece la pena luchar por lo que sientes por ella?

¿Podría vivir sin London? Seguramente, sí. ¿Sería mínimamente divertido? No lo creía. Pilotar coches de carreras había sido su pasión y su objetivo durante mucho tiempo. Jamás se le había ocurrido pensar que había sacrificado algo por estar en lo más alto, pero ¿era verdad?

Con London había empezado a pensar en tener una familia e hijos, y estaba claro que había dejado de pensar solo en las carreras. Lo revelador del asunto era que no le importaba, que, en realidad, había empezado a pensar que quería hacer cambios en el calendario del año siguiente para estar más tiempo con ella, que sospechaba que si el asunto de su hermano no se hubiese metido por medio, ya estaría buscando los anillos de compromiso.

–Durante mucho tiempo creí que sí, pero ya no estoy seguro.

Harrison sintió una opresión en el pecho solo de pensar en alejarse de ella, pero no sabía cómo olvidarse de que lo había utilizado. Nunca había sido rencoroso, pero tampoco creía que pudiera volver a confiar en ella.

Capítulo Once

London, abatida y apagada, entró en el Cocktail Club de la calle King y vio, entre la animada clientela, que su amiga Maribelle había conseguido dos sitios en la barra.

–¡Caray! –exclamó Maribelle mientras London se sentaba en el taburete–. Tienes un aspecto espantoso –añadió mirando a su amiga con los ojos entrecerrados–. ¿Vas a contarme de una vez lo que ha pasado?

Habían pasado diez días desde aquella mañana atroz cuando Harrison recibió la grabación de Everly. London empezó a contárselo y el rostro de Maribelle fue expresando distintas sensaciones, desde el asombro a la irritación pasando por la preocupación, pero no dijo nada hasta que la historia de London llegó a su amargo final.

–No va a dirigirme la palabra otra vez.

London remachó el último clavo del ataúd donde yacía la historia de amor más increíble de su vida.

–Y no me extrañaría –replicó Maribelle con el ceño fruncido–. Yo también estoy tentada de no volver a dirigirte la palabra.

London sabía que no lo decía de verdad, pero se quedó en un silencio culpable.

–Sabes que no puedo beber eso –se quejó London mientras servían el tequila con sal y limón–. Acuérdate de lo que me pasó la última vez.

–Me acuerdo y vas a beber hasta que estés lo bastante bebida como para que llames a Harrison, le cuentes toda la historia y luego le pidas perdón. Además, te llevaré a casa y te sujetaré el pelo mientras vomitas. Eso es lo que hacen las buenas amigas.

–Te quiero –murmuró London sin ver casi por las lágrimas que le nublaban la vista.

–Ya lo sé. Ahora, bebe.

London tardó una hora y cuatro vasitos de tequila, uno detrás de otro, para encontrar la seguridad en sí misma que necesitaba.

–Lo lamentaré mañana por la mañana –murmuró London mientras sacaba el teléfono.

–Lo sé –replicó Maribelle–. Ahora, llama.

Desbloqueó el teléfono y buscó el número de Harrison bajo la atenta mirada de Maribelle. Lo pulsó con el corazón saliéndosele del pecho. Estuvo a punto de echarse atrás, hablar con Harrison después de lo que le había hecho era lo más difícil que había hecho en su vida, pero le debía la verdad y mucho más.

–Creía que no volvería a saber nada de ti.

London estuvo a punto de sollozar cuando oyó la voz de Harrison y se le formó un nudo en la garganta que le impidió hablar.

–London... ¿Estás ahí o me has llamado sin querer mientras estás pasándotelo bien? Parece que estás en una fiesta...

–No estoy pasándomelo bien –ni mucho menos, lo echaba de menos–. Tengo que contarte algunas cosas. ¿Podemos quedar para que te explique algo?

Él se quedó tanto tiempo en silencio que ella creyó que iba a rechazarla.

–Estoy en casa...

–No puedo esta noche –ella miró la fila de vasitos vacíos–. Esta noche voy a encontrarme fatal.

Él volvió a quedarse un rato en silencio.

–Entonces, ¿mañana por la tarde?

–¿A las dos?

–A las dos.

La línea se cortó y London se tapó la boca con la mano antes de salir corriendo al cuarto de baño.

Al día siguiente, poco después de las dos, Harrison abrió la puerta de su ático y maldijo a su corazón por encogérsele de esa manera al ver a London. Estaba pálida y tenía los ojos rojos y el moño torcido. Para su desasosiego, su primer impulso fue abrazarla en vez de soltarle todo su enojo. Ella lo miró fijamente mientras él se apartaba y le hacía un gesto para que entrara.

Cuando cerró la puerta, pareció que el recibidor se encogía. Se sintió asaltado por los recuerdos de todas las horas tan felices que habían pasado allí, de las noches interminables devorándose el uno al otro, de las apacibles mañana de domingo cuando charlaban delante de un café, un cruasán y una tortilla.

–Gracias por dejarme venir –murmuró ella.

Harrison se metió las manos en los bolsillos. No iba a tocarla, no iba a consolarla por muy delicada y vulnerable que pareciera. No iba a perdonarla o a decirle que no había pasado nada porque no era verdad.

–Dijiste que querías explicarme por qué ibas detrás de mi hermano –gruñó él–. Adelante.

–Lo haré, pero antes quiero decirte algo –London le clavó los preciosos ojos azules–. Cuando estoy contigo, siento... todo. No había esperado que me hicieras desear y necesitar tantas cosas. No me di cuenta de que una vez que hiciésemos el amor, yo ya no podría dar marcha atrás.

Todos los músculos se le pusieron en tensión y tuvo que hacer acopio de toda su fuerza de voluntad para no reaccionar. Todas las palabras de ella expresaban lo mismo que había sentido él.

–Solo quiero estar contigo –ella agitó las manos con la elegancia de una bailarina–. Hacías que me sintiera hermosa y satisfecha, me ofrecías un sitio seguro donde abrirme y mostrar mi vulnerabilidad.

–Eso no es una explicación para que me utilizaras –replicó él, que tenía el corazón tan desgarrado que le costaba contener la impaciencia.

La expresión de ella fue de pura consternación.

–No me atrevía a decirte lo que estaba sintiendo por miedo a que me odiaras.

–Jamás podría odiarte...

Al contrario, la amaba y se quedó atónito al darse cuenta. Durante días, había desoído a esa parte de sí mismo que se había percatado de los indicios.

–Harrison, lo siento. Hice algo espantoso.

¿La amaba? ¿Cómo era eso posible después de lo que le había hecho? ¿Acaso no sabía ella que él habría hecho cualquier cosa que le hubiese pedido? Ella sería siempre su debilidad.

–Siento terriblemente haberte hecho daño –dijo ella con un hilo de voz y atragantada por las lágrimas–. Quiero contártelo todo.

La llevó a la sala y se sentaron juntos en el sofá.

–Todo empezó cuando hace unos meses conocí a Zoe y a otra mujer, Everly Briggs, en un acto social. No nos conocíamos y las tres guardábamos rencor.

Linc acababa de romper nuestro compromiso, el divorcio de Zoe iba fatal y Everly nos aseguró que su hermana había acabado en la cárcel injustamente –London dobló los dedos con un gesto de crispación–. No sé quién fue la primera que tuvo la idea de vengarnos de nuestros ex, pero Everly la acogió con muchas ganas y nos contagió su entusiasmo.

A Harrison le fastidió que el dolor por la ruptura hubiese llevado a London a hacer algo tan imprudente.

–Zoe tenía miedo a Tristan y yo no quería manchar mi reputación por hacerle algo a Linc y parecer vengativa. Por eso… –London resopló–. Como éramos unas desconocidas que nos habíamos conocido por casualidad, decidimos ocuparnos del hombre de otra. Everly se ocuparía de Linc en mi nombre, yo me ocuparía de Tristan y Zoe hundiría a Ryan Dailey en nombre de Everly.

Harrison, a pesar de lo tremenda que le parecía la historia, también veía cierta lógica.

–Entonces, ¿quién me mandó la grabación de tu voz?

–Everly. Quería que me odiaras –London lo miró con nerviosismo–. Vio que estabas convirtiéndote en alguien muy importante para mí.

Su traicionero corazón se alegró cuando sintió que se le disipaba parte de la rabia por esa confesión y el anhelo por abrazarla fue más intenso todavía, pero se contuvo. Aunque estaba claro que la deseaba, quería que le diera una explicación completa antes de decidir cuál sería el paso siguiente.

–Entonces, ¿cómo están las cosas ahora?

–No lo sé. Evidentemente, yo no cumplí mi parte del trato y ya viste cómo reaccionó Everly –London hizo un gesto de desagrado–. Lo siento mucho por Zoe. Lo que le pasó a ella es lo peor que nos ha pasado a las tres.

–¿No dijiste que la hermana de Everly fue a la cárcel?

–Sí, pero, según lo que he podido averiguar, hizo algo ilegal. Es posible que Ryan Dailey no hubiese tenido que llegar tan lejos como para demandarla, pero su empresa perdió millones por culpa de ella y estaba en su derecho.

London se quedó en silencio con una expresión abatida que derribó todas las murallas que había levantado contra ella.

Esos sentimientos sombríos habían hecho que hiciese cosas irracionales, como no las había hecho nunca. Se giró y tomó un sobre.

–Toma.

–¿Qué es? –le preguntó ella mirándole a él y al sobre alternativamente.

–Ábrelo y lo verás.

London levantó la tapa y miró dentro.

–Parece información bancaria.

–La información bancaria de mi hermano –concretó Harrison–. Resulta que Tristan tenía cuentas secretas en paraísos fiscales y sociedades pantalla para traer dinero a Estados Unidos. No sé si le servirá de algo a Zoe, pero no era justo que Tristan le ocultara las cuentas.

Ella sacó algunas páginas y las hojeó mientras él hablaba.

–¿Por qué lo has hecho?

–Trató muy mal a Zoe.

No era el único motivo, pero tampoco estaba preparado para decir nada más. Lo había meditado mucho antes de decidirse a traicionar a su hermano con el dispositivo de memoria externa y de robarle los archivos.

–Es mucho dinero –comentó London–. ¿De dónde crees que ha podido salir?

La pregunta le había tenido desvelado. Todavía no sabía qué hacer con la información, pero sí sabía que tenía que hablar con su padre y su tío.

–Creo que ha estado blanqueando dinero.

–¿Dinero de quién?

–De narcotraficantes. De la mafia rusa. Me cuesta decirlo.

Cuanto más había analizado la información, más radicales habían sido sus conclusiones y más le había preocupado las posibles repercusiones para Crosby Automotive.

–No creerás en serio que tu hermano ha estado haciendo algo ilegal, ¿verdad? –le preguntó ella con los ojos como platos–. ¿Cómo es posible…?

–Crosby Automotive compra casi todos los componentes a fabricantes extranjeros y mi hermano es el encargado de decidir a qué empresas compramos. No sería complicado que desviara sobornos a esas cuentas en paraísos fiscales.

–¿Pero necesita más dinero del que recibe?

–Ya has visto sus casas y sus aficiones. A Tristan le gusta vivir como a un multimillonario. Si te comportas como si tuvieses una fortuna, la gente tiende a creérselo –Harrison imitó el tono jactancioso de su hermano–. Sin embargo, parece ser que cada vez tenía más deudas.

–¿Lo que ha estado haciendo ha puesto el peligro a Crosby Automotive?

–No lo creo.

Harrison esperaba que no, pero era algo que tendría que aclarar durante los meses siguientes.

London volvió a guardar las hojas en el sobre.

–¿Cómo podré agradecértelo?

–No hace falta. Lo que Tristan le hizo a Zoe estuvo muy mal.

Ella le puso una mano encima de la suya y él sintió una descarga eléctrica por todo el cuerpo. Apretó los dientes para contener las ganas de sentársela en el regazo e introducirle los dedos entre el pelo. Le miró los labios carnosos. Si la besaba una vez, volvería a caer hechizado, pero...

–Siento todo lo que hice –se disculpó ella.

–Verás, he empezado a entender tus motivos.

–Mis motivos originales –le corrigió ella–. Las cosas cambiaron cuando te conocí.

La sangre le bulló cuando ella se acercó más y el brillo suplicante que vio en sus ojos terminó de socavarle la fuerza de voluntad.

–Lo entiendo, pero no puedo hacer como si no hubiese pasado nada.

–No te lo reprocho –ella lo miró entre las pestañas–, pero solo quiero que sepas que me has cambiado como nunca me imaginé que fuese posible.

–London...

Harrison empezó a inclinarse antes de que él mismo se diera cuenta. El olor de su perfume lo atraía más todavía.

–Sé que no tengo derecho a pedírtelo, pero ¿alguna vez podrás...?

Ella se mordió el labio inferior y no pudo terminar la pregunta.

–¿Perdonarte?

Él estaba a punto de olvidarse de todo menos

de las ganas que tenía de ahondar en su pasión mientras ella le pasaba la mano por el hombro.

–Si hay alguna manera de volver a donde estábamos –siguió ella–, o de pasar a algo mejor, solo tienes que decirme lo que tengo que hacer.

Harrison se pasó los dedos por el pelo mientras resoplaba y se debatía entre el anhelo hacia ella y la fe en ella que había quedado hecha añicos.

–Mi tío me contó una historia sobre algo que hizo mal cuando salía con Dixie y pasó todo el año siguiente intentando reconciliarse con ella.

–Si crees que tardarás un año en perdonarme –ella ya estaba tan cerca que no tuvo que hacer ningún esfuerzo para rozarle la oreja con los labios–, haré lo que haga falta.

Harrison se estremeció cuando la voz ronca de ella le reverberó por el cuerpo.

–¿Te has comprometido sin saber si podría volver a confiar en ti?

–Confío en que siempre serás justo conmigo –ella ladeó la cabeza para mostrar su convicción–. Merece la pena correr el riesgo.

–Pues cuando empezamos a salir tenía la impresión de que no opinabas lo mismo.

–¿Que merece la pena correr el riesgo? –ella sacudió la cabeza–. Es posible que muy al principio te juzgara por lo que haces para ganarte la vida, pero, en cualquier caso, estabas dispuesto a darme una oportunidad.

Una mujer cariñosa y dispuesta estaba subiéndole la mano por el muslo y él no entendía por qué seguía hablando, pero si bien su cuerpo estaba al límite, su corazón no se había repuesto todavía.

–Tenías unas piernas fantásticas.

–Pero no era tu tipo –London sacudió la cabeza–, ¿verdad?

–No, eras demasiado reservada.

Los dos sonrieron por lo mucho que había cambiado eso y cada vez iban quedándole menos dudas a Harrison.

–Si eso era verdad, ¿por qué me abordaste en la fiesta de la fundación? –preguntó ella inclinándose más sobre él.

–¿La verdad? –él suspiró cuando sintió sus pechos en los brazos–. Porque parecías atraída por Tristan y quería protegerte de él.

–¿De verdad? –ella se apartó un poco y sacudió la cabeza sin poder creérselo–. Entonces, si no hubiésemos tramado ese maldito plan contra tu hermano, no habríamos salido juntos.

–Es posible que sí –replicó él aunque no lo creía.

–Me extrañaría –insistió ella–. Éramos muy distintos.

Si bien le había llamado la atención en aquel acto, al principio había considerado que ella no era su tipo. Los dos habían estado a punto de permitir que sus prejuicios se interpusieran en algo increíble.

–Eso significa que, por una ironía del destino, esa conspiración vengativa nos unió –añadió ella.

–Efectivamente, eso parece –reconoció él después de pensarlo un rato.

–Me alegro, no me arrepiento ni de un solo segundo de los que pasé enamorándome de ti.

–¿Haciendo qué? –preguntó él al no dar crédito a lo que había oído.

A ella pareció sorprenderle que no lo supiera ya.

–Me he enamorado de ti –repitió ella con más

confianza y poniéndose de rodillas para tomarle la cara entre las manos–. Te amo, Harrison Crosby. Eres fuerte, considerado y sexy, eres el mejor hombre que he conocido en mi vida.

London dejó de halagarlo y lo miró con detenimiento para captar su reacción. Cuando las miradas se encontraron, a Harrison ya no le quedaba ni una duda. Esa era la mujer con la que tenía que estar. La prueba era la expresión franca de ella y que a él el corazón le latía estruendosamente. Esa vez, no pudo contener las ganas de rodearla con los brazos.

–Te adoro –murmuró él con la cara en su pelo–. Me has enseñado lo que siempre me había faltado en mi vida y ya sé que nunca seré feliz sin ti.

Él oyó y notó que ella dejaba escapar un suspiro cuando sus bocas se unieron, pero, acto seguido, se abrió paso en su boca con la lengua. Él dejó que tomara la iniciativa y se deleitó con esa voracidad que lo desarbolaba y lo ponía a mil.

Introdujo las manos por debajo de su jersey y no encontró ninguna prenda de ropa. Los dos gruñeron cuando le pasó los pulgares por los pezones endurecidos. Cambiaron de posición y ella quedó de espaldas con los muslos separados y las piernas entrelazadas con las de él. Harrison consiguió dominar por un momento el anhelo apremiante y le apartó unos mechones sedosos de la cara.

–Quiero casarme contigo, London.

–Yo también quiero casarme contigo, Harrison.

–¿No quieres pensártelo?

Él la miró con detenimiento para ver si encontraba algún atisbo de duda, pero solo encontró amor y confianza en sus ojos.

–Soy mejor persona cuando estoy contigo –contestó ella–. ¿Por qué iba a renunciar a eso? –ella sonrió y fue lo más maravilloso que él había visto en su vida–. Vas a tener que cargar conmigo.

–Me parece que vemos a tener que cargar el uno con el otro.

–Además, no quiero un noviazgo largo.

–Todos los días salen un montón de aviones a Las Vegas desde el aeropuerto de Charleston.

La idea la sorprendió desprevenida, pero enseguida esbozó la sonrisa más maliciosa.

–En este momento, me siento la mujer más afortunada del mundo, y esa idea me parece fantástica.

Él lo había dicho medio en serio y medio en broma, pero asintió con la cabeza cuando ella le siguió el juego.

–¿Tú y yo solos?

–¿Te importaría que invitara a Maribelle y Beau? Creo que me mataría si me casara sin ella.

–Vamos a llamarla.

–Más tarde –London le besó el cuello mientras lo agarraba del trasero–. Ahora, quiero hacer el amor contigo.

Harrison asintió con la cabeza y la besó para deleitarse con la dulzura de su boca. Ella sonrió, se contoneó contra la erección y disparó el deseo de los dos. Harrison sabía que acabarían en la cama, pero le gustó tontear un rato en el sofá como si fuesen unos adolescentes.

No te pierdas
Venganza y placer de Cat Schield,
el próximo libro de la serie
Escándalos de sociedad
Aquí tienes un adelanto…

Zoe Crosby, Alston, se recordó por enésima vez con los dedos clavados en el brazo del asiento forrado de plástico barato de la peluquería, se miró en el espejo. Ya era oficial. A partir de ese día marcaría la casilla de «divorciada» en cualquier impreso que le preguntara su estado civil. Aunque llevaba un año recordándose que ella no tenía la culpa, la vergüenza por el fracaso la dejaba sudorosa y desdichada.

–¿Estás segura? –Penny, la peluquera, le pasó los dedos entre el sedoso pelo–. Tienes un pelo maravilloso. Es impresionante el color caramelo con reflejos rubios. ¿Estás segura de que no te conformarías con que cortara unos centímetros?

Zoe apretó los dientes y sacudió la cabeza.

–No, quiero que me afeites la cabeza.

La peluquera pareció más apenada, si eso era posible.

–No es asunto mío y eres tan guapa que puedes llevar el pelo con la longitud que quieras, pero traicionaría a mi profesión si no te disuado de que hagas algo tan radical.

Tristan era muy especial con su pelo. Quería que le llegara exactamente hasta los pezones, consideraba que esa era la longitud perfecta. No le había dejado que llevara mechas o que se lo cortara a capas. Tenía que ser como una cortina sedosa cortada en recto. Tampoco le había dejado que se lo rizara o se lo recogiera en un moño cuando estaba con él. Había sido una de las muchas maneras de controlarla.

Zoe fue perdiendo el valor y suspiró. Había entrado en la peluquería dispuesta a afeitarse la cabeza como si así le diera un corte de mangas a su ex. Tristan ya no podía controlarla más y eso era estimulante, pero deshacerse de todo su pelo quizá fuese llegar un poco lejos. Aun así, tenía que hacer algo para señalar el día en que se libró definitiva y felizmente de Tristan Crosby. Miró las fotos de mujeres con distintos cortes de pelo que había por la pared y se fijó en una.

–¿Qué te parece esa? –Zoe señaló a una morena con el pelo muy corto y de punta–. Aunque yo lo quiero rubio platino.

–Te quedaría muy bien con tus facciones –contestó la peluquera con alivio.

–Adelante.

Zoe volvió a mirarse en el espejo una hora y media más tarde y no se reconoció. Había desaparecido esa esposa de un próspero empresario de Charleston que llevaba conjuntos de jersey y chaqueta o vestidos con flores. La había sustituido una moderna con camiseta estampada y unos vaqueros negros rasgados. Se estremeció mientras se pasaba los dedos por el nuevo peinado.

A Tristan le espantaría esa transformación radical.

Sin embargo, se sintió desalentada. ¿Cuándo dejaría de tomar decisiones para agradar a su exmarido? Un motivo más para ese cambio. Tenía que pensar en lo que le gustaba a ella. Además, tenía otro motivo para cambiar su aspecto.

por fin factura. Luca sintió compasión, aunque nunca habían estado muy unidos. Dado que tenía tanto éxito en sus negocios, podría tomarse un descanso sin ningún problema. Tenía que hacerlo. Su padre lo necesitaba.

–Esto no habría ocurrido si tú me hubieras seguido en el negocio familiar –se quejó el padre mientras se ocultaba el rostro entre las manos.

–Unirme al negocio familiar nunca fue una opción para mí ni nunca lo será –replicó Luca.

Su padre se apartó las manos del rostro. La expresión de su rostro se endureció y se transformó en la máscara implacable que Luca recordaba tan bien de su infancia.

–No te mereces mi amor –le espetó–. No mereces ser mi hijo. Raoul era débil, pero tú eres peor porque podrías haberme sucedido y haber hecho que el apellido Tebaldi volviera a ser grande de nuevo.

–Yo haría cualquier cosa para ayudarte, pero eso no –replicó Luca con voz tranquila. No podía dejar de pensar en su viaje a Londres.

Su padre, por el contrario, seguía mirándolo con desdén. Cuando Raoul y Luca eran niños, Don Tebaldi les decía que ninguno de los dos se había visto bendecido con el instinto asesino de su progenitor, como si aquella fuera una cualidad a la que los dos debieran aspirar.

–Eres un necio testarudo, Luca. Siempre lo has sido.

–¿Porque no hago lo que tú dices?

–Correcto. En cuanto a Raoul...

Su padre hizo un sonido de desaprobación.

–Raoul siempre hizo todo lo posible por agradarte, padre...

–¡Pues fracasó! –exclamó con ira su padre mientras golpeaba la mesa con el puño para reafirmar sus palabras.

Luca guardó silencio. Había estado lejos durante mucho tiempo, trabajando en sus numerosos proyectos.

Deseó haber estado por su hermano. Deseó que su padre pudiera mostrar sentimientos que no fueran el odio. Hasta el despacho apestaba a amargura y desilusión hacia sus hijos. A pesar de todo, Luca se sentía obligado a darle ánimo a su padre y lo habría hecho si la fría mirada del anciano no hubiera impedido todo contacto humano entre ellos. Era una expresión que carecía por completo de la calidez que debería existir entre un padre y su hijo.

–Déjame –le ordenó su padre–. Si no tienes nada positivo que ofrecer, ¡fuera de aquí!

–Nunca –dijo Luca con voz tranquila–. La familia es lo primero, tanto si me ocupo del negocio familiar como si no.

–¿Qué negocio familiar? –gritó su padre amargamente–. Gracias a tu hermano, no queda nada.

–Tenemos que proteger a los isleños –afirmó Luca con voz tranquila.

–¡Pues protégelos tú! –rugió su padre–. Yo ya he terminado aquí.

El hombre que había sido un gran líder, volvió a ocultarse el rostro entre las manos y comenzó a sollozar como un niño. Como gesto de respeto, Luca se dio la vuelta y esperó a que la tormenta pasara. No iba a ir a ninguna parte. Ni su padre ni Raoul habían podido aceptar nunca que él los amaría de todos modos, pasara lo que pasara.

Luca Tebaldi podría haber sido un digno sucesor del hombre que había gobernado en su feudo con mano de hierro durante más de cincuenta años. Con más de metro ochenta de estatura y el cuerpo musculado de un gladiador romano, Luca era un hombre muy atractivo. Con el intelecto de un erudito y la firme mirada de un guerrero, Luca poseía la actitud y la personalidad de un hombre nacido para gobernar. Sin embargo, era su inteligencia lo que le había reportado todo su éxito. Sus intereses empresariales eran totalmente legítimos y se habían creado muy lejos del imperio de su padre. Su atractivo sexual lo hacía irresistible para las mujeres, pero Luca no tenía tiempo para ese tipo de influencias en su vida, aunque su apasionada madre, ya fallecida, le había inculcado la apreciación por el sexo opuesto. Luca había aprendido a controlar férreamente su libido.

Su padre levantó por fin la mirada.

–¿Cómo es posible que no supieras lo que le estaba ocurriendo a Raoul? Los dos teníais casa en Londres.

–Nuestros caminos raramente se cruzaban –admitió Luca. Su vida era muy diferente de la de su hermano–. ¿Hay algo que deba saber antes de marcharme a Londres?

Su padre se encogió de hombros.

–Raoul debía dinero a muchas personas. Tenía varias propiedades, aunque todas hipotecadas. ¡Es el fondo de inversión lo que me preocupa! ¡Eso se lo queda esa mujer!

Un fondo de inversión que valía millones y una de las pocas fuentes de dinero que Raoul no había podido malgastar. La razón era que no podía tocar el fondo hasta que cumpliera los treinta años, una fecha para la que aún le hubieran faltado seis meses.

–Ese fondo hará que la novia de Raoul sea realmente una mujer muy rica –murmuró–. ¿Sabemos algo sobre ella?

–Suficiente para destruirla –dijo su padre con gran placer.

–Eso no será necesario –repuso Luca–. Raoul no esperaba morir tan pronto. Probablemente redactó ese testamento bajo un impulso repentino, probablemente después de que tuvierais una discusión o algo así. Con toda seguridad, mi hermano habría cambiado sus intenciones a tiempo.

–Muy reconfortante –se mofó su padre–. Lo que necesito saber es lo que vas a hacer al respecto ahora.

–Preferiría que Raoul siguiera con vida –le recriminó Luca a su padre.

–¿Para que hubiera vivido a tu manera? –replicó su padre con gesto airado–. Trabajo duro y confianza en tus semejantes, a quien por cierto no les importas ni un comido. ¡Yo preferiría estar muerto que vivir así!

–Raoul ha pagado el precio más alto.

Se había cansado de tratar de hablar con un anciano egoísta. Él lamentaba la muerte de su hermano y ansiaba estar solo para poder recordar momentos más felices. Raoul no siempre había sido débil o un delincuente. De niño, con el mundo a sus pies, Raoul era confiado, divertido y travieso. Luca lo recordaba como un pilluelo de cabello revuelto al que le gustaba seguir a Luca y a sus amigos para demostrar a los chicos mayores lo osado que podía ser. Raoul nadaba tan rápido como ellos y bucear a la misma profundidad. En ocasiones, permanecía sumergido durante tanto tiempo que Luca tenía que ir a buscarlo. Aquella actitud molestaba mucho a Luca, pero la osadía de Raoul le había abierto las puertas del grupo. Luca y sus amigos fueron desprendiéndose poco a poco de aquella rebeldía a medida que fueron adquiriendo responsabilidades, pero Raoul jamás perdió su amor por el peligro y, en un último acto de rebelión, terminó por unirse a una banda que realizaba carreras ilegales. Murió en el acto en una colisión frontal entre dos coches. Milagrosamente, no hubo que lamentar más bajas, pero la muerte de Raoul supuso el horrible desperdicio de una vida.

–¡Qué tragedia! –murmuró Luca mientras recordaba los detalles que le relataron los oficiales de policía que acudieron al lugar del accidente.

–Qué lío, más bien –comentó su padre–. A veces creo que la única intención de tu hermano era hacerme daño.

«Siempre compadeciéndose de sí mismo», pensó Luca. Sin embargo, cuando vio que el puño de su padre agarraba un abrecartas y parecía estar a punto de clavarlo en el documento que tenía delante de él, que tan solo podía ser el testamento de Raoul, tuvo que intervenir.

–¿Podría verlo antes de que lo destruyas?

–Por supuesto –respondió su padre mientras empujaba los papeles a través del escritorio–. El abogado de Raoul estuvo aquí antes del entierro. Como cortesía para conmigo, me dijo... –añadió el anciano mientras hacía un gesto de desprecio–. Cuando los dos sabemos que solo le interesaban sus honorarios.

–No creo que se le pueda culpar por eso –comentó Luca mientras se sentaba para comenzar a leer–. Raoul no era muy rápido a la hora de pagar sus deudas. Y mucho menos ahora –añadió levantando brevemente la cabeza.

La expresión de su padre se endureció.

–No lo estás entendiendo, Luca. La visita del abogado fue una advertencia. Me vino a decir a mí, a mí, a Don Tebaldi, que no debía traspapelar accidentalmente ni destruir el testamento de Raoul dado que él ya le había puesto encima esos ojillos de comadreja que tiene.

–Raoul era libre para hacer lo que quisiera –comentó Luca–. Este documento está muy detallado. Esa mujer debió de haber significado mucho para él.

–Es poco probable que esa mujer estuviera enamorada de él –replicó su padre–. Más probablemente, era una mentirosa. Gracias a la mala gestión de Raoul, la familia Tebaldi ha perdido la mayoría de su poder e influencia, pero seguimos teniendo enemigos. ¿Y si uno de ellos envió a esa mujer para aprovecharse de él? Me lo estoy imaginando perfectamente...

–¿Se le ha comunicado a esa mujer la muerte de Raoul? –lo interrumpió Luca.

–Le he pedido al abogado que espere. Le he compensado generosamente por ello. Y esa mujer no se enterará por los medios de comunicación. La muerte de tu hermano no se ha hecho eco en la prensa internacional, dado que Raoul habría tenido que destacar en algo para que así hubiera sido. Así que no, no lo sabe todavía. En ese sentido, aún le llevas ventaja. Ve a Londres. Cómprala. Haz lo que haga falta...

Mientras su padre seguía hablando, Luca se enfrentó de nuevo al dolor por la pérdida de un hermano al que había amado de niño y con el que había perdido el contacto de adulto. En las pocas ocasiones en las que se habían visto antes del accidente, Raoul se había burlado del modo en el que Luca vivía su vida y Luca, por su parte, se había sentido muy frustrado por el hecho de que Raoul pareciera incapaz de escapar del círculo vicioso de apuestas y deudas. La última vez que se vieron, sintió que Raoul quería decirle algo, pero que no parecía capaz de confiar en él. No servía de nada preguntarle a su padre de qué se podría haber tratado, pero tal vez la mujer podría aclararle algo. Iría a Londres para averiguar quién era y lo que quería.

–¿Qué es lo que sabemos de esa mujer?

–Es una mosquita muerta –afirmó su padre con confianza–. No te supondrá problema alguno. Vive modestamente sin dinero, sin familia y sin medios para enfrentarse a nosotros.

–¿Eso te lo ha dicho el abogado? –quiso saber Luca frunciendo el ceño.

–Aún tengo mis contactos –dijo el padre colocándose un dedo junto a la nariz para demostrar lo astuto que era–. Trabaja en Smithers & Worseley, la casa de subastas que comercia con las finas gemas que yo colecciono. Prepara el té, limpia el polvo... pero por lo que me han dicho está estudiando algo de relumbrón –añadió con tono burlón–. Llamé a Londres esta misma mañana para averiguar todo lo que he podido sobre ella.

El hecho de que su padre pusiera el interés económico por encima de la mujer de su hijo el día mismo del entierro podría haber escandalizado a Luca. Desgraciadamente, conocía muy bien a su padre.

–Utilicé mi encanto con el director de la casa de subastas –prosiguió en tono jocoso el anciano–. Él estuvo encantado de cotillear con Don Tebaldi, uno de sus mejores clientes...

Luca pensó que probablemente también el cliente más ingenuo. Su padre era como una urraca. Le encantaba coleccionar relucientes piedras preciosas.

Se le empezó a formar una idea en la cabeza. Recordaba haber leído algo sobre una fabulosa gema con una maldición que se iba a subastar en breve en Smithers & Worseley. Cuando una piedra tenía una maldición, su padre pagaba lo que fuera para conseguirla. La colección secreta de Don Tebaldi no tenía rival. Mantenía sus tesoros ocultos en la isla, donde solo él podía admirarlos.

–La mujer tiene otro trabajo. Es camarera del bar del casino al que tu hermano solía ir a jugar –continuó su padre mientras dejaba evidente el desprecio que sentía por aquella mujer con una sonrisa de desprecio–, Me imagino que aceptó el trabajo para poder relacionarse con hombres con dinero.

–Eso no lo sabemos –dijo Luca. Dudaba que una mujer con sentido común se fijara en un jugador compulsivo como lo había sido Raoul–. La encontraré. Dices que es una mosquita muerta, pero no tenemos pruebas de eso. Sea como sea, va a ser una mosquita muerta muy rica, lo que significa que podrá ir picoteando para abrirse paso a través de la seguridad que he levantado para protegerte del pasado.

–¿Del pasado? ¡Bah! Cuando me haya marchado a

vivir en Florida, ninguna de esas sombras podrá alcanzarme ya. Yo soy parte del pasado. Estoy acabado –añadió con autocompasión–. Haz lo que tengas que hacer. Seducirla incluso, si es preciso.

Luca apartó la mirada. Tenía cosas más importantes que hacer que cumplir las fantasías de su padre.

–Se me ocurre una idea mejor.

–¿Cuál?

–Nos quedan seis meses hasta que se libere el fondo de inversión de Raoul. Ella no puede tocar el dinero hasta entonces. Y, por si acaso al abogado le da un ataque de conciencia, la mantendré alejada de él.

–¿Piensas traerla aquí a la isla?

–A mí me parece la solución evidente.

–¿Y cómo vas a convencerla para que haga algo así? –quiso saber su padre, muy interesado.

–Tú comprarás otra piedra.

–Ah... –dijo Don Tebaldi al comprender por fin a lo que se refería su hijo–. Es una solución brillante, Luca. Adelante. Pero diviértete también un poco. La vida no tiene que ser solo sobre principios y moralidad. Podría ser una chica muy guapa y está en deuda con nosotros por el estrés que me ha causado.

Luca se sentía asqueado, pero prefirió no comentar nada al respecto. Había llegado la hora de cazar a la mosquita muerta.

–¡Es la Noche de la Nostalgia en el club! –anunció en voz muy alta Jay-Dee. Normalmente, era camarero como Jen en el casino, pero, por una noche, iba a ser el maestro de ceremonias de la fiesta benéfica anual.

Jen pensó que Jay-Dee estaba en su elemento. Él tenía una manera de ser muy cálida y teatral, junto con tanta energía vital que todo el mundo lo adoraba.

Jen consideraba a sus amigos del club como gloriosas y coloridas señales de exclamación en su tranquila y ordenada vida. Cuando no trabajaba en la casa de subastas, estaba estudiando con los pies tan cerca del calefactor eléctrico de tres barras de su estudio que corría el peligro de que le salieran sabañones. Su objetivo era terminar sus estudios de Gemología. Su madre fue una afamada gemóloga, que les había transmitido a sus hijas la fascinación por los tesoros que escondía la tierra. Cuando eran niñas, les contaba historias sobre tesoros ocultos, por lo que no era de extrañar que Lyddie hubiera crecido deseando ponérselas en joyas, mientras que Jen ansiaba desesperadamente aprender todo lo que pudiera sobre ellas. Sin embargo, era el trabajo en el casino lo que, de algún modo, le daba un poco de picante a su vida y la ayudaba a reemplazar a la familia que había perdido. Sus padres murieron cuando Jen solo tenía dieciocho años en un accidente de coche. Los Servicios Sociales habían querido hacerse cargo de Lyddie, pero, en cuanto Jen se recuperó del duro golpe, decidió que trataría de hacer lo posible para que la vida de su hermana pequeña cambiara lo menos posible. Los trabajadores sociales insistieron que Jen era demasiado joven para hacerse cargo de una niña adolescente, pero la obstinación de Jen pronto consiguió que se saliera con la suya. No iba a permitir que se llevaran a Lyddie a una familia de acogida. Había oído lo que les podría ocurrir a las niñas de trece años y, mientras a ella le quedara aliento en el cuerpo, nadie iba a apartar a su hermana de su lado. Tan solo el destino podría hacerlo.

–¡Rascaos los bolsillos! –exclamó Jay-Dee, sobresaltando a Jen–. Sabéis que lo estáis deseando. ¡La ONG necesita vuestra ayuda! Tal vez nosotros podríamos necesitar que nos echen una mano algún día... ¡Buscad bien, amigos míos! Nuestro primer lote...

–añadió mientras le indicó frenéticamente a Jen que se uniera con él en el escenario–. ¿Qué me dais por esta conejita regordeta, lista para la cazuela?

–¡Por el amor de Dios! –explotó Jen entre risas mientras comprobaba que llevaba las largas orejas de conejo en su sitio–. ¿Cómo se supone que voy a poder salir al escenario después de esa introducción?

–Con actitud –le dijo Tess, la jefa del casino y que, además, era una de las mejores amigas de Jen.

–¿Y tiene Jay-Dee que poner a los invitados presas de tal frenesí? Si esta Noche para la Nostalgia no fuera para recaudar dinero para una ONG tan merecedora de ello, jamás conseguiríais que me subiera ahí arriba.

Jen tenía una especial simpatía por aquella ONG. Sus voluntarios la habían ayudado mucho cuando su hermana murió. Uno de ellos había estado a su lado desde el momento en el que vio a Lyddie en coma en la UCI hasta el emotivo funeral por su hermana.

–Recaudar dinero para esta ONG es el único motivo por el que os he permitido que me vistáis con este corsé tan apretado y que me pongáis una colita de conejo en el trasero –dijo Jen mientras, en silencio, dedicaba la próxima hora a la hermana a la que tanto le habría gustado estar allí para animarla.

–Cuanto más interés generes, más pagarán –declaró Tess mientras se colocaba la pajarita que se había puesto, a juego con el traje estilo años cuarenta–. Lo disfrutarás más cuando tengas las luces sobre ti.

–¿Me das tu palabra de eso? –le preguntó Jen.

–¡Salta, conejita, salta! –le ordenó Tess haciendo como que blandía un látigo.

–Me siento como un conejo cegado por los faros de un coche mientras que los perros ladran desde el otro lado de la carretera...

–No me pareces menos de un tigre... aunque algo

pequeño, eso sí –bromeó Tess–. Deberías estar orgullosa de tus atributos –añadió mirando con apreciación la redondeada figura de Jen.

–Con esas luces, al menos no veré a ninguno de los que estén pujando por cenar conmigo... es decir, si puja alguien, que lo dudo.

–Claro que pujarán –le aseguró Tess–. Ahora, ¡sal ahí y menea bien el trasero, señorita!

–¿Qué me dais por esta regordeta conejita lista para la cazuela? –volvió a decir Jay-Dee con un tono algo histérico mientras miraba repetidamente a su alrededor.

–¡Pues nada! –declaró Jen sabiendo que ya no podía demorar más su salida al escenario.

Se sintió expuesta bajo los potentes focos. El traje de raso tenía la forma de un traje de baño especialmente sugerente. Iba acompañado por unas medias de red color carne y unos zapatos con un tacón estratosférico. Hasta la propia Jen tenía que admitir que con su largo cabello rojizo suelto detrás de las orejas de conejo el efecto era asombroso, aunque muy diferente de su normal apariencia.

–Va por ti, Lyddie –murmuró.

Jay-Dee, que estaba vestido con unos llamativos pantalones de campana y botas de plataforma de los años setenta, respiró aliviado al verla aparecer por fin y la condujo al centro del escenario.

–¡Estás preciosísima! –exclamó mientras todos los presentes aplaudían con mucho entusiasmo.

–Estoy ridícula –repuso Jen entre risas. Entonces, decidió comportarse acorde el espíritu de la fiesta e hizo una pose.

Capítulo 2

MIENTRAS detenía su vehículo frente al exclusivo club de Londres, Luca reflexionó que su padre solo confiaba en él cuando quería algo. Nunca habían estado unidos ni nunca lo estarían. Luca se había construido su vida lejos del hogar familiar, donde había crecido tras alambres de espino y guardas armados patrullando por los jardines.

Le dio al mozo una propina para que le aparcara el coche, se puso la americana, se alisó el cabello y se tiró de los puños de la camisa, adornados por gemelos de diamantes negros. Aquella era su imagen de Londres, la que le franqueaba el acceso incluso a los clubes más exclusivos, en los que solo se admitían socios. Aún no había llegado a la puerta cuando esta se abrió para darle la bienvenida. La primera impresión que le causó aquel elegante garito fue que era tan sombrío como el despacho de su padre. Tenues luces para crear ambiente y, aunque dudaba que los cristales fueran blindados, las sombras que lo rodearon le recordaron al hogar que prefería más bien olvidar.

–¿Ha venido a la subasta, señor? –le preguntó la recepcionista dedicándole su mejor sonrisa.

–Discúlpeme. No estaba prestando atención. ¿Una subasta?

–Sí, con fines benéficos, señor. Es para apoyar a los que tienen lesiones cerebrales y a los que cuidan de ellos o a los que se sienten desprotegidos –explicó la mujer con una sonrisa–. No crea que, por ello, la noche va a ser aburrida. Ni mucho menos. Hay un buen jaleo ahí dentro. Estoy segura de que lo pasará bien.

Luca lo dudaba. Le entregó a la mujer un billete de valor alto.

–Por las molestias...

–Que tenga buena noche, señor.

Luca lo dudaba también.

Tardó unos instantes en ajustar la mirada. Si la entrada al club estaba muy poco iluminada, la sala estaba prácticamente a oscuras. No estaba funcionando ninguna de las mesas de apuesta. Las miradas de todos los presentes se centraban en el escenario, que sí estaba muy iluminado. Allí, una chica ligera de ropa, ataviada con un bañador de raso y orejas de conejo que se le sostenían precariamente encima de la cabeza, daba vueltas y bailaba mientras los asistentes lanzaban sus apuestas.

–¿Qué es lo que está pasando? –le preguntó a un camarero que pasaba con una bandeja llena de copas.

–Se está subastando una cena para dos con la señorita Coneja.

–Gracias –dijo mientras le daba un billete de veinte y luego se apoyaba sobre una columna para poder observar.

Comprendió enseguida por qué había tanto interés. La señorita Coneja tenía algo único, que casi le hizo sonreír. No era que se le diera muy bien lo que estaba haciendo, más bien se le daba fatal, pero parecía importarle un comino que así fuera. Tenía sentido del humor a raudales, pero carecía por completo de ritmo y no sabía cómo andar con elegancia sobre aquellos zapatos de tacón tan alto. Se movía de un modo que hizo que Luca deseara quitarse la chaqueta para protegerla de todos los presentes, pero entonces miró a su alrededor y vio que todos estaban a su favor. Volvió a mirar al escenario.

Ella pareció notar el interés de Luca y las miradas de ambos conectaron brevemente. Una ceja levantada le indicó a Luca claramente que no se agradecería ningún intento de rescate.

Había fuego bajo aquel disfraz y ello fue suficiente para mantenerlo pendiente hasta el final de la actuación. Era una mujer atractiva, aunque no llamativa ni descarada, por mucho que se estuviera esforzando por parecerlo. Los clientes no hacían más que silbar y animarla aplaudiendo con manos y pies. Al ver a otro camarero, recordó la razón de su presencia en el club y, de mala gana, se apartó de la columna para preguntarle si una tal señorita Jennifer Sanderson trabajaba en el club.

–Jen es una de las camareras –le confirmó el camarero–, pero esta noche no –añadió mirando al escenario–. Solo por esta noche, Jen está participando en una subasta para fines benéficos. Es una causa a la que se siente muy unida. Es la que está en el escenario en estos momentos. Es sensacional, ¿verdad? Solo había visto a Jen antes con el uniforme de camarera o con vaqueros. Resulta sorprendente la diferencia que hacen un par de orejas.

No era las orejas lo que Luca estaba mirando.

Su plan acababa de cambiar. Tratar con una mosquita muerta era una cosa, pero, por el modo en el que estaba manejando a los espectadores del club, dudaba que la señorita Sanderson se pareciera en algo a lo que su padre se había imaginado. Tenía a todos los clientes del club comiendo de la palma de su mano. Cuanto más se movía por el escenario, más rendidos caían a sus pies. El camarero tenía razón. Era sensacional. Jennifer

Sanderson tenía de mosquita muerta lo mismo que Luca.

Jen no se podía creer lo altas que estaban subiendo las apuestas.

–Sigue –le aconsejaba Tess desde el lateral del escenario.

Jen se colocó de espaldas a los espectadores y levantó el trasero para menear la colita de conejo con tanto entusiasmo que todos empezaron a apostar de nuevo.

–Creía que eras una feminista confesa –le recriminó Jen a Tess cuando salió del escenario en medio de un ruidoso aplauso.

–No me importa dejar mis principios a un lado cuando nos acabamos de embolsar diez mil libras para nuestra ONG –exclamó Tess.

–¡Diez mil libras! –gritó Jen mientras abrazaba a su amiga con gran alegría–. Estaba tan ocupada meneando el trasero que no escuchaba las apuestas. ¿Y quién ha pagado tanto dinero para cenar conmigo?

–Supongo que alguien a quien no le gusta perder el tiempo –sugirió Tess mientras se encogía de hombros–. Ahora, ha llegado el momento de que te pongas el uniforme y empieces a servir a esos hambrientos clientes –añadió–. Necesitarán algo para calmarse después de toda la excitación que tú les has dado.

Jen se marchó con una amplia sonrisa en el rostro. Estaba desando quitarse aquel disfraz tan apretado. Uno de los aspectos positivos del club era que se podía decir que no había dos noches iguales. Le encantaba su trabajo. Si no trabajara allí, no se enteraría de las cosas que se enteraba. Algunos clientes estaban muy solos y la única razón por la que apostaban era para combatir su soledad. Jen sabía que, para algunos, apostar era una enfermedad, pero siempre se le había dado bien escuchar y estaba agradecida a los clientes del club por haberla salvado cuando Lyddie resultó gravemente herida en un accidente de bicicleta. Hablar con la gente y tener una rutina a la que aferrarse había ayudado a Jen a salir del agujero negro al que la pena la había lanzado. Los voluntarios de la ONG le habían dicho que encerrarse en sí misma era lo peor que podía hacer. Tenía que salir y empezar de nuevo a vivir por su hermana. La vida era muy valiosa y no debería desperdiciar ni un instante. Tenían razón, y por eso se había disfrazado aquella noche. Haría lo que fuera para apoyarlos después de lo que habían hecho por ella.

Tras ponerse el uniforme blanco y negro de camarera, Jen se abrió paso a través de los clientes que se reunían en torno a la barra del bar.

–Perdone –le dijo a un hombre que le impedía el paso.

El cuerpo de Jen reaccionó violentamente de aprobación. Demasiado bronceado y demasiado en forma para ser uno de los habituales en el club. Era alto, moreno y atlético, con un espeso cabello negro. Esbelto y musculado, su actitud exigía obediencia. Podría ser que se tratara de alguien importante. Ciertamente, su presencia resultaba muy intimidante y tenía algo que hacía temblar a Jen en su interior. Tenía una masculinidad descarada. Debía de ser eso. Además, a Jen le pareció que lo conocía de alguna parte. Había estado apoyado contra una columna mientras ella bailaba y habían intercambiado un par de miradas. Sin embargo, al verlo de cerca, Jen se preguntó si lo habría visto antes en el club.

–Le agradecería mucho poder hablar con usted en privado –le dijo él.

–¿Conmigo? –preguntó Jen. Miró a su alrededor,

pensando que un cliente tan importante debería preguntar por la directora.

–Sí. Con usted. A solas.

Seguramente era el hombre más atractivo que había visto nunca, pero no tenía intención alguna de hablar con él en privado.

–Lo siento, pero tengo que trabajar.

El desconocido no se tomó bien el rechazo. Levantó una ceja mientras Jen miraba a su alrededor en busca de uno de los miembros del equipo de seguridad.

–No los va a necesitar –dijo él como si pudiera leerle el pensamiento–. No quiero hacerle ningún daño.

–Eso espero –comentó ella forzando una sonrisa–. Lo siento, pero tengo que marcharme –añadió mientras trataba de dejarlo atrás. Sin embargo, él permaneció inamovible.

–He pagado mucho dinero para poder cenar con usted.

–Ah, ha sido usted... –dijo ella mientras recordaba las diez mil libras. De repente, recordó por qué le resultaba familiar.

Jen levantó una ceja mientras él la miraba de arriba abajo, calentándole la piel por donde pasaba.

–Usted es italiano, ¿verdad?

–Siciliano para ser exacto.

–Muy glamuroso –comentó ella distraída, mientras pensaba lo que aquello podría significar

–No lo creo.

Su cuerpo se estaba volviendo loco. Aquel desconocido exudaba feromonas, pero el celibato se había convertido para Jen en un hábito que no había visto razón alguna para romper. Ciertamente, estaba pagando por tantos años de negación en aquellos momentos.

Él frunció el ceño mientras inclinaba la cabeza ligeramente para mirarla.

–¿Qué le hace pensar que los sicilianos somos glamurosos?

–Bueno, ya sabe... Sicilia me parece un destino de vacaciones muy glamuroso. Fabuloso paisaje, un mar de color esmeralda, arenosas playas, el Padrino...

–Eso es tan solo una película –la interrumpió él.

–Lo sé. Bueno, ¿hay algo más que pueda hacer por usted antes de ponerme a trabajar?

–Sí. Confirmar la fecha de nuestra cena.

–Bueno, me temo que no podrá ser esta noche. Lo siento mucho, pero estoy segura de que podremos solucionarlo de algún modo.

Jen esperó que él aceptara la indirecta y se apartara para ir a hablar con Tess o con Jay-Dee. No se movió.

–Podría hablar con la directora del casino, que se llama Tess, sobre su premio. Ella está allí, junto a la puerta –dijo ella, señalando.

–Preferiría hablar con usted –replicó él, de un modo que le erizó todos los cabellos de la nuca a Jen.

No iba a ceder. Había pagado mucho dinero que iría a parar a las manos de la ONG favorita de Jen. Ella no debía hacer nada que pusiera eso en peligro.

–Solo unos minutos de su tiempo –insistió él con una sonrisa.

–Es que voy a llegar tarde a mi trabajo.

–Estoy seguro de que, en esta ocasión, se lo pasarán por alto. Ya ha estado trabajando en otra cosa.

–Sí, pero ahora que la subasta ha terminado, estamos algo escasos de personal...

–Una pena...

Él sonreía de un modo muy atractivo y cálido, pero, desde el cuello de su camisa hecha a medida hasta la punta de los zapatos, irradiaba dinero, poder y éxito. ¿Por qué un acaudalado y guapo siciliano estaba dispuesto a gastarse diez mil libras en cenar con una camarera? Sin duda, podría elegir entre las mujeres más bellas del mundo. ¿Acaso era que tenía un corazón inclinado a realizar obras benéficas y había dado la casualidad de que entrara en el club precisamente aquella noche?

Jen estaba empezando a tener un mal presentimiento.

Le recordaba a Raoul Tebaldi, un jugador empedernido al que Jen había conocido en el club. Todo el mundo sabía que Raoul era el hijo de un hombre que había sido un famoso mafioso en su tiempo, pero Jen le había tomado aprecio al callado siciliano. Ella había perdido a su hermana y él estaba distanciado de su familia. La separación de su hermano era lo que más le dolía porque habían estado muy unidos cuando eran jóvenes. Aquella sensación de pérdida los había ayudado a establecer un vínculo y se habían hecho amigos. Jen había esperado ver a Raoul en el club, pero él no había ido desde hacía bastante tiempo. De repente, sintió miedo al pensar que le podría haber ocurrido algo a Raoul, pero vio que el jefe de camareros requería su presencia y comprendió que tenía que dar por finalizada aquella conversación.

–Le prometo que cenaremos otra noche –le aseguró al siciliano.

–No puedo esperar mucho tiempo.

Jen sintió que el corazón le daba un vuelco en el pecho. Entonces, comprendió que seguramente a lo que él se refería era a que no iba a estar mucho tiempo en Londres y no al hecho de que sintiera impaciencia por estar con ella.

–No le defraudaré –le prometió.

El siciliano entornó la mirada, como para advertirle que era mejor que no lo hiciera.

–Hagamos que nuestra cena sea en un momento y

en un lugar que yo elija –sugirió él–. Así, será una sorpresa.

–Debería ser aquí –dijo ella–. Eso es por lo que ha pagado.

–Mientras le pongamos fecha antes de que me vaya...

–Estoy segura de que será posible.

Aquella mujer era tan inocente como parecía o era muy buena actriz. Ninguna de las dos posibilidades podía explicar los actos de Raoul. La inocencia no había sido algo que Raoul pudiera conocer bien y si ella, de algún modo, lo había manipulado, eso significa que Jennifer Sanderson podría representar un problema. Tal y como su padre había predicho, la tragedia no había llegado a las noticias internacionales, por lo que lo más probable sería que ella desconociera que Raoul había muerto. Luca no podía estar seguro si su hermano pequeño habría compartido los contenidos de su testamento con ella, pero no tardaría en descubrirlo.

–Le gustará la comida de aquí –afirmó Jen–. Además, será gratis.

«Si diez mil libras se puede considerar gratis», pensó Luca mientras la balanza se inclinaba hacia el lado de la inocencia.

–¿Cenar aquí? –preguntó frunciendo el ceño.

–¿Y por qué no? –replicó ella mientras levantaba el rostro hacia él de un modo que despertó los sentidos de Luca.

La había acompañado hasta el límite del restaurante, pero el casino era un recordatorio demasiado potente de todo en lo que se había equivocado con respecto a su hermano. Quería marcharse para no ver la barra en la que Raoul habría bebido demasiado o las mesas en las que su hermano había tirado el dinero. Había querido mucho a Raoul y había deseado de corazón que llegara el momento en el que los dos pudieran volver a estar juntos, pero Raoul lo había apartado de su lado. Desgraciadamente, ya era demasiado tarde.

–No se sentirá desilusionado –afirmó Jen. Había malinterpretado la expresión del rostro del siciliano–. Los chefs son excelentes.

–Tal vez a usted le gustaría cambiar –dijo él–. Podríamos ir a cualquier parte, y me refiero a cualquier parte del mundo.

Jen se quedó atónita. Aquel hombre era lo suficientemente rico como para pagar una fortuna para cenar con ella por una razón desconocida y, además, le estaba sugiriendo que debería dejar que él la llevara a cualquier lugar desconocido. ¿Sería tan estúpida como para aceptar?

El corazón se le aceleró de excitación. El cuerpo tampoco la ayudó mucho. Por suerte, tenía sentido común. Aquel hombre podría tener a cualquier mujer que deseara. Ella ni siquiera recordaba la última vez que había tenido una cita. Había llegado el momento de volver a la realidad.

–Es muy amable de su parte –le dijo cortésmente–, pero, dado que no nos conocemos, estoy segura de que usted comprenderá que yo le diga que me siento más segura aquí.

–¿Acaso no confía en mí?

Jen no respondió. Centró su pensamiento en la ONG y sugirió:

–¿Qué le parece mañana a las siete en punto aquí? Antes de que el club se llene demasiado. ¿Le viene bien?

–Ya estoy deseándolo –contestó, con otro brillo sospechoso en la mirada.

–Estupendo. Yo también. Ahora, de verdad que tengo que marcharme.

–Por supuesto.

Con esto, él se dio la vuelta. Jen lo observó con admiración mientras se marchaba, hipnotizada por la imagen de aquellas largas y fuertes piernas y la corpulenta espalda. Solo cuando él desapareció de su vida, se dio cuenta de que ni siquiera se habían presentado. ¿Tendría alguna relación con Raoul Tebaldi o no?

Jen razonó que él debía de haber dado algún nombre cuando ganó la subasta. Nadie se desprendía de una cantidad tan grande de dinero sin dar su nombre.

–¿Ocurre algo?

Jen se dio la vuelta y se encontró frente a frente con Tess, que la estaba mirando con preocupación. El sexto sentido de la directora en lo que se refería a sus empleados era infalible.

–No te estaría molestando, ¿verdad? –insistió Tess.

–No. Quería disfrutar de su cena esta misma noche y, como hoy andamos algo cortos de empleados, le dije que no podía. ¿No te recuerda a nadie? –añadió frunciendo el ceño–. ¿Te acuerdas de Raoul, ese hombre tan solitario que jugaba en las mesas hasta que se quedaba sin dinero?

Tess se encogió de hombros.

–Veo miles de hombres aquí todos los días. Ninguno de ellos me llama la atención por mucho tiempo, a menos que se quejen sobre algo. ¿Por qué lo preguntas?

–Por nada... Probablemente esté equivocada. De todos modos, me siento mejor habiendo dejado claro algunas cosas.

–Eso lo podría haber hecho yo en tu nombre –dijo Tess–. Solo tenías que pedirlo.

–Me puedo ocupar de los hombres como él –le aseguró Jen con más seguridad de la que en realidad sentía–. No me merecería un trabajo aquí si no pudiera...

–¿Pero? –quiso saber Tess, que se había percatado de la duda de Jen.

–Pero me ha parecido que ese hombre no juega según las reglas.

–¿A menos que las escriba él?

Jen no contestó. No quería cargar a Tess con sus preocupaciones y no servía de nada estar pensando en ella. Esperó que el trabajo la ayudara a olvidarse de aquel hombre tan misterioso.

Fue un alivio marcharse del club. Luca atravesó el frío aire de la noche como si fuera oxígeno puro. Se sentía como si hubiera tenido la cabeza debajo del agua durante la última media hora. Se culpó de nuevo por no haber sido capaz de detener la caída de Raoul. No se podía creer que hubiera estado tan ciego como para no ver los problemas de su hermano o cómo habían empeorado las cosas.

Las deudas de Raoul eran terroríficas. Luca se había encargado de pagarlas en el club y luego había hecho su donación a la ONG. Después, había estado tratando de analizar la historia de una mujer que se acababa de convertir en heredera de una fortuna de la que no sabía nada. No había tomado ninguna decisión sobre Jennifer Sanderson. Ella le atraía con sus desafíos y las rotundas curvas de su cuerpo. Resultaba demasiado fácil imaginársela entre sus brazos en un momento de pasión. Tal vez esa no fuera la razón que lo había llevado hasta allí, pero fue el pensamiento del que no se pudo desprender mientras se alejaba del club.

Capítulo 3

ENTREGÓ ese hombre con el que estaba hablando el dinero de la subasta? –le preguntó Jen tan casualmente como pudo al final de la noche.

–Las diez mil libras –confirmó Tess–. Y pagó las deudas de juego de su hermano.

–¿De su hermano?

–Raoul Tebaldi.

Jen sintió que un escalofrío le recorría la espalda. Tal y como había sospechado, el desconocido siciliano era el hermano de Raoul. Este le había confesado que se encontraba en una espiral que lo absorbía y lo hacía caer y que solo se arrepentía de no tener relación con su hermano. Recordó que él le había contado cómo le habría gustado poder seguir confiando en Luca como lo hacía cuando eran niños...

Luca.

–No sé nada más sobre él –dijo Tess–. Supongo que vendrá para disfrutar de lo que ha pagado.

–Qué pena... –replicó Jen.

–¿A quién estás tratando de engañar? –le preguntó Tess–. No ocurre todos los días que un hombre venga al club y pague una fortuna por cenar contigo, y mucho menos un hombre que tenga ese aspecto.

–Por eso precisamente tengo mis sospechas –confesó Jen–. Estoy segura de que no soy en absoluto su tipo.

–Bueno, es un hombre generoso con mucho dinero –repuso Tess–. ¿Por qué buscarle tres pies al gato? Mi trabajo aquí es conseguir que todo el mundo esté feliz y que las cosas vayan bien, mientras que el tuyo es hacer que todo el mundo se sienta bienvenido. Nada más. Has encontrado perfectamente el equilibrio, Jen, y por eso eres tan popular.

En lo único en lo que podía pensar Jen era en qué le habría ocurrido a Raoul. No tenía buenos presentimientos. La coincidencia que suponía que su hermano hubiera pujado por aquella cena con ella era bastante sospechosa. ¿Por qué lo había hecho? ¿Qué era lo que quería? ¿Le habría hablado Raoul de ella? No parecía muy probable. ¿Sería posible que mientras ella seguía con su vida se hubiera desencadenado otra tragedia?

El viernes por la mañana, Jen llegó a su trabajo de día. Oficialmente, según su vida laboral, era una estudiante a tiempo parcial que estudiaba para ser gemóloga y que trabajaba para conseguir experiencia de trabajo con piedras preciosas. En la realidad, iba a la universidad tres días a la semana, era recadera y servía el té a los distinguidos miembros del consejo de dirección de la casa de subastas Smithers & Worseley en Londres.

–La petición del comprador es bastante razonable –anunció el presidente de la prestigiosa casa de subastas. Entonces, miró a través de los cristales de sus gafas de lectura–. Don Tebaldi, nuestro venerable cliente de Sicilia. Puede que algunos de ustedes hayan oído hablar de él.

¿Sicilia? Jen prestó mucha atención.

El presidente realizó una pausa dramática, durante la cual se escuchó una serie de murmullos de crítica por toda la sala. Todo el mundo conocía la reputación del infame Don Tebaldi, un hombre que supuestamente estaba retirado, aunque, en el mundo en el que él habitaba, ¿quién se jubilaba realmente?

–Ha pedido que uno de nuestros empleados lleve el Diamante del Emperador a Sicilia, donde ese mismo empleado montará una exposición de la colección privada de Don Tebaldi, en la que la pieza principal será esta famosa piedra.

–Así, Don Tebaldi no tendrá necesidad de tocar dicha piedra –comentó uno de los directores con una risotada–. Tal vez sea un viejo mafioso, pero tiene tanto miedo de la supuesta maldición como cualquiera.

El presidente esperó a que las risas generalizadas se detuvieran

–Su hijo, el *signor* Luca Tebaldi...

Al oír aquel nombre, Jen levantó la cabeza. ¡Luca Tebaldi! El hombre que había conocido en el club.

–,.. se ocupará de la seguridad –prosiguió el presidente–, tanto para el transporte de la gema como para la gema en sí misma –dijo. Entonces, miró directamente a Jen–. ¿Estoy en lo correcto al pensar que tú aprobaste el módulo de presentación de una exposición con un certificado de excelencia, Jennifer?

–¿Yo? No... sí. Es decir, sí señor.

Volver a escuchar el nombre de Luca la había descolocado por completo. Y oírlo en la misma frase en la que se hablaba de un viaje a Sicilia para montar una exposición para su padre resultaba ciertamente alarmante. Había tenido la sensación de que los acontecimientos iban a apoderarse de ella desde el momento en el que lo vio de pie en el club.

–No es de extrañar que Don Tebaldi no quiera ni tocar esa piedra –comentó otro de los directores–. ¿Quién quiere? Por lo que he oído, a Don se le ha acabado ya la suerte.

Las crueles risas que sonaron alrededor de la mesa dolieron a Jen.

–Su negocio lleva ya algún tiempo cayendo en picado

–dijo el presidente–, pero eso es algo que puede cambiar de la mañana a la noche y no hay razón para pensar que los Tebaldi no van a seguir siendo buenos clientes nuestros...

¿Aquello era lo único que le importaba?

–Por alguna razón que no comprendo –prosiguió el presidente–, Don Tebaldi ha pedido que seas tú, Jennifer, la que lleve la piedra a Sicilia y la que se encargue de la exposición con el resto de las gemas.

–¿Yo? –preguntó ella débilmente.

–Le expliqué que aún estabas estudiando –dijo el presidente por encima de los murmullos de sorpresa que resonaron en la sala–, pero Don Tebaldi ha insistido. Parece que ha investigado a todos los empleados y que, tras haber leído el informe de la universidad y descubrir que eres la mejor de este año, ha insistido en que seas tú.

–Pero no puedo...

–Claro que puedes –la interrumpió el presidente–. Don Tebaldi ha amasado una colección de gemas de incalculable valor a lo largo de los años y es un gran honor para ti haber sido seleccionada para esta tarea. Piensa cómo quedaría en tu currículo.

Y en el registro de la casa de subastas. El presidente no hacía nada que no beneficiara su negocio. Sin embargo, ¿por qué elegir a una estudiante cuando el mundo estaba lleno de expertos? ¿Qué era lo que ocurría?

–Está todo acordado –le informó el presidente–. Don Tebaldi no va a aceptar a nadie más, así que viajarás a Sicilia con el Diamante del Emperador y cuando llegues allí, catalogarás su colección y le prepararás una exposición.

Jen se percató de que aquello no pareció sentarles muy bien a los miembros del consejo. ¿A quién no iba a sorprenderle cuando expertos mundiales estaban sentados a esa mesa?

–Sí, a mí también me ha sorprendido mucho –admitió el presidente mientras se quitaba las gafas para pellizcarse el puente de la nariz–, pero entonces recordé que Jennifer trabaja también en el casino y me pregunté si podría ser que ella hubiera conocido allí a uno de los miembros de la familia Tebaldi...

Jen se sonrojó cuando todo el mundo se volvió a mirarla.

–Podría ser –admitió.

–Bueno, yo no tengo queja alguna de tu trabajo aquí, así que espero que no dejes en mal lugar a Smithers & Worseley.

Jen esperó de todo corazón que las ideas que le habían reportado reconocimiento en la universidad se tradujeran en algo que agradara a su cliente.

–Esto no debería ser un problema para ti, ¿no? –le preguntó el presidente.

Jen dedujo que, en realidad, a él no le importara quién fuera. Solo le interesaba que uno de sus empleados entrara en el mundo secreto de Don Tebaldi. La oportunidad de oír de primera mano los tesoros que él había mantenido ocultos desde hacía años lo cegaba a todo lo demás. Fuera lo que fuera lo que sospechaba sobre lo ocurrido, había decidido que Jen sería el cordero que ofrecería en sacrificio.

¿En cuanto a las sospechas que ella misma tenía? Jen se animó a seguir pensando en aquella resplandeciente reseña en su currículo.

–Estaré encantada de catalogar la colección de Don Tebaldi y de prepararle la exposición.

–Bien. En ese caso, decidido –dijo el presidente con satisfacción–. Te estás convirtiendo rápidamente en una persona indispensable para nosotros, Jennifer. Considera este viaje como unas vacaciones pagadas –añadió–. Puede ser tu paga extra del año.

Eso no significaba que fuera a conseguir un aumento

de sueldo. Seguiría tomando el autobús para ir a trabajar dentro de veinte años mientras que los miembros del consejo irían al trabajo en sus Bentleys con chófer.

–Te reunirás con el *signor* Luca Tebaldi a las tres en esta sala –añadió el presidente.

¿Tan pronto?

Jen no oyó mucho más durante el resto de la reunión. Le habría gustado tener un poco más de tiempo para preparar la reunión. La desaparición de Raoul, la venta de una valiosa y famosa piedra a un hombre que resultó ser el padre de Raoul y, además, el hecho de que el hermano de Raoul hubiera pujado en una subasta para poder cenar con Jen... ¿Debía creer que todo era una coincidencia?

–Jennifer, ¿me estás escuchando? Le estaba diciendo que el *signor* Tebaldi espera ver la última compra de su padre y después le dará los detalles para el transporte del Diamante del Emperador y de ti misma.

–Por supuesto. Muchas gracias por la oportunidad, señor.

Al menos así, tendría oportunidad de llegar al fondo de ese misterio. Decidió que, además, lo haría por Lyddie. Poco antes de su fallecimiento, hacía dos años ya, Lyddie acababa de empezar su carrera como modelo. Había insistido en ir en bicicleta por todo Londres, ya que consideraba que ese era el mejor método de transporte. Al menos Lyddie había tenido la oportunidad de lucir las joyas que tanto le gustaban, dado que había conseguido un contrato con una exclusiva joyería. Iba de camino a la sesión de fotos para la colección de diamantes de la siguiente temporada cuando un coche se llevó por delante su bicicleta. Por ello, Jen haría su trabajo en memoria de todos los que había perdido y lo convertiría en un tributo a su hermana y a los padres que tanto había adorado. Sonrió al recordar cómo Lyddie no podía pasar nunca por delante de un escaparate de una joyería sin gritar de excitación al ver alguna rara piedra que su madre les hubiera descrito. Las piedras preciosas se convirtieron en un vínculo entre ellas cuando su madre murió, dado que les recordaba los momentos en los que su madre les contaba sus historias y las tres estaban juntas y a salvo.

–Informaré a la universidad y les pediré que te den permiso para ausentarte de las clases, por lo que no tendrás nada de lo que preocuparte. Además, ya falta poco para las vacaciones de verano –le dijo el presidente–. Solo una cosa más. Queremos asegurarnos de darle al *signor* Tebaldi la bienvenida con la mayor hospitalidad.

Jen frunció el ceño. Eso de la *mayor hospitalidad* parecía implicar mucho más que simplemente llevar una piedra preciosa a Sicilia. Se mostraría profesional y cortés. Nada más. Si el presidente esperaba algo más de ella, como conseguir futuros contratos, se iba a llevar una gran desilusión.

–El padre del *signor* Luca Tebaldi ha sido un destacado contribuyente a nuestros beneficios –añadió el presidente, confirmando así los temores de Jen–. Por eso, esperamos que su hijo se convierta en un cliente igual de valioso en el futuro.

Jen miró a su alrededor mientras todos los presentes se pusieron a hablar sobre cómo tentar a la familia Tebaldi a gastar más dinero en futuras compras. Ella, por su parte, sintió un escalofrío mientras trataba de convencerse de que sería estupendo cambiar su estudio lleno de corrientes de aire por un viaje a la soleada Sicilia y que no había modo mejor de honrar la memoria de Lyddie. Sin embargo, nada era nunca tan sencillo y aquel viaje estaba lleno de incertidumbres.

–¿Conoces la historia del Diamante del Emperador? –le preguntó el presidente.

Por fin algo de lo que ella estaba totalmente segura.

–Da la casualidad de que sí –afirmó. Siempre le interesaban las piedras raras que llegaban a la casa de subastas y se tomaba su tiempo estudiándolas–. En una ocasión, lo enviaron por correo en un sobre marrón normal y corriente y llegó a su destino sin contratiempos. Estoy segura de que mi viaje a Sicilia transcurrirá igualmente sin novedad –concluyó, tranquilizando así a todos los presentes menos a sí misma.

«Yo soy ese sobre marrón», pensó Jen mientras el presidente acogía sus comentarios con una tenue sonrisa.

Melvyn Worseley, el presidente, fue a verla más tarde. Le dijo a Jen que, dado que el Diamante del Emperador estaba valorado en treinta y cinco millones de libras, era muy importante cuidar todos los detalles. Jen estaba completamente de acuerdo y confiaba plenamente en sus habilidades. Si había algo que a ella se le daba bien era la iluminación y la colocación de las joyas. Crear un efecto que dejaba sin palabras a quien viera la joya era lo que le había reportado un premio en la universidad. Al menos eso fue lo que le dijo el vicerrector cuando se lo entregó.

–Tal vez podrías ir a arreglarte un poco y a ponerte algo de maquillaje antes de que llegue Luca Tebaldi.

Ella miró de reojo al presidente. Ahí estaba de nuevo la sutil, o tal vez descarada, indirecta. Claro que se asearía, pero un poco de agua fría sería suficiente. No era un concurso de belleza, sino tan solo un cliente que iba a examinar una piedra preciosa de mucho valor. En su caso, no se podía dejar sin palabras a nadie. Se alisó el cabello delante del espejo y comprobó que la coleta estaba en su ligar. Entonces, regresó a la sala de reuniones donde el presidente la estaba esperando.

–Si andas justa de dinero –le dijo mientras observaba el barato atuendo que ella llevaba puesto–, estoy seguro de que te podremos conceder una pequeña cantidad para gastos. Es fundamental crear buena impresión, ¿no te parece?

A Jen le parecía que iba vestida adecuadamente para ir a trabajar. Llevaba puesta una falda gris que le llegaba por la rodilla y una blusa blanca. Tenía que admitir que había lavado tantas veces la blusa que la tela estaba prácticamente rala, pero si se abrochaba la chaqueta...

El presidente tomó el estuche de terciopelo que contenía la valiosa gema y, con un ademán muy dramático, levantó la tapa. Incluso Jen contuvo la respiración. Fue como si la luminosidad del diamante, tras haber estado tanto tiempo en la caja a oscuras, saltara al exterior en un maravilloso espectáculo de luz. Jen conocía que la física era al revés y que, sin luz, el diamante no era nada. Fuera como fuera, en aquel instante, lejos de estar maldito, el Diamante del Emperador parecía ser poseedor de una fuerza mágica. Tuvo que recordarse que ella no creía en aquellas cosas.

–Estoy seguro de que harás un buen trabajo para poder exponerlo al público –le dijo el presidente, cuando Jen se acercó más al estuche, atraída por la maravillosa piedra

Mientras lo examinaba, a Jen le parecía que un diamante tan hermoso no podía traer nada que no fuera buena suerte. Si ella podía evitarlo, jamás volvería a estar oculto. Recordó que su madre decía que las piedras excepcionales deberían mostrarse al público para que pudieran disfrutar de ella el mayor número de personas.

–¿No te parece un diamante maravilloso? –murmuró el presidente, igual de impresionado que ella, mientras los dos examinaban con admiración una de las maravillas de la Naturaleza.

–Y el techo aún no se ha caído –bromeó Jen.

–Todavía no –afirmó el presidente mientras los dos compartían una sonrisa.

En algún lugar del edificio victoriano, debió de abrirse una puerta, como si hubiera entrado una bocanada de viento.

–El viento del cambio –bromeó ella para tratar de ocultar su aprensión mientras daba un paso atrás.

El presidente prácticamente no tuvo tiempo de guardar el diamante cuando la puerta de la sala se abrió y entró la persona a la que habían estado esperando. De algún modo, Luca Tebaldi había conseguido tener un aspecto más impresionante a la luz del día que la noche del club. Parecía más alto, más misterioso y mucho más peligroso de lo que Jen recordaba. El corazón comenzó a latirle con fuerza cuando él la miró atentamente. ¿Por qué tanto interés? No se podía decir que ella fuera una de las maravillas de la Naturaleza. Era del montón. Sí, iban a cenar juntos aquella noche, pero él estaba allí para ver la fabulosa piedra preciosa que su padre había adquirido. ¿No debería estar concentrándose en eso?

–*Signor* Tebaldi –dijo el presidente mientras avanzaba para saludar a su invitado.

Luca Tebaldi llevaba puesto un precioso traje oscuro, con una impecable camisa blanca adornada con unos elegantes gemelos de zafiros en los puños, lo que le daba el aspecto de un experto en la materia. Comprendió entonces por qué el presidente esperaba que Luca Tebaldi se convirtiera en una fuente de ingresos tan lucrativa para su negocio como lo había sido su padre. Observó cómo los dos hombres intercambiaban un firme apretón de manos y luego vio cómo la atención de Tebaldi volvía a centrarse en ella.

–Jennifer Sanderson, la persona que ustedes han elegido –dijo el presidente a modo de introducción.

Para no parecer abrumada por el recién llegado, Jen

tomó la iniciativa. Dio un paso al frente y agarró con firmeza la mano que Tebaldi le ofrecía. Fue como si hubiera metido los dedos en un enchufe. Apartó rápidamente la mano mientras el presidente empezaba a hablar sobre una próxima subasta de gemas muy raras, pero no pudo evitar sentir chispas subiéndole por el brazo y llegándole a partes más sensibles de su cuerpo con incluso más entusiasmo. Era una locura. Ni siquiera lo conocía. Entonces, razonó con preocupación que no tenía que conocerlo para sentir una respuesta tan primitiva por un hombre tan descaradamente sexual como Luca Tebaldi.

Luca sintió aquella reacción y la vio en los ojos, cuyas pupilas se habían oscurecido. La noche anterior ella iba vestida con un provocativo disfraz mientras que aquel día su atuendo era demasiado recatado. ¿Cuál era la verdadera Jennifer Sanderson?

Se miraron el uno al otro con descarado interés. Jen sentía tanta curiosidad sobre él como Tebaldi sobre ella. ¿Cuál era el vínculo entre el Diamante del Emperador, Raoul Tebaldi y Luca? Luca sabía que ella era una mujer inteligente y que no tardaría mucho en encontrar las respuestas, aunque podrían estar equivocadas. La mantendría en la duda hasta que llegaran a Sicilia.

Nada era sencillo. Luca la admiraba, algo que no había esperado. Había disfrutado de su actuación en el club y, después, se había enfrentado a él. A Luca le intrigaba descubrir cómo reaccionaría ella a la siguiente parte del viaje.

El presidente estaba diciendo algo de otra subasta a la que tal vez a Luca le gustaría asistir. Decidió no escuchar. Prefería concentrarse en la intrigante señorita Sanderson. ¿Por qué la encontraba tan atractiva? No tenía una belleza convencional y no se parecía al resto de las mujeres que él conocía. Se mostraba desafiante, espinosa e impredecible y eso le resultaba a él completamente fascinante. La extraña mezcla de cautela y de osadía lo tenía prendado. Para inflamarlo aún más, con su mirada ella le había dejado muy claro que le importaba un bledo lo que él pensara de ella. Tal vez no tenía dinero ni poder, pero sí un espíritu fuerte. ¿Qué sabría ella sobre el testamento de su hermano? ¿Qué sería necesario hacer para conseguir que ella renunciara a todo lo que le había dado Raoul?

Apenas miró el diamante cuando el presidente se lo mostró para que diera su aprobación. Estaba mucho más interesado en Jennifer Sanderson para tratar de averiguar qué era lo que había detrás de aquella firme mirada verde. ¿Duplicidad, inocencia, interés profesional o algo más?

–Si me perdona –dijo el presidente–, me temo que ahora debo marcharme. Otra cita –explicó con una breve sonrisa–. Lo dejo en las capaces manos de la señorita Sanderson. Jennifer tiene mi autorización para ofrecerle todo lo que pueda necesitar –añadió con una pegajosa sonrisa, que pareció caer mal a Luca Tebaldi, que se limitó a asentir con la cabeza.

Cuando la puerta se cerró, Jen se tensó.

–Así que usted es el hermano de Raoul –dijo–. Eso me pareció anoche. Hace mucho que no lo veo. Espero que esté bien.

–Mi hermano está muerto.

–Oh... –susurró Jen mientras se llevaba una mano a la boca. Se había quedado sin palabras. No se podía creer lo que acababa de escuchar. ¿Se debía la falta de emoción de Luca Tebaldi al comunicar el fallecimiento de su hermano a un deseo por ocultar su propia pena o era acaso para ponerla a prueba?

–Murió en accidente hace poco –añadió Luca Tebaldi.

–¿En accidente? ¿Y...? –preguntó a duras penas. No era capaz de asimilarlo. Agarró el respaldo de una silla. Se sentía destrozada.

–¿Quiere saber si sufrió? Por lo que yo sé, no. Murió en el acto en un choque frontal en Roma.

–Lo siento mucho...

El pobre y vulnerable Raoul estaba muerto. No parecía posible. Tenía tantos recuerdos de él... Sabía que la vida de Raoul había sido muy complicada, pero jamás se habría imaginado que terminaría así.

–Debería haberlo imaginado... lo veía todas las noches. Sabía que tenía problemas, pero... Bueno, solíamos hablar... –explicó mientras Luca la miraba atentamente.

–¿Quiere que le traiga un vaso de agua?

Jen no pudo contestar. Se limitó a hacer un gesto con las manos. Aún no se podía creer que jamás volvería a ver a Raoul.

–¿Conoció usted a mi hermano en el casino? –le preguntó Luca mientras le servía un vaso de agua.

–Sí. Nunca lo vi en ningún otro lugar. Éramos conocidos que se convirtieron en amigos con el tiempo, pero Raoul tenía su propia vida y yo la mía.

–¿Y de qué hablaban? –quiso saber Luca mientras le entregaba el vaso.

–De todo y de nada en particular –dijo Jen con sinceridad.

Tomó un sorbo de agua. Otra vida perdida innecesariamente. Recordó el terrible día en el que Lyddie murió. La policía fue muy amable y la llevó a la Unidad de Cuidados Intensivos, donde su hermana seguía con vida. En ese momento, Jen quiso creer en los milagros. El médico no tardó en confirmarle que su hermana estaba en muerte cerebral. Le explicó que tenía lesiones cerebrales incompatibles con la vida y le preguntó si estaría dispuesta a donar sus órganos. Hasta aquel momento, Jen había querido creer que Lyddie estaba dormida y que muy pronto se despertaría. No debía tardar mucho en tomar una decisión...

–¿Señorita Sanderson?

–Lo siento –respondió ella. Miró a Luca. Se parecía tanto a Raoul, aunque era mucho más grande y fuerte, como si él fuera la imagen en positivo y Raoul la imagen en negativo–. Lo siento. Me ha sorprendido tanto escuchar lo de su hermano...

–¿Raoul confiaba en usted?

–Solíamos hablar –confirmó Jen. Raoul le había contado muchas cosas, pero Jen se enorgullecía de su discreción.

–¿Hablaban todas las noches?

–¿Qué es esto? –le desafió ella–. Yo conocía a su hermano y lo tenía en mucho aprecio. Hablábamos de muchas cosas.

–Discúlpeme si le parezco demasiado curioso. Simplemente estoy tratando de llenar los huecos.

–Comprendo cómo se siente. Yo he pasado por algo similar.

–¿Sí?

–Este no es el momento –se apresuró ella a decir–. Le acompaño en el sentimiento.

Mientras Luca Tebaldi murmuraba algo, Jen se preguntó lo que él quería que ella dijera. Su mirada era penetrante y casi sospechosa. ¿Acaso pensaba él que ella le daba el pésame porque se esperaba que lo hiciera? Jen no podía dejar de pensar que aquello era la tranquilidad que precede a la calma. Si por lo menos supiera de dónde venía la tormenta o qué la había causado, tal vez podría ayudarlo Luca Tebaldi la mirada como si ella supusiera algún tipo de amenaza y como si él fuera el caballero andante que había llegado para salvar el día. Sin embargo, ¿a quién estaba salvando y de qué?

Capítulo 4

JEN PENSÓ que tal vez él estaba celoso de la relación que ella tenía con su hermano. En realidad, podía entender perfectamente la necesidad que tenía de saber. Cuando se encontraba con personas que habían conocido a Lyddie, tenía que contenerse para no acribillarles a preguntas en un intento por saber cada pequeño detalle que pudieran recordar sobre su hermana. Era como si tuviera que confeccionar una colcha de recuerdos, y cada retal de información fuera vital porque llenaba un hueco de la vida de su hermana que ella desconocía.

Luca llevaba ya en silencio algún tiempo y, gracias a los recuerdos que él había avivado, Jen tenía las emociones a flor de piel. Nunca se había sentido enfadada con un cliente antes, pero era injusto que él le hubiera hecho tantas preguntas. Raoul lo había necesitado y, ¿dónde había estado Luca Tebaldi entonces?

–Su hermano le echó mucho de menos –dijo rompiendo el tenso silencio–. Hablaba sobre usted constantemente. Me decía que solía cuidar de él cuando era pequeño, pero que, al final, tomaron caminos separados.

–¿Le dijo por qué fue eso? –le preguntó Luca.

–No.

Sin embargo, Jen pensaba que lo sabía. Después de haber tenido oportunidad de conocer al hermano de Raoul, había visto lo diferentes que eran. Raoul había sido solitario y sensible mientras que Luca Tebaldi era duro, centrado y seguro de sí mismo. Con tal cantidad de testosterona sobre la mesa, a Raoul no le habría resultado fácil admitir que buscaba cosas muy diferentes en la vida. Sospechaba que Luca también tenía sus problemas. Se había cerrado para no sentir pena ni sentimiento alguno. Reconocía los síntomas, dado que ella misma había hecho algo muy similar. Tenía que admitir que aquello era una especie de vínculo entre ellos.

–¿Habló mi hermano alguna vez de dinero con usted?

–¿De dinero?

La mención del dinero ensuciaba su relación con Raoul. Tal vez Jen no tuviera mucho en comparación con la familia Tebaldi, pero todo lo que poseía se lo había ganado.

–Le presté dinero a su hermano en una ocasión –dijo ella. Sentía que Luca Tebaldi necesitaba saber la verdad o al menos la parte que ella estaba preparaba para contarle–. No mucho –añadió al ver que Luca contenía el aliento.

–¿Le prestó dinero a Raoul?

–Sí –contestó. Y le había dado también la compra que había hecho–. Lo había perdido todo en las mesas. Ni siquiera tenía dinero para tomar un taxi y volver a casa. Solo fueron veinte libras. Lo siento. Pensé que sabía lo mal que le iban las cosas.

La expresión de Luca se ensombreció.

–Raoul dijo que me pagaría. Me dijo que tenía expectativas. Yo le dije que no quería su dinero, con o sin expectativas. Le dije que debería aceptar mis veinte como el regalo de un amigo.

Luca se sintió igual que si ella le hubiera abofeteado. Por supuesto que lo sospechaba, pero hacía mucho tiempo que Raoul no había confiado en él. Su hermano había estado en caída libre desde hacía mucho tiempo. Cuando pagaba sus deudas, solo conseguía que Raoul acumulara más deudas aún. Sacarlo de la cárcel se había convertido en un suceso tan frecuente, que Luca le había pedido a un miembro de su equipo legal que estuviera pendiente por si él estaba fuera del país. Le dolía saber que, al final, no había estado al lado de su hermano. Hubo un tiempo en el que habían estado muy unidos, pero se había sentido rechazado en tantas ocasiones que, al final, había terminado por desconectar sus sentimientos. Había hecho falta que aquella mujer le recordara lo mucho que había querido a Raoul.

Una fuerte sensación de pérdida y arrepentimiento se apoderó de él. No mostró nada. Por lo que sabía, ella era tan solo otra de las desastrosas relaciones de Raoul. En una ocasión, como si fuera una premonición, Raoul le había dicho que su vida amorosa era un choque frontal. Sin embargo, fuera cual fuera la relación que su hermano había tenido con aquella mujer, ella había estado a su lado cuando Luca estaba desaparecido.

–¿Le importa si le llamo Luca? –le preguntó ella sacándole del pozo de su desesperación–. Después de todo, vamos a trabajar juntos...

–¿A trabajar juntos?

–Vamos a trabajar juntos en la exposición de su padre, ¿no?

–Yo me limitaré a supervisar, nada más.

–Entiendo. Bueno, al menos llámeme Jennifer, o Jen, si lo prefiere.

–¿Cuál prefieres tú?

–Jen.

–Llámame Luca entonces, Jen.

–Luca –repitió ella mirándolo a los ojos.

Él examinó la franca expresión de su rostro, la pecosa perfección de aquel rostro en forma de corazón. Jen no sabía qué pensar de él. Aquellos ojos verdes como el jade expresaban confusión, aunque la generosa boca y la testaruda inclinación de la barbilla continuaban turbándole. Reconoció la reacción de su cuerpo como la necesidad primara de celebrar la vida frente a la muerte, lo que significaba sexo, a pesar de que la sugerencia de su padre para que la sedujera le había dado náuseas en Sicilia y seguía dándoselas en aquellos momentos. Si llegaba a seducir en algún momento a Jennifer Sanderson sería porque los dos lo desearan y no para sacarle información.

–Jen –murmuró. Le gustaba pronunciar su nombre.

Sentía agonía por el deseo hacia una mujer en la que sentía mucho potencial. No era ninguna mosquita muerta. La idea que había tenido su padre de comprarla era una simpleza. Su plan para mantener a Jen en Sicilia hasta que pudiera resolver el enigma de su relación con Raoul resultaba mucho más prometedor.

Había considerado la idea de que Jen pudiera tener un plan a largo plazo que le permitiera heredar las riquezas de Raoul, pero no le parecía muy probable. No era que le faltara inteligencia, pero la muerte de su hermano había sido un accidente y ella no lo podía haber planeado. ¿Cómo respondería cuando se diera cuenta de que estaba a punto de convertirse en una mujer muy rica? Tendría el dinero suficiente para comprar aquella casa de subastas y todo lo que contenía. El legado de Raoul sería un cuento de hadas para una mujer con unos medios tan limitados, aunque también podría convertirse en una pesadilla al sacarla fuera del mundo que conocía y lanzarla a un lugar frío y duro en el que mandara el dinero y acecharan los depredadores. Al menos, le debía a Raoul llegar a conocerla para poder comprender los motivos de su hermano y tal vez protegerla. Mientras el aroma a flores salvajes que emanaba de ella asaltaba sus sentidos, decidió que eso sería lo que haría.

Jen no hacía más que moverse por la sala, pero, fuera donde fuera, le resultaba imposible escapar a la fuerza de la personalidad de Luca Tebaldi. Siempre había creído que la sala de juntas era un lugar espacioso y grande, pero en aquellos momentos no se lo parecía. Además, en referencia a la tarea que se le había confiado, el fracaso no era una opción. Estaba decidida a conseguir que el proyecto fuera un éxito, por lo que decidió que había llegado el momento de construir puentes entre ellos.

–Soy un poco brusca a veces –admitió–. Cuando te dije que había pasado por algo similar a lo tuyo, me refería a la pérdida de mi hermana.

–Entiendo.

El rostro de Luca se suavizó ligeramente, por lo que ella aprovechó para seguir hablando.

–Lyddie murió en un terrible accidente hace dos años.

–¿Y tus padres?

–Murieron también, pero tu pérdida es más reciente y recuerdo cómo me sentí cuando Lyddie murió. El shock de su muerte se apoderó de mí durante un tiempo, pero luego mejoró. La pena no desapareció, pero aprendí a vivir con ella. Ahora, aprovecho al máximo cada día en memoria de mi hermana. Te debo una cena –dijo, para no seguir hablando de algo demasiado íntimo como para hacerlo con un hombre que acababa de conocer–. ¿Esta noche, tal y como habíamos quedado?

–¿A las ocho en tu casa? –sugirió él.

–No. En el casino –replicó Jen–. Tiene sentido, dado que la cena que pagaste está allí.

–Tu dirección –insistió Luca–. Había pensado que sería una cena en un lugar que yo eligiera.

–Preferiría que nos ciñéramos a lo que habíamos hablado en un principio.

–El club podría ser lo que acordamos, pero no lo que

yo quiero. Pagué mucho dinero por el privilegio de poder cenar contigo, pero quiero disfrutarlo también.

No se podía negar que Luca era muy persuasivo y que podía dejarla sin aliento con solo una mirada. Jen no podía olvidar que la ONG se beneficiaría de su dinero. Además, quería conocerlo un poco mejor para poder hablar de Raoul. A pesar de todo, seguía teniendo dudas.

–Para llegar a mi casa todas las calles son de una dirección y resulta algo complicado.

–La encontraré –dijo él mirándola de un modo que le aceleraba el pulso.

¿A qué había accedido? No se le daba muy bien lo de las citas. En eso, la experta era Lyddie. Su vivaz hermana había nacido con mucha seguridad para tratar con los hombres. Cuando Lyddie murió, Jen se había retirado aún más hacia su interior. No había querido hablar con nadie sobre la muerte de su hermana, por lo que un estado de hibernación le había parecido una apuesta más segura, hasta que los voluntarios de la ONG la habían animado a volver al trabajo y salir. Habían insistido que debía socializar. Cuanto más hablara con la gente, más descubriría que ellos también tenían problemas y eso la ayudaría a ser más fuerte por ellos hasta que terminara fortaleciéndose ella misma.

–Esta noche –dijo él lanzándole una última y misteriosa mirada antes de dirigirse hacia la puerta.

–¿No se te olvida algo?

–¿El qué?

–¿No te gustaría mirar bien la última compra de tu padre antes de irte? –le preguntó ella indicando el estuche de terciopelo.

–Ah, sí –contestó él con una sonrisa en los labios–. La piedra maldita.

El cuerpo de Jen reaccionó a la calidez que se reflejó de repente en los ojos de Luca.

–Se trata de un trozo de carbono muy compacto. Inerte y, con toda seguridad, ajeno a toda la leyenda que lo rodea.

–Me gusta –dijo él riendo. En aquella ocasión, la risa sí se le reflejó en los ojos–. No me interesan en absoluto las piedras preciosas –confesó–, pero me gustaría ver a esta instalada con el resto de la colección de mi padre. Lo único que me afecta es el precio.

–Eso afectaría a la mayoría de la gente –afirmó ella.

Resultaba imposible resistirse a su encanto, a pesar de que tenía un lado frío que la helaba por completo. En el breve espacio de tiempo que hacía que lo había conocido, Luca Tebaldi había conseguido que cambiara la opinión que tenía sobre los hombres, aunque en el futuro fuera a comparar a todos los que conociera con él.

–Me ha resultado muy interesante volver a verte, *signorina* Sanderson. Estoy deseando que llegue nuestra cena esta noche.

Jen se dio cuenta de que ella también.

–Hasta esta noche...

Sin embargo, Luca ya se había marchado, dejando a Jen con la clara impresión de que había algo en aquella situación que ella no comprendía.

Luca llegaría en cualquier momento. Se sentía tan nerviosa... No había tenido una cita desde... Sin embargo, aquello no era una cita. Era una cena que él había comprado en una subasta benéfica. Decidió que no iba a sentirse avergonzada a pesar de que él era un multimillonario y ella vivía en un pequeño estudio. El espacio era limitado, pero todo estaba muy limpio y olía bien. Había podido decorar el estudio a su gusto y lo había hecho pintando las paredes de colores brillantes. Además, había colocado una estera que había hecho ella misma con trozos de tela para tapar las partes de la moqueta que estaban más raídas. A sus escasos muebles, había añadido otros que había encontrado por suerte en las tiendas de segunda mano. Tenía fotos de sus padres y de Lyddie por todas partes, ocupando los lugares de mayor relevancia. Sintió que los ojos se le llenaban de lágrimas al ver una de las fotografías que tenía de su hermana. Había sido tomada justo antes de que Lyddie muriera y resultaba un vibrante y feliz recordatorio de un momento atrapado en el tiempo.

Jen le había hecho la foto en un parque cercano. Lyddie estaba haciendo volteretas y sonriendo. Su gesto seguía tan iluminado, tan vivo, que a Jen le parecía que iba a aparecer en cualquier momento por la puerta.

Apartó la mirada de la foto con dificultad y fue a comprobar la tierra de las macetas que tenía en la ventana. La mayoría eran esquejes de plantas olvidadas y abandonadas en los diversos despachos de la casa de subastas, a excepción de la última adición: un pequeño rosal que había comprado en memoria de Lyddie y de Raoul Tebaldi, el hombre solitario del casino, que era como Jen siempre lo recordaría.

Aún tenía que decidir lo que ponerse para la importante cita con Luca. No se avergonzaba de su guardarropa, aunque en la mayoría de las ocasiones compraba en tiendas de segunda mano, buscando prendas *vintage* que hubieran pasado desapercibidas para los coleccionistas. Se probó varios atuendos antes de decidirse. Sabía que no podía competir con el guardarropa que él tendría, por lo que al final se había decidido por un precioso vestido estilo años cincuenta. Era de algodón azul, cubierto de pequeños ramos de flores blancas. Tenía mucho vuelo e iba muy ceñido a la cintura, con mangas francesas rematadas con puños blancos. Se abrochaba por la parte delantera con una hilera de pequeños botones de perlas.

Lo remataba un cinturón de la misma tela. Con un escote en pico, rematado con grandes solapas, se sentía elegante y segura de sí misma. Suponía un gran cambio a los vaqueros y al traje tan aburrido que solía llevar al trabajo, aunque era mucho más modesto que el disfraz de conejita. Lo de no juzgar a un libro por su portada estaba muy bien, pero la gente sí lo juzgaba y era crucial acertar aquella noche. Aquel vestido sería una especie de armadura para ella.

El pulso se le aceleró cuando sonó el timbre. Ciertamente, necesitaría una armadura. Luca se mostraría cálido, pero también desafiante. Fuera como fuera, necesitaría todo su ingenio aquella noche. Agarró un echarpe y abrió la puerta.

–Vaya... –dijo él mientras la miraba de arriba abajo.

Jen pensó si se habría equivocado. ¿Sería demasiado aquel atuendo? ¿Estaba él pensándoselo mejor? ¿Se lo estaba pensando mejor ella?

Efectivamente. Luca era un hombre muy guapo. Ella era del montón. Él era rico y ella pobre. Sin embargo, él había pagado una cena y la ONG necesitaba su dinero. Cuando Lyddie murió Jen se había jurado valorar la vida y vivirla al máximo. Aquella era la oportunidad perfecta para demostrarlo.

Cuando Luca entró en su casa, Jen se imaginó lo que estaba pensando. El brillante color de las paredes, el caos que había quedado tras haberse pasado un buen rato tratando de decidir qué ponerse aquella noche... Dudaba que Luca, que seguramente vivía en un mundo caro y elegante, hubiera visto algo similar en toda su vida.

Tomó el bolso y las llaves y sonrió. Luca la miró una vez más.

–Estás increíble...

Alivio. Al menos había acertado en algo. Él tampoco estaba mal. La ropa de sport le sentaba bien, pero no se podía decir que fuera la clase de atuendo que se esperaba para un elegante restaurante. «Relájate», se dijo mientras comenzaba a bajar por la escalera. Se detuvo junto a un elegante deportivo, negro y seguramente muy caro. Imaginó que el motor ronronearía y luego rugiría.

–¿Quieres que te ayude a subir? –le preguntó él cortésmente.

–No hace falta, Luca.

Aquella boca... Firme y delicada a la vez... La boca de Luca estaba hecha para el pecado, para los besos y las caricias...

Se recordó que también podía ser una boca muy dura, pero aquella noche se mostraba encantador y muy cortés. Y muy guapo. Luca tenía la clase de glamour con el que solo podían soñar las estrellas de cine. Aquellos ojos podían contar mil historias, todas ellas de alto voltaje. No le cabía ninguna duda. Por eso, apartó la mirada rápidamente, pero no pudo impedir que él se diera cuenta de que ella lo había estado observando.

Jen se recogió la falda como pudo y trató de introducirse en el coche con gracia y elegancia, como si aquello fuera algo que hacía todos los días. Ciertamente, costaba más que subirse al autobús, pero podría conseguirlo...

¿De verdad?

Lanzó una maldición cuando el tacón se le enganchó en el bajo del vestido.

–Deja que te ayude –dijo Luca.

Antes de que ella pudiera negarse, se había puesto de rodillas delante de ella para liberar la tela.

«Sí, sí, claro que sí», pensó sin poder contenerse. Rápidamente trató de serenarse. Aquello no era un juego, sino algo muy serio. Solo tenía que ver cómo la mirada magnética de Luca se prendía en su rostro para comprobarlo.

Capítulo 5

EL AROMA del cuero y de la madera pulida rodeó a Jen mientras se acomodaba en un asiento inesperadamente cómodo. Cerró la puerta con satisfacción mientras Luca rodeaba el vehículo para montarse por el lado del volante. Inmediatamente, fue consciente de su presencia, de la corta distancia que los separaba. Su atractivo masculino parecía magnificarse en los confines de aquel lujoso vehículo.

–Aún puedo conseguir una mesa en el club si prefieres ir allí –dijo ella con un nudo en la garganta.

Como respuesta, Luca se limitó a arrancar el motor y demostró que el coche prefería rugir en vez de ronronear. ¿Por qué no le sorprendió?

Cuando echaron a andar, Jen trató de relajarse y de disfrutar con el paseo, pero había infringido una de sus reglas, la de no meterse en el coche de un hombre que apenas conocía. Además, ni siquiera sabía adónde se dirigían. A pesar de la suave música de jazz, se sintió alarmada, mucho más aún cuando vio que salían de la ciudad...

–¿Adónde vamos?

–A un aeródromo.

–¿A un aeródromo? ¿Por qué? –exclamó ella preocupada.

–Bueno, a tomar un avión –contestó él mirándola con gesto divertido.

Tal vez a Luca le pareciera gracioso, pero a ella no.

–¿Para ir adónde exactamente? –preguntó con firmeza.

–A Sicilia, por supuesto.

–¿A Sicilia? Pero si ni siquiera tengo el pasaporte.

–No te preocupes. Ahora mismo lo llevan a mi avión privado.

–¿Has estado en mi casa? –exclamó ella furiosa.

–No exactamente. Tengo empleados que se ocupan de ese tipo de cosas en mi nombre. Te he contratado y ya sabes dónde tienes que realizar tu trabajo –comentó encogiéndose de hombros–. Tendrías que ir a Sicilia tarde o temprano.

–Pero si ni siquiera llevo equipaje –protestó Jen–. No esperaba...

–Te ruego que me disculpes por haberte avisado con tan poco tiempo...

–¿Con tan poco tiempo, dices? ¿No querrás decirme más bien por no haberme avisado? Deberías haberme dicho lo que tenías en mente.

–Entonces, ¿qué clase de sorpresa sería?

–No debería haber habido sorpresas esta noche –observó Jen–. Lo que ganaste en la subasta fue una cena en el club y nada más.

–¿Sigues siempre las reglas?

Mientras Luca aceleraba en la autopista, ella comprendió que la respuesta era no.

–Última oportunidad –dijo él–. Dime si quieres regresar.

¿Y tirarlo todo por la ventana? Seguramente, así terminaría aquel asunto. Perdería su trabajo en la casa de subastas y eso arruinaría el futuro por el que tanto estaba trabajando. No averiguaría nada más sobre Raoul ni Luca. De hecho, podría ser que no volviera a verlo...

–¿Y bien? –insistió él–. ¿Qué es lo que quieres hacer?

Estaban acercándose a una salida. Tenía poco más de unos segundos para decidirse, menos aún a la velocidad a la que iba Luca.

–Te aseguro que no te estoy secuestrando. Simplemente estoy siguiendo los detalles de seguridad que he ideado para protegerte a ti y a la última y extravagante compra de mi padre.

–¿Estás hablando del Diamante del Emperador de esa manera? –preguntó ella. Nunca había oído a nadie referirse a aquella piedra preciosa con otra cosa que no fuera admiración.

–No me irás a decir que ha comprado otra cosa, ¿verdad?

–No lo sé.

–¿No te sientes algo apabullada por su valor?

–No. Su valor no significa nada para mí, aparte del hecho de que tengo que cuidar la compra que ha hecho un cliente. A mí me fascina la piedra en sí, quién la cortó, quién fue su dueño antes de tu padre y cómo se descubrió. Eso es lo que me interesa.

Frunció el ceño. Si Luca despreciaba tanto lo que había comprado su padre, ¿por qué se había tomado un tiempo de su ocupada vida para ir a Londres y ocuparse de la venta?

–Solo habría bastado que me hubieras llamado por teléfono para decirme que nos íbamos a Sicilia esta misma noche

–Lo importante de la seguridad es el silencio. Cuantas menos personas conozcan mis planes, más seguros serán estos.

–¿Acaso no confías en mí?

–¿Y tú? ¿Confías en mí? Después de todo, apenas nos conocemos.

–¿Y tu avión está preparado para despegar?

–Mi avión siempre está preparado para despegar.

Bueno, tú dirás. Tienes que decidirte... –le recordó. Ya había empezado a frenar–. ¿De verdad no quieres ver la fabulosa colección de joyas de mi padre?

–Expertos con muchos años de experiencia harían cualquier cosa por la oportunidad que me has dado a mí. Entonces, ¿por qué yo, Luca?

–Quería un punto de vista más fresco –dijo él mientras trataba de mantener la vista en la carretera.

–No me vale como respuesta –insistió ella.

–Estás estudiando Gemología, ¿no?

–Precisamente. Estoy estudiando –afirmó Jen.

–Pero eres la mejor alumna de la clase.

–Sigo siendo una estudiante. Estoy sentada en una clase con un profesor que me enseña. Yo hubiera dicho que, para este trabajo, necesitas al profesor en vez de a la alumna.

Luca se encogió de hombros.

–Para mí, es mucho más importante alguien con ideas nuevas que las fórmulas de siempre.

Jen se preguntó si había otra razón.

–¿Voy a conocer a tu padre?

–No. Se ha marchado a Florida para vivir allí su jubilación.

Entonces, ¿para qué iba a crear una exposición para Don Tebaldi?

–¿Y no quiere tener sus joyas o al menos ver su última adquisición?

–Confía en mí –replicó Luca–. Tal vez yo no le caiga bien, pero confía en mí.

Jen no podía comprender que a un padre no le cayeran bien sus hijos. Ella había crecido sabiendo que tenía un padre y una madre que la adoraban, por eso su muerte había sido aún más dolorosa.

–A mi padre no le gusta ninguno de sus hijos –le explicó Luca sin emoción alguna–. De hecho, yo creo que nos despreciaba. En nuestra manada, solo había sitio para un macho y ese era él.

Jen decidió que era mejor dejar pasar el tema. Notó la amargura que aquella conversación le causaba a Luca. Aquel detalle que acababa de contarle explicaba en cierto modo por qué Raoul se había sentido tan abandonado. En realidad, aquel viaje era un sueño hecho realidad, pero los sueños podían ser engañosos y aquel estaba ocurriendo demasiado pronto en su trayectoria profesional. No tenía sentido que no se les hubiera ofrecido aquella oportunidad a personas con mucha más experiencia y preparación que ella. Jen estaba segura de que podía realizar el trabajo y tenía muchas ganas de ver las joyas. El hecho de pasar más tiempo con Luca también le resultaba excitante, pero no se fiaba del todo de él ni de sus motivos. Peor era que tampoco se fiaba de ella misma. No tenía experiencia con los hombres. Era una virgen frustrada, que era el equivalente humano de un barril de pólvora a punto de explotar.

–Pareces preocupada –dijo Luca mirándola de soslayo–. ¿Quieres que me dé la vuelta?

–Estaría loca de permitírtelo cuando esto es un avance tan importante para mi carrera –admitió ella con franqueza–. La colección de tu padre tiene fama de ser la mejor del mundo.

–Sí, en lo que se refiere a acumular piedras, no tiene rival –afirmó Luca con ironía.

–Si eso es todo con lo que tiene que ver este viaje...

–¿Y sobre qué otra cosa podría ser?

–No lo sé...

Si Luca pensaba que porque no tenía un título de relumbrón o un orgulloso apellido no sabía qué hacer en situaciones comprometidas, estaba equivocado. Tal vez podría carecer de experiencia, pero llevaba trabajando en el club el tiempo suficiente como para saber cuándo se avecinaban problemas.

–Todavía puedo llevarte a tu casa –le ofreció él mientras aminoraba la marcha del coche para poder tomar el desvío–. No tengo más que seguir dando vueltas a la rotonda hasta que te decidas...

–Ya me he decidido –anunció. El hecho de que Luca pensara que era indecisa o débil era lo último que quería profesional y personalmente. Daría por terminado aquel asunto, con todas sus consecuencias–. Voy contigo.

–Estupendo. Ya hablaremos más en el avión –prometió.

Jen contaba con ello.

–Por cierto, ¿dónde está el Diamante del Emperador?

–A salvo en mi avión.

Acababa de entrar en el mundo de los multimillonarios, donde cualquier cosa era posible. Frunció el ceño de nuevo.

–Espero que ese gesto no se deba a que estás preocupada por volar en el mismo avión que una piedra maldita...

–No creo en las supersticiones –contestó Jen con franqueza–. Espero que tú tampoco.

–Yo solo me enfrento a los hechos –le aseguró Luca.

Cuando entraron en el aeródromo, se dirigió directamente hacia el lugar en el que estaba el avión. Entonces, Jen, la osada, la cautelosa, la imprevisible, la mujer que se había ganado la confianza de su hermano cuando Luca la perdió comenzó a dudar. Los nudillos se le pusieron blancos sobre el manillar de la puerta.

–Mi punto de vista sobre el Diamante del Emperador es este –dijo con un ligero temblor en la voz.

Luca supuso que solo estaba tratando de ganar tiempo.

–Tú dirás –respondió mientras se giraba para mirarla. Aún tenían un poco de tiempo antes de que tuvieran que despegar.

–Creo que se dice que trae mala suerte porque los que lo poseen tienen demasiado y siguen queriendo más, aunque por razones equivocadas.

Eso era exactamente lo que él siempre había pensado. Amasar más riquezas y tesoros había sido lo único que le había importado a su padre y Luca siempre había creído que la frialdad de su padre había desatado la muerte de su madre. En aquellos momentos, creía que la amargura de su padre había ido creciendo a lo largo de los años porque había amado a la que fue su esposa, pero nunca había sabido cómo mostrarlo. Cuando la perdió, él se perdió también. Jen le hacía pensar en cosas en las que no había pensado desde hacía años. Cuando ella lo miraba con el dardo de sus ojos verdes, le indicaba que solo se iba a conformar con la verdad.

–Es una historia interesante –dijo.

–Es un hecho –afirmó ella–. El Diamante del Emperador no tiene ninguna maldición. Son las vidas de la gente las que necesitan que se las ajuste. Ese diamante es impecable y hermoso y tal vez algunos de los que entran en contacto tratan de alcanzar esa misma perfección, pero se van a sentir desilusionados. La vida siempre es mucho más complicada que eso.

–¿Estás lista para marchar ahora que te has sacado eso de dentro? –le preguntó él con una sonrisa.

Jen respiró profundamente y dijo:

–Sí.

–Pones mucho esfuerzo en tu trabajo –comentó Luca mientras la ayudaba a salir del coche–. Algunos podrían decir que es pasión.

–Y podrían tener razón. Aún no tengo mi título, pero se me da bien lo que hago. Es cosa de familia. Mi madre fue una respetada gemóloga y yo llevo estudiando minerales y piedras preciosas desde que tenía edad suficiente para leer y no porque tuviera que hacerlo, sino porque me gustaba.

Igual que había decidido ser la mejor cuando Lyddie murió. El luto que Jen había experimentado le había exigido una acción en positivo. Si no, se habría rendido y eso habría sido un insulto para la memoria de su hermana.

Antes de subir la escalerilla del avión, se volvió para mirar a Luca.

–¿Cuándo voy a regresar al Reino Unido?

–En cuanto hayas terminado tu trabajo.

Jen miró hacia la entrada del avión, donde la azafata ya los estaba esperando. Había llegado el momento de dar un salto hacia el futuro o darse la vuelta y regresar.

La lujosa cabina estaba decorada como un cómodo salón. Luca sabía que a Jen no le faltaría de nada. Cuando menos contratiempos hubiera, más posibilidades tenía de que Jen se abriera a él para que Luca pudiera terminar comprendiendo los motivos de su hermano para haberle dejado todo lo que poseía a aquella mujer.

–¿Y mi ropa y todo lo que pueda necesitar para la exposición? –le preguntó ella mientras miraba a su alrededor con los ojos como platos.

–Mi gente siguió las instrucciones de tu jefe en lo que se refiere a lo necesario para la exposición –le aseguró Luca–, pero si necesitas algo más, solo tienes que pedirlo. Puedes utilizar el teléfono que hay en el reposabrazos de tu asiento para comprobar el inventario con mi asistente personal –le dijo mientras tomaba el teléfono y marcaba un número–. Ese número te pone directamente con Shirley. Es absolutamente imperturbable...

Jen pensó que tendría que serlo si trataba con Luca

a diario. Los nervios de Shirley tendrían que ser de acero.

Luca le ofreció el teléfono y ella lo agarró, pero él no lo soltó. Durante unos instantes, el auricular los conectó. La tentación de deslizar la mano para tocar la de Luca era demasiado real, como lo era la de inclinarse hacia el gran y poderoso cuerpo de él en vez de echarse hacia atrás, tal y como debería.

–No limites tus peticiones a cosas que puedas necesitar para la exposición –añadió Luca–. Puedes pedirle a Shirley lo que quieras.

¿Podría Shirley darle algo para calmarle los latidos del corazón cuando Luca estaba cerca?

No estaba bien sentirse así, con los pechos pesados y súper sensibles cada vez que Luca la miraba... Fue un alivio oír la eficiente voz de Shirley, lo que, durante unos instantes, le permitió concentrarse en algo que no fuera Luca Tebaldi.

Capítulo 6

EN CUANTO estuvieron en el aire, Luca le dijo a la azafata que los dejara solos y sirvió él mismo el café.

–No sé por qué, pero me había imaginado que serías tú el que pilotara el avión –admitió Jen mientras Luca se sentaba frente a ella.

–Normalmente así sería, pero prefiero hablar contigo.

–¿De verdad? –preguntó ella. Dio un sorbo de café y sintió que el corazón se le detenía durante un instante.

–De verdad –respondió él con una sonrisa–. Háblame de ti, Jen. Dijiste que Raoul y tú os conocisteis...

–Tu hermano estaba en el casino casi todas las noches, así que era imposible no hablar con él. Le tomé mucho afecto. Traté de decirle que no debería apostar, aunque no era asunto mío. No era que yo no quisiera verlo, pero perder tanto dinero como perdía Raoul no podía ser bueno para nadie, por muy rico que se sea...

–¿No te escuchó? –le preguntó Luca. Jen negó con la cabeza–. Me alegro de que lo intentaras. Me alivia saber que mi hermano tenía alguien con quien hablar.

–Raoul estaba muy preocupado porque siempre perdía mucho dinero. Al principio decía que algún día su suerte cambiaría, pero creo que dejó de creérselo. Yo le supliqué que dejara de ir al casino, pero me dijo que no podía porque también iba para verme a mí. Yo sabía que era una excusa, pero...

–¿Para verte?

–Bueno, no es exactamente lo que estás pensando

–dijo Jen suponiendo que Luca creía que ella había tenido una aventura con Raoul–. Era porque yo le comprendía, pero, aún así, fui incapaz de ayudarlo. Raoul seguía echando mucho de menos a su madre. Tú debes de echarla de menos también, Raoul me dijo que esa fue la razón por la que te lanzaste a los negocios. Dijo que no podías soportar parar de trabajar porque la pena te abrumaba. Me dijo que a él le pasaba lo mismo con el juego y que si no hubiera sido por mí...

–¿Qué?

–No creo que yo hubiera podido hacer más para ayudar a Raoul. Miro hacia atrás y me pregunto si podría haber hecho algo para que volviera a recuperar el contacto contigo...

–Tú y yo. Los dos –dijo Luca tristemente–, pero dudo que ninguno de los dos hubiéramos podido ayudarlo. Mi madre no regresará y mi padre no cambiará nunca. Eso es algo a lo que los dos nos tuvimos que acostumbrar y Raoul no pudo hacerlo nunca.

Cuando Luca se inclinó hacia ella y le tomó las dos manos entre las suyas, Jen contuvo el aliento. El roce de su piel era fuerte y reconfortante, pero también extremadamente turbador.

–Tú fuiste amable con mi hermano cuando tenías tu propia pena a la que enfrentarte –le dijo mientras la miraba fijamente a los ojos–. Tú perdiste a tus padres y luego a tu hermana, pero aún así le tendiste la mano a Raoul y tengo que darte las gracias por ello.

–No hay necesidad alguna de darme las gracias –replicó ella retirando las manos–. Yo necesitaba a Raoul tanto como él me necesitaba a mí. Mi hermana llevaba muerta un año cuando nos conocimos, pero la herida seguía abierta. Nos ayudamos el uno al otro. ¿Y qué me dices de ti?

–¿De mí?

–Tú aún sigues sufriendo, pero no tienes a nadie en quien confiar. Has tratado de ganarte el afecto de tu padre sin conseguirlo...

–Yo no necesito el afecto de nadie –le espetó él secamente.

–Debes de estar muy solo en tu torre de marfil.

–¿Mi torre de marfil? ¿Es así como me ves?

–Estás a la defensiva –replicó ella–. Por eso hago concesiones contigo.

–¿Que haces concesiones conmigo?

–Cuando Lyddie murió, pensé que nunca lo superaría, pero sabía que tenía que intentarlo. Raoul no querría que tu vida se detuviera, igual que Lyddie no querría que yo desperdiciara mi vida llorando su muerte.

–Mi vida no se ha detenido –protestó él.

–Y, sin embargo, tienes tiempo para actuar como mensajero para una piedra preciosa que tu padre ni siquiera va a ver en compañía de una mujer a la que apenas conoces.

–Veo que tienes muchas sospechas –comentó Luca mientras volvía a reclinarse en su butaca.

–¿Y tú no las tendrías? Tú me dices que tu padre no necesita otra piedra preciosa y yo no veo por qué necesita que yo le prepare una exposición. Si lo que le gusta es acumular, lo último que desea es compartir.

–Tal vez él no quiera esas cosas, pero yo sí –sugirió Luca–. Tal vez tenga otros planes para las piedras de mi padre.

–Estoy segura de ello. Sé que los dos estamos sufriendo por la pérdida de nuestros seres queridos y que tal vez lo estaremos siempre, pero mi único deseo sería que fueras sincero conmigo.

–Si estás teniendo dudas, deberías haberlas tenido antes.

–No voy a dar un paso atrás. Prefiero enfrentarme a mis demonios. Yo no huyo de ellos.

–Espero que no estés sugiriendo que yo sí...

–En absoluto –insistió Jen–. Tienes un plan, lo que ocurre es que aún no sé de qué plan se trata. Me gustaría que me lo dijeras.

–Tienes una gran imaginación.

–No soy tonta...

–No he pensado ni por un instante que lo fueras. Solo creo que las experiencias que has tenido tan solo han perfeccionado tus poderes de perfección.

Jen se preguntó a qué se refería con eso y se encogió de hombros.

–Te aseguro que preferiría haberme perdido esas lecciones.

–Yo también –admitió Luca.

Su triste sonrisa tentó a Jen a creer que ella estaba reaccionando exageradamente y que no había conspiración alguna para llevarla a Sicilia, donde se limitaría a hacer su trabajo. Tras convencerse a sí misma, se sintió como si el mundo fuera un lugar más brillante y amable.

¡Sicilia! Jen no se podría haber sentido más emocionada ni más cautelosa de lo que podría aguardarle allí mientras Luca la ayudaba a bajar la escalerilla del avión.

–Bienvenida a mi hogar.

–Estoy encantada de estar aquí.

El avión había aterrizado en la isla privada de los Tebaldi, que era un pequeño trozo de tierra engastada como si fuera una joya en un mar de color aguamarina frente a la costa de Sicilia, según había podido averiguar Jen. La pista de aterrizaje estaba muy cerca del mar. Se podía escuchar el murmullo de las olas desde la escalerilla del avión. El cielo era como una cortina de terciopelo negro iluminada por las estrellas y la luna irradiaba su luz sobre las colinas y los bosques que rodeaban el pequeño aeródromo. La temperatura era tan agradable que Jen decidió que se podía quitar el echarpe. Se lo metió en el bolso y, de repente, se sintió increíblemente optimista. ¿Por qué no, cuando había llegado a aquel lugar maravilloso para realizar un trabajo que adoraba?

–¿Qué te parece hasta ahora? –le preguntó Luca mientras se acercaba a ella, haciendo que el cuerpo le temblara por la cercanía del de él.

–¿Por lo que puedo ver?

–Es precioso, ¿verdad? –comentó él mientras observaba el cielo cuajado de estrellas–. Se me había olvidado cuánto.

–No hay contaminación lumínica –dijo ella tratando de contener el hormigueo de su cuerpo, que estaba empezando a preguntarse lo que sentiría al estar rodeada por los fuertes brazos de Luca.

–Pensaba que tú eras la romántica...

–¿Yo? No –protestó. Estaban a pocos centímetros de distancia y la voz profunda de Luca le recorría todo el cuerpo, creando deliciosas sensaciones. Resultaba demasiado fácil imaginar su cálido aliento sobre la piel–. Pero sí que tienes una hermosa isla como casa... La he buscado en Internet.

–Eres tan práctica... –comentó él riendo.

–Ciertamente –afirmó Jen–. Otra cosa, ¿cuándo podré ver la colección de tu padre?

–Veo que tienes muchas ganas.

–¿Por qué no iba a tenerlas cuando estoy aquí para hacer el trabajo que adoro?

Luca le indicó la limusina que los estaba esperando. Jen decidió que, cuando terminara su trabajo, regresaría a Londres con la moral intacta, tal y como estaba cuando abandonó la ciudad. Sin embargo, cuando el conductor arrancó, aquella silenciosa declaración pareció desvanecerse en el aire. Luca estaba sentado tan cerca... Sus largas piernas casi tocaban las de ella.

–Entonces, ¿a qué hora mañana? –preguntó ella cuando la limusina se detuvo en el exterior de lo que Luca acababa de explicarle que era una de las casas de invitados que había en el complejo familiar.

–¿Mañana?

–Bueno, ya es demasiado tarde para cenar –comentó ella. Luca no pareció muy contento al respecto. Tal vez había imaginado que Jen pasaría la noche con él.

–¿Ya estás cansada?

–Quiero estar fresca para el trabajo de mañana –replicó tratando de no pensar en los labios de Luca acariciando suavemente los de ella... y el resto.

–Mañana por la mañana, temprano.

–Estupendo –dijo ella tratando de borrar todo pensamiento anterior–. Pero, ¿qué es temprano para ti?

–¿Desayuno a las seis?

Jen ni siquiera pestañeó.

–Si quieres, yo puedo preparar el desayuno y luego podemos ir a ver las piedras. Luego me podrás invitar a cenar mañana por la noche.

–Veo que lo tienes todo pensado, ¿verdad, *signorina* Sanderson?

–Soy una persona muy organizada –afirmó–. Supongo que por eso me habrás contratado.

Seguía en sus trece. Los ojos de Jen seguían llenos de preguntas. Una vez más, Luca se recordó que no debía subestimar a la única y sorprendente beneficiaria del testamento de su hermano.

Fue un alivio reunirse con la agradable ama de llaves para que le mostrara la casa de invitados y así poder escapar de Luca. Él había nombrado a Maria como responsable del funcionamiento de la casa dado que mucho de los empleados de su padre se habían marchado a Florida con él.

Jen se sentía aliviada de no tener que tratar con Don Tebaldi y, si todos los empleados de Luca eran tan simpáticos y eficientes como Maria y Shirley, él no podía ser tan malo.

–Me siento muy afortunada de estar aquí –dijo cuando Maria le preguntó si había tenido un vuelo agradable–, aunque el vuelo ha sido estupendo. Disfruté de una agradable compañía y ahora me muero de ganas de empezar a trabajar.

–El *signor* Luca es un hombre maravilloso –comentó Maria con el mismo orgullo de una madre–. Lo conozco desde que era un niño pequeño.

Aquel comentario acicateó la curiosidad de Jen, pero Maria quería seguir mostrándole la casa.

La acogedora casa tenía un encanto rústico que Jen no había esperado encontrar en la isla privada de un multimillonario. Las paredes eran de piedra natural y estaban decoradas de coloridos tapices. Sobre el suelo, había cálidas alfombras de vivos colores también. Los muebles de cada estancia eran cómodos y atractivos.

–Y su ropa ha llegado ya –anunció Maria.

–¿Ya?

–Como por arte de magia –dijo Maria con una sonrisa.

Tan solo habían pasado un par de horas desde que Jen habló con la asistente personal de Luca. Estaba empezando a darse cuenta de que, para los multimillonarios, las cosas funcionaban de otro modo.

–Su dormitorio –anunció Maria.

–Es precioso... –exclamó Jen mientras giraba sobre sí misma. Parecía tan grande y espacioso después de tener su cama pegada a la pared en un rincón de su estudio... ¡Y se podía escuchar el mar!

Las ventanas estaban abiertas y las contraventanas retiradas, lo que permitía que el rítmico rumor de las olas se colara en el dormitorio. Jen deslizó los dedos sobre las inmaculadas sábanas blancas de la enorme cama y, de repente, se dio cuenta de lo cansada que estaba. El deseo de acurrucarse en aquellas deliciosas sábanas le resultó casi irresistible.

–No se tendría que haber molestado tanto por mí –le dijo a Maria. Había flores frescas sobre el tocador y una jarra de zumo de frutas en una bandeja, junto con un platillo de galletas caseras.

–Es un placer, *signorina.* Usted conocía a Raoul –contestó Maria, como si aquello fuera lo único que la simpática mujer necesitaba para tomarle cariño.

–Así es...

–Era como un hijo para mí. En realidad, yo fui una madre para esos dos niños cuando la suya murió. Creo que ninguno de los dos ha conseguido superar nunca su muerte, aunque Luca mostró su pena de una manera muy diferente a la de Raoul.

–¿A qué se refiere?

Maria hizo un gesto con la mano que sugería que era demasiado pronto para hablar de ese tipo de cosas y Jen la comprendió. Apenas se conocían y algunas cosas eran demasiado valiosas para compartirlas con un desconocido, pero le estaba empezando a dar la sensación de que aquella era una familia muy compleja que había sido destrozada muy cruelmente.

–Yo le tenía mucho aprecio a Raoul –le dijo a Maria.

–Y creo que también lo comprendía –respondió Maria.

–Me gusta pensar que sí.

–Él era como un rayo de sol hasta que su madre murió. Entonces, todo cambió –comentó Maria. La sonrisa se había borrado de sus labios–. Luca estaba furioso constantemente... con su padre, me refiero –añadió con cierta incomodidad, como si sintiera que ya había dicho demasiado–. Su padre jamás fue amable con su madre.

–Eso me había parecido a mí.

–En esta fotografía puede ver a los dos niños –dijo Maria, señalando un marco que había sobre la cómoda–. Bueno, la dejaré ahora para que se instale. ¿Quiere que le traiga un poco de sopa caliente?

–No, gracias –respondió Jen–. Ya ha hecho más que suficiente por mí. Esta noche, me basta con un poco de zumo y unas galletas.

En cuanto Maria se marchó, Jen fue rápidamente a mirar la fotografía. En ella se veía a una hermosa mujer entre dos niños. El mayor era inconfundible y Jen sonrió al reconocerlo. Luca parecía muy travieso, aunque debía tener solo ocho o nueve años cuando se tomó la fotografía. Su cabello revuelto y la expresión enojada sugería que se había tenido que poner frente a la cámara contra su voluntad. Su hermano Raoul, por el contrario, era, incluso a una edad tan temprana, la viva imagen de la elegancia. Miraba con adoración a su madre y tenía el cabello bien peinado y una expresión angelical en el rostro. Era la clase de niño que solía poner a su madre en un pedestal y que nunca le daba nada sobre lo que preocuparse. Detrás del grupo, se adivinaba la presencia de un hombre entre las sombras. Jen imaginó que sería Don Tebaldi, quien seguramente no habría querido salir en la fotografía. Un hombre tan infame como él no habría querido salir en demasiadas fotografías. Aquel pensamiento le provocó un escalofrío. Dejó la fotografía en su sitio y se volvió a preguntar en qué diablos se había metido.

Cuando fue a servirse un poco de zumo, se dio cuenta de que había una nota debajo de la jarra. Era una invitación para elegir lo que le gustara del vestidor, igual que era libre de llevárselo o de dejarlo cuando se marchara de la isla. La nota era de Shirley. ¡Menuda eficiencia!

«Despierta», se dijo Jen con impaciencia. La nota era otra prueba más de que Luca llevaba ya cierto tiempo planeando su visita a la isla.

Los truenos empezaron a rugir ominosamente en las colinas, pero Luca le pidió al conductor que detuviera el coche antes de llegar a la casa. Necesitaba andar, pensar sin distracción, deshacerse con ejercicio de su frustración. Solo esperaba que Jennifer Sanderson estuviera sufriendo de la misma frustración que él. Lo que había empezado como un plan a sangre fría se había transformado muy rápidamente en otra cosa y él nunca había podido confiar en sus sentimientos. En la infancia, cuando se había esforzado tanto por ganarse el favor de su padre y había fracasado tan claramente, había pensado que ni siquiera merecía la pena intentarlo. El aislamiento emocional era mucho mejor. Nadie podía alcanzarle, ni tocarle ni hacerle daño. Con el tiempo, suponía que ese hábito había pasado a formar parte de él.

Seguía sin estar seguro de lo que pensar sobre Jen y eso que siempre había presumido de calar a la gente muy rápidamente. Mientras ella charlaba con Shirley en el avión, había parecido que las dos mujeres se conocían desde hacía años y eso había sido gracias a Jen, que ciertamente tenía la habilidad de ganarse a la gente. Era una admirable cualidad, pero podía volverse contra ella cuando valoraba el papel que ella había jugado para convertirse en la beneficiaria del testamento de su hermano. Raoul había necesitado a alguien y ella había estado convenientemente cerca. ¿Había sido planeado o simplemente se había tratado de una coincidencia?

Además, estaban los sentimientos personales de Luca. La posibilidad de seducir a Jen resultaba más tentadora que mostrarle un montón de piedras preciosas. Cuando la dejó en la casa de invitados, ella fue a saludar al ama de llaves en vez de pedirlo que entrara. Luca estaba acostumbrado a que las mujeres cayeran rendidas a sus pies.

Se detuvo de repente y miró a su alrededor. No se había dado cuenta de que había caminado tanto. Había estado tan sumido en sus pensamientos sobre Jen que no se había percatado de que estaba en el borde del acantilado mirando el mar.

Las primeras luces del alba estaban apareciendo en el horizonte. Al día siguiente, se celebraba un importante día festivo en la isla, un día que no contribuiría a suavizar sus sentidos. Con la excusa del renacimiento y el exceso, los isleños se dejaban llevar. De joven, él nunca había necesitado mucho ánimo para seguir las tradiciones. Después de la fiesta, una cosa permanecía constante, y era el hecho de que aproximadamente el noventa por ciento de la población de la isla nacía nueve meses después de que se guardaran máscaras y disfraces. Con esa promesa en el aire, resultaba muy fácil imaginarse a Jen gimiendo de placer entre sus brazos. Sin embargo, no dejaba de sospechar sobre la relación que había tenido con Raoul.

Dio la espalda al espectacular amanecer para dirigirse a la casa.

¿Qué le depararía el día? De una cosa estaba seguro. Había mucho que hacer en su día favorito del año.

Capítulo 7

EL *DÉJÀ-VU* era una sensación muy hermosa. Jen lo descubrió aquella primera mañana en la isla, poco después del alba. Se despertó lentamente, aún con un recuerdo en el pensamiento que se desvaneció como el humo antes de que ella pudiera atraparlo. Después de unos instantes, se dio cuenta de que era el sonido de las olas y del aroma del mar, recordándole a las vacaciones familiares. Recordó haber compartido la cama con Lyddie, cómo se despertaban las dos llenas de excitación ante lo que el día pudiera depararles... Aquel recuerdo fue suficiente para catapultarla de la cama.

Cruzó la habitación y se asomó por la ventana. Al ver la playa, el corazón comenzó a latirle con fuerza. Luca estaba allí, caminando con decisión hacia el mar. Llevaba un bañador negro y era una visión magnífica con la que despertarse. Jen se imaginó a Lyddie diciéndole que se fuera a reunir con él inmediatamente. No necesitó más para decidirse, aunque permaneció en la ventana hasta que Luca se zambulló en el mar. Debería darse un baño también. Sería una grosería no hacerlo.

Luca sentía un profundo pesar en el corazón. No había esperado aquella oleada de sentimientos, pero aquella era la primera mañana en la isla desde el entierro de Raoul. Cuando se zambulló en el mar, el agua fría le recordó que todo lo que estaba haciendo en aquellos momentos, lo había hecho con su hermano antes. Desgraciadamente, no volverían a nadar ni a reír juntos.

Mientras nadaba, miró hacia el sendero que subía por el acantilado hasta la casa de invitados en la que suponía que Jen seguía durmiendo. Le escocía pensar que ella sabía más sobre Raoul que él mismo. Quería preguntarle y exigir respuestas, no solo sobre el testamento, pero no tenía derecho alguno a hacerlo. Lo había perdido en el momento en el que perdió el contacto con su hermano.

Siguió nadando con fuerza, sin dejar de pensar en Jen. El deseo que sentía hacia ella no desaparecía. Se sumergió en el agua profundamente. Tenía que librarse de algún modo de tanta energía, pero ni siquiera el agua fría y oscura podía ayudarlo. Hiciera lo que hiciera, no podía dejar de pensar en Jen, ni en la necesidad que tenía de tocarla y de ver cómo respondía cuando le daba placer.

¡La playa! ¿Qué tenía la playa que le provocaba tanta excitación? Suponía que era la libertad, el aire fresco y los espacios abiertos. Los mismos pensamientos que la habían poseído de niña se habían adueñado de ella en aquellos momentos. A Lyddie le habría encantado.

Mientras corría descalza hacia el mar, vació su mente de todo menos de aquella gloriosa sensación de libertad. Estaba deseando sentir las frías olas contra su cuerpo. Para una persona que vive en la ciudad, aquello era un lujo. El cielo estaba azul, el sol era cálido, la arena suave y el mar perfecto. Tan liso como el cristal, resultaba tan sugerente como un baño frío en un día caluroso.

Apenas había tenido tiempo de mirar en el vestidor. Se había limitado a abrir todos los cajones en busca de un traje de baño. Agarró el primero que encontró y exclamó aliviada cuando se lo puso y se dio cuenta de que era bastante modesto y del color azul brillante que tanto le gustaba. Además, era su talla. Se puso un vestido de playa por encima y salió corriendo de la casa. Entonces, vio a Maria que llegaba en ese momento a la casa y le dio los buenos días.

–Yo prepararé el desayuno, Maria, no te molestes. Tómate la mañana libre... ¡Hasta luego!

Con eso, había salido corriendo hacia la playa.

Cuando ya estaba al borde del mar, levantó el rostro al cielo y cerró los ojos para poder respirar profundamente. Sintió la tentación de permanecer allí, gozando con los rayos del sol unos minutos más, pero el mar la llamaba...

–Jen...

Se dio la vuelta asustada.

–¡Luca! –exclamó. Él estaba completamente empapado, con su bronceado cuerpo reluciendo bajo el sol–. Me has asustado.

El bañador se le ceñía a los tensos y musculados muslos. Tenía las piernas esbeltas y largas y unos anchos hombros. Pensar en apretarse contra él para sentir aquellos músculos de acero debería ser un pensamiento vedado para ella, pero allí estaba y, como consecuencia, los pezones se le irguieron inconvenientemente. Se cruzó los brazos sobre el pecho para disimularlo.

–Buenos días, espero que hayas dormido bien.

–Muy bien, gracias –mintió Luca–. ¿Y tú?

–He dormido muy bien, gracias –contestó ella, obviando la parte en la que Luca había protagonizado sus sueños eróticos–. ¿Ya has terminado de nadar por hoy?

–Sí.

Cuando Jen vio que el rostro de Luca se tornaba sombrío, comprendió por qué.

–Debes de echar mucho de menos a Raoul –dijo suavemente–. Yo también echo de menos a Lyddie. A ella le habría encantado estar aquí.

–La vida sigue...

–En ocasiones es bueno recordar, aunque los recuerdos nos pongan tristes –dijo. Luca le dedicó una larga y profunda mirada, pero no realizó comentario alguno–. Si vas a volverte a bañar, tal vez te gustaría echar una carrera conmigo –añadió. Luca respondió con una mirada de incredulidad–. No se me da mal la natación, pero si no te ves con ánimo... –le provocó para sacarle de su desánimo.

–¿Que si no me veo con ánimo, dices?

Él estaba a poca distancia. Era tan alto, mucho más que ella, que le bloqueaba el sol. Jen decidió que podía ser mucho más baja que él en altura, pero no en espíritu.

–Bueno, yo estoy lista para nadar –dijo ella. Dio un paso atrás, con la mala suerte de que pisó una caracola rota.

Mientras gritaba de dolor, Luca la tomó entre sus brazos. Sentirse apretada contra él era todo lo que había soñado... y todo lo que debería evitar. Cerró los ojos y trató de controlar la respiración, pero no pudo evitar que la imaginación echara alas. ¿Iría él a besarla?

«¡Qué ridículo pensamiento!». Se apartó rápidamente de él.

–¿Te encuentras bien?

–Estoy bien, pero muchas gracias. Te debo una. La próxima vez que me caiga, ya sé a quién llamar.

Los ojos de él brillaban de la risa mientras que las mejillas de ella se sonrojaban. El cuerpo de Jen se tomó su tiempo para olvidarse de la posibilidad de un beso, que, por suerte, no se había producido.

–Deja que te vea el pie –dijo él.

–Ya te he dicho que estoy bien...

–Déjame ver...

Antes de que ella pudiera protestar más, Luca se arrodilló frente a ella.

–Colócame las manos sobre los hombros mientras veo cómo está.

Luca levantó la mirada para asegurarse de que ella iba a hacer lo que le había pedido. Aquellos ojos... Los hombros eran tan cálidos... podía sentir los músculos bajo la bronceada piel cuando se movía.

Luca le agarró el tobillo y se lo apoyó sobre el muslo. El tacto de sus manos era tan agradable que la sorprendió. Había pasado mucho tiempo desde la última vez que alguien se había mostrado tan solícito con ella y los sentimientos salieron a la superficie.

Mientras le examinaba el pie, se maravilló de lo pequeño que era.

–No hay herida –confirmó–. Tienes suerte de que solo sea un arañazo

–Gracias por preocuparte –dijo ella alegremente mientras, sin poder evitarlo, le miraba los labios.

Luca adivinó que quería que la besara, pero tenía la mirada turbada. Su cuerpo deseaba el contacto, pero la mente deseaba otra cosa.

–¿Habías propuesto una carrera? –dijo él mientras se ponía de pie mirando al mar–. ¿Hasta la boya roja y volvemos? Te daré ventaja.

–¿Qué te hace pensar que la necesito? –preguntó ella con indignación.

Jen resultó ser una estupenda nadadora. Luca le dejó ganar la primera manga de la carrera, pero, cuando viraron hacia la costa, comenzó a nadar alrededor de ella, buceando y jugando con ella tal y como lo habría hecho con Raoul. Llegaron juntos a la cosa, riendo mientras se ponían de pie.

–Eres bueno –dijo ella.

–Y tú también. Me lo he pasado muy bien.

–Yo también. ¿Has traído toalla?

–No.

–Pues yo tampoco. Es mejor que corramos. Es el único modo de secarse.

Jen echó a correr gritando de excitación... hasta que se tropezó. Afortunadamente, Luca estaba de nuevo a su lado para evitar que cayera. Volvió a tomarla entre sus brazos. Su cuerpo era tan cálido y agradable... Los segundos pasaron, segundos en los que los dos no dejaron de mirarse a los ojos...

–¿Qué? –preguntó él mientras bajaba la cabeza para mirarla fijamente a los ojos. Ella levantó la barbilla de manera que las bocas de ambos estuvieron a punto de tocarse.

Luca aceptó la invitación y rozó los labios con los de ella. Los dos contuvieron el aliento. Ella era tan joven, demasiado joven... Debería detenerse en aquel mismo instante.

–Gracias –dijo ella de repente, dando un paso atrás.

«¿Por el beso?», se preguntó él.

–De nada –respondió.

¡Al diablo con todo! La estrechó entre sus brazos y volvió a besarla, aunque en aquella ocasión no fue tan solo un leve contacto de los labios, sino un beso entre un hombre y una mujer que se deseaban. No fue casto ni contenido. Luca le colocó una mano en la espalda y le enredó la otra en el cabello. Las lenguas se enredaron también y, por fin, Jen se abrazó a él. Luca la saboreó, inhalando el dulce aroma a flores salvajes que emanaba de su cálido cuerpo.

De la garganta de ella empezaron a surgir sonidos de necesidad, como si la emoción que llevaba años conteniendo se hubiera liberado por fin. Lo mismo le ocurrió a él. Tocar, saborear, oler y desear... Sus sentidos estaban desenfrenados. El nivel de deseo de Jen lo sorprendió. Tuvo que recordarse que ella era muy vulnerable, pero ni siquiera eso le funcionó. Le permitió que se pegara contra su cuerpo, que se moviera contra él, frotándose, hasta que Luca sintió que iba a volverse loco. Por su parte, Jen se aferraba a él como si la vida le dependiera de ello.

Solo la necesidad de terminar el asunto que tenía entre manos le bastó como advertencia para terminar lo que estaba ocurriendo.

–Date otro baño... Refréscate –le recomendó mientras se apartaba de ella.

Jen estaba temblando visiblemente, lanzándole una mirada de reproche, aunque no dijo nada.

–Hoy no vamos a trabajar. Es fiesta –explicó–. Tómate tu tiempo. Disfruta del agua. ¿Por qué no? –añadió cuando vio que ella fruncía el ceño.

–Tal vez tú estés aquí de vacaciones...

–Toda la isla está de vacaciones. Ya tendrás tiempo más que de sobra para hacer tu trabajo. Hoy, todo el mundo está de fiesta, incluso yo. Y tú también. Los dos vamos a relajarnos unas horas.

–¿A relajarnos?

–Te vi bailar en el casino, así que sé que no se te ha olvidado cómo divertirte.

Jen se sonrojó y luego se lamió los labios, aún henchidos por los besos de Luca.

–¿Vamos a ir al pueblo más tarde? –le preguntó ella.

–Te veré allí. Yo tengo que hacer algunas cosas primero. Tendrás que esperarme –murmuró, turbándola con una sonrisa.

–Ah, puedo esperar –replicó ella fríamente.

–Bien. Disfruta del agua –añadió Luca mientras se marchaba en dirección a la casa.

Capítulo 8

JEN NADÓ y nadó, pero no consiguió borrar el hecho de que Luca la había besado y que ella le había devuelto el beso. Tenía los labios aún muy sensibles. Sus besos eran indescriptibles: poder, placer y promesa, combinados de un modo que no había experimentado antes. Por ello, su cuerpo se negaba a calmarse, ni siquiera con las frías aguas. Tenía que dejar de pensar en ello, pero ¿cómo? Luca podía tener a cualquier mujer que deseara, podría haberla seducido allí mismo. No debía volver a ponerse en una posición tan comprometedora nunca más.

Su cuerpo no estaba de acuerdo y añoraba el contacto del de Luca. No le importaba cuántas veces se recordara que había ido allí para trabajar y que, como mucho, ella tan solo sería una distracción para Luca. Sin embargo, no podía olvidar la mirada que le había dedicado justo antes de besarla, el fuego oscuro que ardía en sus ojos o cómo se había sentido cuando él...

Se atragantó con solo pensarlo y tragó un buen montón de agua, pero al menos consiguió recuperar la cordura. Tal vez aquel día no iban a trabajar, pero el sol estaba brillando y era un día especial en la isla. Tenía toda la jornada por delante. Solo tenía que olvidarse de Luca...

¿Olvidarse de Luca?

Evitaría encontrarse con él en la ciudad. Iría con Maria y se quedaría con ella todo el día. Sencillo.

Regresó a la casa de invitados, gozando con el calor del sol. Ya estaba enamorada de Sicilia. Allí tenía tal sensación de libertad que cualquier cosa le parecía posible. Se quedó de pie en lo alto del acantilado y se dio la vuelta en círculo con los brazos extendidos. Nunca antes se había sentido mejor ni más viva.

La razón era el beso de Luca. Sin embargo, había sido una locura y no volvería a ocurrir. Ella no estaba hecha para la cama de un sofisticado multimillonario. Luca, igual que ella, se había movido por un impulso. No significaba nada más allá del hecho de que sus sentimientos habían estado en la misma onda durante unos segundos. Esos sentimientos habían estado encerrados durante mucho tiempo, por lo que las consecuencias habían sido inesperadas para ambos. Al menos, eso sospechaba.

Podía excusar los besos todo lo que quisiera, pero, a pesar de todo, la habían hecho sentirse como si pudiera volar.

Mientras se dirigía con Maria al pueblo, iba pensando que la idea de un día de fiesta le parecía algo decadente. La simpática ama de llaves había sido tan amable como para prestarle una máscara y algo para disfrazarse para que así ella no se sintiera fuera de lugar.

Cuando llegaron lo suficientemente cerca para escuchar el ruido de la música, vio que todo el mundo llevaba elaborados disfraces, por lo que no se sintió fuera de lugar. Algunos de los disfraces eran bastante sugerentes. Por suerte, cuando se vio a sí misma en un escaparate, ataviada con un vestido y una máscara de gatito, decidió que ella parecía haberse escapado más bien de un cuento de Beatrix Potter. No era el resultado que había buscado, pero si a Maria le parecía bien, a ella también.

En la plaza del pueblo se había preparado una improvisada pista de baile y allí la fiesta estaba ya en pleno apogeo. Algunas de las parejas bailaban con tal abandono que parecía más bien un rito de fertilidad de tiempos pasados. Jen los envidió por ello. Ciertamente, la música era muy pegajosa e incluso sus torpes pies ansiaban bailar. Se detuvo en una puerta a observar, mientras Maria se adelantaba para ir a reunirse con sus amigos. Se sentía a salvo y segura entre las sombras, a excepción de su cabello rojo. A pesar de que se lo había recogido como había podido en lo alto de la cabeza, seguía destacando en un mar de ojos y cabellos oscuros.

–Vaya, *signorina* Sanderson, qué casualidad verla aquí...

Jen sintió que el corazón le daba un vuelco. Aquella voz tan sexy era inconfundible. Se dijo que debía comportarse como si nada, aunque sentía un hormigueo en los labios al tener a Luca tan cerca. El cuerpo se le caldeó y el corazón se le aceleró de un modo que iba en contra de todo lo que había decidido que debía hacer cuando estuviera con él.

–Ah, hola –dijo fríamente.

Se dio la vuelta y el corazón se le detuvo en seco. Con una máscara de bandido negra, parecía más bien un ángel negro que un respetable millonario. Con sus brillantes ojos y espeso y ondulado cabello y la incipiente barba que le había arañado el rostro no hacía mucho tiempo...

No había muchos hombres que pudieran disfrazarse y estar tan guapos como Luca Tebaldi. Unos vaqueros y una camisa informal con las mangas enrolladas le sentaban estupendamente. Tenía unos antebrazos muy poderosos, bronceados y cubiertos de la cantidad adecuada de vello oscuro. Jen se los podía imaginar tan fácilmente rodeándole la cintura... Hasta la pulsera de cuero que llevaba en una de las muñecas le pareció sexy. Decididamente, la mentalidad festiva de aquel día la tenía en su poder.

–¿Te gustaría bailar?

–¿Bailar? ¿Me has visto bailar?

–Sí, en el club –le recordó él–. Estuviste estupenda.

–Eso no es cierto.

–Conmigo lo harás mejor. No es tan difícil –le aseguró–. Yo te llevaré. Tú me sigues...

–¿Tú crees? Bueno, supongo que esa es la razón de que todo el mundo esté aquí –dijo ella. Trataba de ocultar el hecho de que deseaba bailar con él más que nada en el mundo. Aún podía sentir los brazos de Luca alrededor de su cuerpo y recordó lo agradable que le había resultado ser el foco de su interés.

–Es solo un baile, Jen. No me gustaría que te sintieras fuera de lugar.

–Estoy segura de ello –afirmó–. Pero no te preocupes por mí. Estoy bien observándolo todo desde aquí. O tal vez desde allí –añadió mirando hacia el otro lado de la plaza para tratar de poner algo de distancia de seguridad entre ellos.

–¿Te gustaría que te acompañara? –le preguntó Luca. Todas las mujeres le estaban dedicando sugerentes miradas mientras se mesaba el cabello con las fuertes manos.

–¿Acaso te molesta algo? –añadió. Nada se escapaba a sus intuitivos ojos.

–No –mintió Jen. No obstante, en su corazón, sabía que deseaba a Luca Tebaldi... a pesar de que eso no le llevaba a ninguna parte. Solo con que él la mirara, sabía que estaba mejor cuanto más lejos se encontrara de él.

–Debería buscar a Maria –añadió mirando a su alrededor–. Hemos venido juntas y creo que está con sus amigos.

–Eso es –confirmó Luca–. Están dando los últimos toques a las carrozas del desfile. ¿Es que no te lo dijo?

Luca apenas podía ocultar su satisfacción al haberla pillado en un renuncio.

–No lo sabía. Gracias por decírmelo. Iré a buscarla.

Desgraciadamente, Luca no se movió. Ella estaba encajonada contra la puerta de una tienda y él estaba disfrutando. Le gustaba tenerla exactamente donde quería.

–No hay problema. Esperaré aquí –dijo encogiéndose de hombros, como si no le importara lo más mínimo. Se apoyó contra la puerta y siguió mirando la plaza.

–No me gusta dejarte aquí sola. Mi deber es cuidarte...

–¿Desde cuándo?

–Desde que has venido a trabajar para mí.

–En realidad, yo trabajo para tu padre.

–Todo queda en la familia –repuso Luca.

–¿Siempre tienes que tener la última palabra?

–Siempre –replicó él sin dejar de mirarle los labios.

A pesar de que el corazón le latía a toda velocidad, Jen consiguió rodearle.

–Voy a buscar a Maria...

–No. Vas a bailar conmigo.

–¿Sí?

–Sí.

–Pero yo no sé bailar –protestó ella mientras Luca la llevaba en dirección a la pista de baile–. Tengo dos pies izquierdos y, además, llevo chanclas.

–Pues quítatelas –le dijo Luca.

Justo en aquel momento, un espacio apareció para ellos en medio de la pista de baile como por arte de magia. Todo el mundo los estaba mirando y ella no quería provocar una escena. Frunció el ceño, lo que solo provocó que Luca frunciera también el suyo. Tratar de permanecer inmune a él era inútil.

–Baila –le ordenó él con voz profunda.

–¿Es una orden? No veo brasas ardiendo...

Luca se echó a reír y la tomó entre sus brazos.

Resultaba peligrosamente agradable bailar con él. Jen quería, ansiaba, deseaba que él volviera a besarla.

–Baila si te atreves –le desafió él suavemente.

–Claro que me atrevo –respondió ella.

–Demuéstralo.

–Está bien –afirmó ella. Entonces, se soltó de él.

–Baila como si no tuvieras fronteras...

–De acuerdo.

Jen levantó los brazos por encima de la cabeza y comenzó a moverse al ritmo de la música. Los sentidos de Luca rugieron cuando ella comenzó a bailar como si lo hiciera solo para él. Jen dejó a todo el mundo en silencio en pocos segundos, no porque de repente se hubiera convertido en una experta, sino porque rezumaba sensualidad y no mostraba inhibición alguna sobre la pista de baile. La música le daba la excusa perfecta para usar su cuerpo al máximo y no se contenía. Resultaba muy atractiva y todos los hombres lo sabían. Sin embargo, estaba con Luca y eso también lo sabían.

Volvió a asaltarle la misma duda de siempre. Jen era capaz de representar muchos papeles, uno de los cuales había conseguido que su hermano se lo dejara todo. Más mujeres empezaron a bailar buscando la aprobación de Luca, pero él solo tenía ojos para Jen. Sus rotundas caderas se ondulaban sugerentemente mientras que los pezones se le erguían por debajo del vestido. Luca recordó el tacto de sus labios y la calidez de su piel. Bajo la máscara de gato, los ojos de Jen lo invitaban con sugerentes promesas. No era consciente del revuelo que estaba causando con su baile. Estaba demasiado absorta en la música.

A medida que esta fue incrementando su volumen y su ritmo, los que bailaban comenzaron a hacerlo más frenéticamente. Los sinuosos movimientos de Jen sugerían que estaba lista para el placer, pero los fieros ojos lo negaban. Era un desafío que a Luca le resultaba irresistible.

Jen decidió que debía de estar borracha de música y de sol. Nunca antes se había dejado llevar de aquel modo. Culpó a la fiesta de ello. Ni siquiera sus dos pies izquierdos le habían impedido divertirse.

–¡Ya basta!

Contuvo la respiración al sentir que Luca tiraba de ella. Lo miró y frunció el ceño.

–¿Qué es lo que te pasa?

–No puedo soportarlo –dijo mientras miraba a los demás hombres.

–¿Qué es lo que te pasa? –repitió ella mientras trataba de soltarse. Luca, por su parte, la sujetó más fuerte.

Entonces, Luca aflojó el modo en el que la sujetaba.

–Quiero bailar contigo –gruñó. No la soltó del todo, de manera que ella pudo sentir íntimamente todo su cuerpo, sobre todo la erección que se erguía orgullosa–. No me pasa nada –le susurró al oído–. Mi único problema eres tú.

Jen lo deseaba. Deseaba sentirse segura, cerca y que los besos y las caricias de Luca continuaran. Cerró los ojos con fuerza sabiendo que estaba mal y que era peligroso, porque podía provocarle más sufrimiento. ¿Qué sabía ella del sexo?

–No luches contra mí, Jen –murmuró Luca cuando ella trató de apartarse–. Solo perderías...

–¿Luchar contra ti? –preguntó ella. Deseó poder ganar la batalla que se estaba librando en su interior para poder luchar contra él y permanecer a salvo emocionalmente–. Es mejor que me sueltes

–¿Si no? –murmuró Luca mientras se quitaba la máscara.

–Si no tendré que luchar contra ti hasta el final.

–Estoy deseando.

La mirada que vio en sus ojos le provocó un fuerte calor por todo el cuerpo. Entones, la música cambió y se hizo más lenta, más sensual. La melodía se enredó alrededor del corazón de Jen, exigiéndole que se moviera con la música y con Luca.

Comenzaron a moverse juntos. Ella le colocó las manos sobre el pecho y sintió cómo le latía el corazón. Con un suave movimiento más, entró en contacto con la piel desnuda. Cuando le tocó, deseó tocarlo más, por todas partes...

¡No!

Aquello estaba mal. Tenía que salir de aquel estado de ensoñación. Aquello era una realidad, no una fantasía. El peligro de ceder a la tentación solo podía llevarle a un lugar. Al sentir su resistencia, Luca la soltó. Permaneció de pie, mirándola, con los ojos llenos de preguntas.

Jen cerró los ojos y tuvo que preguntarse qué era lo que realmente deseaba. La respuesta no tardó mucho en llegar.

–Está bien. Bailemos.

Capítulo 9

A PESAR de tener dos pies izquierdos, podía bailar con Luca. Cuando él la tomaba entre sus brazos, su cuerpo respondía perfectamente, como si supiera exactamente lo que tenía que hacer. Luca bailaba tan bien que se lo ponía muy fácil. Él estaba al mando y ese pensamiento la conducía por toda clase de oscuros callejones donde no había fronteras. Nunca antes había sido tan consciente de su cuerpo o de su potencial para el placer. Luca la tenía presa en su erótica red y ella estaba cautiva, a salvo detrás de su máscara.

–¿Ya basta? –murmuró él.

«¿Pero es que hay más?», pensó ella.

Luca no habló. Le agarró una muñeca y entrelazó los dedos con los de ella. Aquel fue el gesto más íntimo que Jen había experimentado nunca. Entonces, Luca la sacó de la pista de baile y la llevó hacia el otro lado de la plaza, hacia una calle estrecha y oscura, al final de la cual estaba el mar. A cada paso que daba, a Jen le daba la sensación de que abandonaba su seguro mundo para entrar en uno nuevo y más excitante, un mundo que estaba deseando acoger y que sentía como la siguiente etapa en su vida.

Con la ciudad a sus espaldas, el mar se abría frente a ellos. Jen sabía que había llegado el momento de detenerse antes de hundirse más profundamente en aquella situación, pero, ¿cómo podía hacerlo cuando todo lo que estaba ocurriendo le parecía tan bueno?

Cuando llegaron al borde del acantilado, Jen le lanzó un desafío.

–¡Te echo una carrera hasta la playa!

–Es demasiado peligroso. Preferiría que estuvieras de una pieza cuando llegáramos allí.

Con una carcajada, Jen echó a correr, pero Luca extendió una mano y se lo impidió.

–Despacito y con cuidado –le dijo.

–¿Eres siempre así? Pues no me lo pareció –replicó ella. Dio un tirón de la mano y se soltó. Entonces, echó a correr por el sendero–. ¡Aquí! –exclamó mientras se detenía junto a una duna cubierta de plantas.

Levantó los brazos hacia el cielo y cerró los ojos. Luca se le acercó por detrás y le rodeó la cintura con los brazos. Todo parecía tan perfecto...

Las curvas de Jen se amoldaban al cuerpo de Luca en todos los sentidos. Física, mental y emocionalmente él nunca había sentido algo similar. Su espíritu vital era como una descarga de adrenalina en las venas.

–Bésame –le pidió ella mirándole.

Luca no necesitó más.

No. Necesitaba sexo. Deseaba a Jen. Abrazarla como si estuvieran bailando no le bastaba. Sus sentidos se habían despertado hasta rugir de necesidad por lo que deseaban.

–Tienes que besarme –insistió ella–. Es una fiesta especial...

Jen lo miró y le transmitió un peligroso mensaje con la mirada... Colocó a Jen sobre la arena y se tumbó a su lado. Le soltó el cabello y comenzó a besarle en las mejillas y el cuello mientras enredaba los dedos en los mechones.

–¿No es suficiente? –sugirió cuando ella se mostró impaciente.

–¿Qué te parece a ti? –le susurró Jen contra los labios–.

Tócame –añadió cuando él dudó un instante. Entonces, le agarró la mano y se la colocó encima de un seno.

–¿Así? –sugirió él mientras le apretaba el pezón muy suavemente con el índice y el pulgar.

–Ah, sí... –gimió ella, ofreciéndose a él mientras Luca se ocupaba del otro.

El vestido que llevaba puesto parecía haber sido diseñado para el amor porque tenía unos pequeños botones que iban desde el escote hasta la cintura. Luca se tomó su tiempo para desabrocharlos todos hasta que solo el delicado sujetador de Jen se interpuso entre ellos. Tomándola entre sus brazos, la ayudó a que se quitara el vestido y volvió a tumbarla sobre la arena, donde ella estaba en actitud de total confianza, con los brazos levantados por encima de la cabeza.

Luca le deslizó los dedos muy lentamente por el cuerpo, deteniéndose en los senos. Le encantaba lo rotundos que eran y lo excitada que ella estaba. Siguió por la curva del vientre y más abajo aún, tentando la suavidad del encaje blanco. Aquella zona merecía toda su atención. Ella tenía una belleza que le encantaba y le volvía loco cómo se le aceleraba la respiración cuando la tocaba. Le acarició el encaje muy suavemente y vio cómo ella se agarraba a las plantas que tenía a mano con puños de marfil.

Jen sentía que la respiración se le había acelerado y se preguntó si podría aguantar mucho más. Nunca se había sentido tan excitada. Era como si estuviera de pie al borde de un abismo y ansiara caer. No se había dado cuenta de que su cuerpo era capaz de tales niveles de placer. No pudo contenerse y separó los muslos un poco más.

Luca se sacó la camisa por la cabeza y se tumbó al lado de Jen. Medio vestido, tenía un aspecto magnífico.

¿Y medio desnudo?

Jen no estaba preparada para aquello.

Luca se cambió de posición y se colocó de modo que ella veía perfectamente su espeso y revuelto cabello y la amplia extensión de los hombros. Sus movimientos eran pausados y tranquilos. Jen no dijo nada, ni siquiera cuando él se colocó las piernas de ella por encima de los hombros y comenzó a acariciarla con los labios a través del delicado encaje blanco. Sí gimió, y detrás de los gemidos llegó un grito de placer que la llevó a arquear su cuerpo hacia él buscando más contacto, más presión. Sin embargo, Luca sabía demasiado para ella y él se movió de nuevo para tenerla esperando.

–Por favor...

Jen se meneó con impaciencia debajo de él, pero Luca la dejó frustrada. Se puso de pie para desabrocharse el cinturón y bajarse los pantalones. Se mostró totalmente desinhibido. Jen oyó cómo se bajaba la cremallera y cómo se los quitaba, pero se tapó el rostro con los brazos y permaneció completamente inmóvil mientras él se arrodillaba junto a ella.

–¿Tímida? –preguntó él con humor en la voz.

–No –dijo ella levantando la barbilla.

Había llegado al punto de no retorno. Aquel era el momento en el que decidía si sí o si no. Levantó los brazos y sintió que Luca la abrazaba. Resultaba tan agradable... Él era tan fuerte, tan grande, tan seguro...

Se inclinó hacia él y le rozó los labios con los suyos. Luca le desabrochó el sujetador y lo arrojó a la arena. Sin dejar de mirarla a los ojos, le acarició los pechos. Ella no pudo dejar de lanzar exclamaciones de placer ni de pedir que le diera más...

Mientras sostenía los pechos en sus enormes y cálidas manos, Luca le estimuló el pezón suavemente con el pulgar, causando una oleada de sensaciones que le llegaron a Jen hasta lo más profundo de su ser. Ella seguía vibrando de placer cuando Luca se inclinó sobre ella para enterrar la cabeza entre ellos y tomarle primero con los labios un pezón y luego otro. Cuando Jen creyó que el placer no podía incrementarse, Luca comenzó a besarle el cuello, los lóbulos de las orejas y la boca. El beso dejó de ser un simple contacto para transformarse en una caricia firme y profunda. En ningún momento dejó de masajearle los senos. Jen le enredaba los dedos en el cabello, tirando de él, uniendo la lengua con la de Luca mientras él le asaltaba la boca.

No había esperado que Jen fuera tan fiera y apasionada. No había sentido la tigresa que había en ella. Jen se frotaba contra él con la pasión de una mujer experimentada. Incluso suspiró aliviada cuando él le quitó el tanga. Se sentía impaciente y a Luca le encantaba. Le gustaba el tacto del trasero, sedoso y cálido bajo las manos. Se lo cubrió para poder llevarla en contacto directo con su potente erección. Ella gritó con fuerza, emitiendo un sonido lleno de necesidad, que lo animó a rotar las caderas muy lentamente...

–Por favor... por favor... –suplicaba ella.

Luca reemplazó la presión de su cuerpo con la mano. Utilizando la yema del dedo, comenzó a explorarla para comprobar si estaba lista. Jen estaba más que preparada para él. Cálida, húmeda e hinchada, cada vez que él pasaba la mano ella se frotaba contra él para incrementar la presión de sus caricias.

–Creo que necesitas esto...

–Oh, sí... –murmuró ella, exclamando palabras de placer cuando concentraba sus caricias en el lugar en el que Jen más lo necesitaba.

–¿Y esto? –le preguntó mientras incrementaba el ritmo.

La respuesta de Jen fue un profundo sonido animal que expresaba perfectamente su necesidad. Se aferraba a él, con los ojos cerrados y los labios separados, suplicándole con palabras que lo sorprendieron que dejara de torturarla. Como respuesta, Luca le deslizó un muslo entre las piernas y deslizarse un poco hacia abajo, para colocarse justo dentro de ella. El placer que eso le provocó y la anticipación del placer que estaba por venir la dejó completamente sin aliento.

–Todavía no.

–¿Por qué no?

–Porque esperar hará que sea mejor para ti.

–Yo no quiero esperar... –susurró ella mientras se movía contra él.

–En ese caso, seré yo quien espere.

Luca comenzó a besarla mientras movía delicadamente la punta de su erección hacia delante y hacia atrás, hacia delante y hacia atrás... Jen cerró los ojos y suspiró de placer.

–Más... –insistió ella mientras trataba de empujar las caderas hacia delante. Cuando él respondió, lanzó un grito muy agudo.

–¿Qué es lo que no me estás contando, Jen?

–¡No! ¡No te pares ahora!

Pero Luca se había parado y no pensaba continuar hasta que ella se explicara.

–Nada... de verdad... nada –dijo–. Solo ha sido un calambre. Nada más. Estoy bien ahora.

–¿Estás segura?

–Por supuesto que estoy segura –dijo ella con una sonrisa–. Eres muy grande...

–Relájate –musitó él cuando se hubo hundido en ella hasta el fondo–. Deja que haga yo todo el trabajo.

–Si insistes...

–Claro que insisto...

Luca dedujo que hacía ya bastante tiempo desde la última vez que Jen hizo el amor. Por eso, decidió tomarse las cosas con calma, a pesar del ímpetu con el que ella lo animaba. Utilizó la mano para combinar todos los niveles de placer y conseguir que ella se acostumbrara a él.

–¡Oh, sí... sí! –exclamó ella mientras comenzaba a moverse con él para aprovechar el beneficio de cada movimiento.

Luca le agarró el trasero, se retiró y luego se hundió en ella profundamente, moviéndose con firmeza y eficiencia hasta que a ella ya no le quedó esperanza de seguir aguantando.

–Ahora –murmuró él.

Jen obedeció inmediatamente y cayó con un grito de gozo y de sorpresa. Quedó perdida por algún tiempo, moviéndose debajo de él mientras Luca la sujetaba para que recibiera todo el beneficio de cada oleada de placer. Cuando ella le pidió más, se echó a reír y la colocó encima de su cuerpo...

Había sido un pequeño engaño. ¿Era necesario anunciar que aquella iba a ser su primera relación sexual completa dado que era virgen? ¿Le importaría a Luca? De todos modos, se sentía una estúpida por seguir así a su edad, admitirlo abiertamente. No había ley alguna que dijera que había que tener relaciones sexuales a una edad concreta. Ella siempre había estado muy ocupada tratando de dar buen ejemplo a Lyddie, tanto que el sexo había pasado a un segundo plano. Entonces, se convenció de que podía vivir sin él y que no era necesario que llenara su vida con la angustia y el drama que se asociaba con una aventura amorosa.

Seguramente, una mentira piadosa era aceptable en aquellas circunstancias. Después de todo, ¿qué mal podía hacer?

Capítulo 10

JEN SEGUÍA entre los brazos de Luca cuando recordó que Maria la estaría esperando en el pueblo.

–Debería regresar. Maria podría estar preocupada por mí. Luca... ¿Luca?

Él estaba tumbado con el brazo sobre los ojos. Ni siquiera se atrevía a mirar a Jen. Había pensado que hacerle el amor aliviaría el ansia que sentía dentro de él, pero esta había aumentado. La deseaba aún más y por mucho más que el sexo. Había sufrido la carencia de sentimientos desde hacía tanto tiempo que, en aquellos momentos, se sentía abrumado por ellos.

Eran sentimientos que no lo habían turbado desde que era un niño. Había aprendido a vivir sin ellos después de que su madre muriera y nunca más los había dejado emerger. ¿Por qué hacerlo? Su padre no los quería y Raoul había decidido alinearse con su padre. Desear a Jen de aquella manera nunca había formado parte de su plan. Ciertamente, tampoco había sido parte del plan de su padre y, por muy superficial que fuera la relación que había entre ellos, Luca jamás había roto una promesa que le hubiera hecho a su padre.

–Iré contigo –le dijo mientras Jen iba recogiendo su ropa–. El pueblo puede resultar peligroso durante esta fiesta.

–¿Más que tú? En serio, tengo que irme. No quiero que Maria se preocupe por mí.

Luca le agarró la muñeca.

–Esta noche te quedarás conmigo.

–¿Sí? –le preguntó con una sonrisa en los labios–. Veo que te sientes muy seguro de ti mismo –añadió mientras se abrochaba el sujetador.

–Lo estoy.

–¿Significa eso que tengo que quedarme en la casa grande?

–Así es. ¿Cuántos años tienes, Jen?

–Los suficientes –respondió ella–. Además, deberías saberlo. Eso es que no te leíste bien mi currículo.

–Lo leí, pero no me decía la experiencia que tienes.

–La suficiente –insistió ella.

–Bueno, había bastantes carencias en tu currículo –recordó.

–Tengo veinticuatro. ¿Te tranquiliza eso?

En realidad, no. Era muy joven.

–¿Cuántos años tienes tú?

–Treinta y dos.

–Un anciano –comentó ella riendo mientras se mesaba el cabello para quitarse la hierba–. Pero no estás casado ni tienes hijos. Dado que estamos jugando a decir la verdad, ¿a qué se debe eso, Luca?

¿Qué era lo que podía tentarlo a llevar una esposa y unos hijos al mundo tan complicado en el que habitaba?

–No dejes que tu imaginación se desboque –le advirtió sin responder a la pregunta.

–¿Por qué no? –preguntó ella mientras se recogía el cabello de nuevo–. Estoy segura de que tú también especulas sobre mí.

Jen era astuta y acompañaba las preguntas con más sonrisas. Luca le puso las manos sobre los hombros y la colocó en la dirección en la que estaba el pueblo.

–¿No decías que tenías que ir a alguna parte?

–Entonces, ¿tenemos un futuro juntos? –bromeó.

–Sí, Y se prolongará hasta la noche –confirmó él.

–Una vez más, veo que estás muy seguro de ti mismo, *signor* Tebaldi.

Él sonrió.

–Si no quieres pasar la noche conmigo...

–A menos que consiga una oferta mejor –replicó ella con una mirada provocativa.

Luca sabía que ella estaba bromeando, pero el mero hecho de pensar que otro hombre miraba a Jen le bastaba para despertar su lado más primitivo. Sexualmente, ella había sido una revelación para él. Se había mostrado fiera y apasionada, pero al mismo tiempo vulnerable. Nunca había encontrado a una mujer así. Cuanto más intimaba con Jen, más comprendía lo que su hermano había visto en ella, aunque solo pensar en su amistad bastara para despertar los celos dentro de él.

En cuanto regresaron a la plaza del pueblo, Maria los vio enseguida. Jen saludó al ama de llaves con un abrazo. Eso convenía a Luca. Cuanto más feliz fuera ella en Sicilia, más probable era que se quedara. Y Luca quería que se quedara. La única razón era que no soportaría ya verla marchar.

Poco después de reunirse con Maria, la simpática ama de llaves se marchó de nuevo con sus amigos. Jen pensó que su primer día en la isla había sido increíble. Ser el centro de atención de Luca lo había sido también. Jamás olvidaría el día en el que hizo el amor con un apasionado siciliano en la playa de una pequeña isla durante un festival. Si la emoción no volvía a regresar a su vida, al menos tenía eso a lo que aferrarse.

En realidad, decidió que tenía más que eso cuando se dio la vuelta y vio que Luca la estaba mirando. Los dos compartieron una íntima sonrisa y ella estuvo dispuesta a creer que cualquier cosa era posible.

–Esta noche –susurró.

La ligera sonrisa de él le aceleró los latidos del corazón. Entonces, Luca se dio la vuelta para hablar con algunas personas que lo habían reconocido. Jen se mantuvo al margen, observando. Vio que el anciano que dirigía el pequeño grupo familiar agarraba la mano de Luca y se la besaba.

–Ahora tú eres Don Tebaldi –le dijo en voz fuerte y temblorosa el anciano, provocando varios murmullos de apreciación en la multitud–. Tu padre se ha ganado su jubilación, pero ahora te tenemos a ti, Luca.

Luca golpeó suavemente el hombro del anciano antes de estrecharlo con fuerza entre sus brazos.

–Jamás te defraudaré, Marco.

Aparecieron lágrimas en los ojos del anciano cuando Luca lo soltó. Sin embargo, ni siquiera esas lágrimas, por auténticas que fueran, pudieron superar el shock que sentía en aquellos momentos. Jen había separado a Luca de su padre, pero, en aquellos momentos, la realidad la estaba golpeando de frente en el rostro.

Había estado tan segura de que podía enfrentarse a cualquier cosa que se había metido de buen grado en un mundo del que no sabía nada. ¿Cómo se podía relajar cuando todos los habitantes de la isla trataban a Luca como si fuera un rey? La alegría que había sentido hasta entonces se vio reemplazada rápidamente por preocupación.

–Los dos deberíais bailar –dijo el anciano–. Adelante –añadió para animarla–. Ahora tenéis que bailar por mí. ¡Mis viejos pies ya no funcionan! –añadió mirando a su alrededor con alegría, como si la calidez de su familia y la protección de Luca lo hicieran más feliz que nada sobre la tierra.

–¿Qué es lo que ocurre? –le preguntó Luca. Notó la tensión que la atenazaba cuando la tomó entre sus brazos.

–Nada –mintió ella, aunque sin dejar de sonreír al anciano.

–No te creo –dijo Luca mientras comenzaba a acariciarle el cabello–. Estás muy tensa.

–Avergonzada más bien –replicó. Había mucha gente observándolos–. No te preocupes, no es nada –añadió mientras Luca la rodeaba protectoramente con sus brazos.

–El desfile está a punto de empezar –comentó él. Acercó el rostro al de ella, le sonrió y entonces la besó.

–No nos lo podemos perder –afirmó ella. Deseó poder perder la sensación de estar sujeta a un temporizador o a un reloj de arena que marcaba que su tiempo juntos se estaba terminando.

Agradeció la distracción mientras Luca la llevaba hacia el lugar por donde iba a pasar el desfile. Recordó que Maria le había dicho que recogiera tantos collares de cuentas como pudiera cuando pasara el desfile, dado que traían buena suerte.

Jen decidió que iba a necesitar un baúl lleno. Tenía que dejar de desear cosas que no podía tener.

Ni siquiera habían llegado a la calle principal cuando Luca se detuvo en seco y la empujó a un callejón oscuro.

–¿Qué pasa? –preguntó ella.

–Te deseo...

La besó una y otra vez hasta que ella se relajó entre sus brazos.

–No podemos –protestó ella, aunque la voz le temblaba de excitación.

–¿Por qué no? –murmuró Luca mientras la acariciaba tiernamente.

–¿Porque estamos en público?

–¿Y la playa es diferente?

–En la playa no había nadie –le recordó ella.

–Ni en este callejón tampoco. ¿Dónde está tu deseo de aventura, Jen?

La sonrisa de Luca era irresistible. Sus caricias también lo eran. Y tenía razón. Entre aquellas casas tan antiguas, que dejaban el callejón sumido en las sombras, no podía verlos nadie. Jen levantó los brazos y rodeó con ellos el cuello de Luca.

Él siguió besándola mientras la apretaba contra la pared. Su cuerpo bloqueaba toda la luz, por lo que Jen solo podía sentir cómo las manos comenzaban a realizar su magia. Ya no hacían falta las palabras. Solo bastaba con sentir y acariciar, con susurrarse el uno al otro mientras intercambiaban apasionados besos. Ella lo deseaba y cuando Luca le metió la mano debajo del vestido para bajarle el tanga, Jen le permitió que la levantara contra la pared y le rodeó la cintura con las piernas.

El tacto de la pequeña mano de Jen agarrándolo, acariciándolo, fue un arma incendiaria para los sentidos de Luca.

–Ahora –le suplicó ella, levantando con fiereza las caderas.

Los dos lo necesitaban. Ella gritó de alivio cuando Luca se hundió profundamente en ella. La poseyó por completo con un único movimiento mientras ella movía las caderas al ritmo que él marcaba. Los dos habían sentido la misma urgencia. El autocontrol de Jen se deshizo pronto en pedazos y él la siguió poco después. El ruido de la gente ahogó sus gritos de placer.

–Nadie puede oírte –la tranquilizó él mientras la acariciaba suavemente. Vio que los ojos de Jen estaban oscurecidos por la excitación. Luca no pudo dejar pasar la oportunidad y empezó a moverse de nuevo.

–Me encanta que seas tan intuitivo –susurró contra el cuello de Luca gruñendo cada vez que se hundía en ella.

–Relájate –musitó él–. No hagas nada. Concéntrate.

–Que no haga nada. Que me concentre... ¿En qué?

–En las sensaciones... –sugirió él mientras se movía firmemente para darle placer.

Ella se echó a reír suavemente.

–¿Hay algo más? –murmuró entre gruñidos de apreciación.

Cuando Jen pudo expresar por fin su aprobación con un profundo suspiro de satisfacción, él la besó.

–Creo que te vas a llevar una parte bastante importante de mi tiempo.

–Eso espero –dijo ella mientras él la dejaba con mucho cuidado sobre el suelo.

Durante un instante, le pareció tan inocente a Luca que él quiso olvidar todas las dudas que pudiera tener sobre ella. Sin embargo, no podía. Aún no. Le frustraba pensar que ella lo conocía tan íntimamente y que él no la conocía en absoluto.

–Collares –le recordó.

–Lo que desees.

Los dos se sonrieron el uno al otro y, durante un instante, Luca creyó que podrían ser como una pareja cualquiera. Salieron del callejón y se dirigieron hacia el lugar donde estaba pasando el desfile. Luca saludó a una de las carrozas y, como recompensa, recibió un puñado de llamativos collares.

–¿Son todos para mí? –le preguntó Jen mientras él se los colocaba alrededor del cuello–. Tú también te tienes que poner uno –insistió. Cuando consiguió ponerle uno, lo miró cuidadosamente–. ¿Qué te parece?

–Creo que me sienta genial –bromeó él. Se preguntó cuándo se había divertido más que aquella noche.

–Estoy de acuerdo. El rosa es ciertamente tu color –dijo ella mientras le hizo una reverencia.

Luca sintió que el corazón le golpeaba con fuerza en

el pecho. Aquello se estaba complicando demasiado, y solo habían pasado un día juntos.

Jen no se había dado cuenta de que Luca tenía que coronar a la reina del festival, pero, por supuesto, era lo lógico. ¿Quién mejor que el rey de la isla para realizar la tarea? Mientras observaba la ceremonia, el lado más sensato de Jen le decía que lo que había surgido tan rápidamente entre ellos podría desaparecer con la misma celeridad. Sin embargo, su lado sensato no tenía opción alguna, dado que el corazón estaba totalmente comprometido con el peligroso sendero que ella había tomado.

Esperó que lo que había surgido en ella no se convirtiera nunca en un problema para él. Esperaba poder saber reconocer el momento de la retirada. Desgraciadamente, lo único que interesaba a su cuerpo era cuándo volverían a hacer el amor. Ella nunca había conocido a nadie como Luca Tebaldi.

¿Sería aquello amor a primera vista?

Decidió que, más bien, era como verse atrapada en un torbellino.

¿Era así como una mujer se sentía cuando estaba enamorada? ¿Era posible enamorarse de alguien en tan breve espacio de tiempo?

¿Por qué no? Algunas amistades e historias de amor tardaban años en desarrollarse, mientras que otras surgían del corazón ya plenamente formadas.

El corazón se le aceleró al ver que Luca le sonreía desde el escenario. Aunque él no correspondiera sus sentimientos, no cambiaría nada lo que sentía por él. Gracias a Luca había tenido oportunidad de experimentar el sentimiento más maravilloso del mundo y no tenía prisa alguna por dejarlo escapar.

Capítulo 11

PARECES preocupada –comentó Luca mientras la gente comenzaba ya a marcharse–. ¿Hay algún problema?

Él era el problema. La mezcla de sentimientos que tenía hacia él era el problema. Desde el día en el que Luca apareció por el casino, su mundo estaba patas arriba y no había parado de dar vueltas desde entonces.

Tal vez podrían hablar de verdad si se marcharan en aquel mismo instante. Lo que sentía por Luca estaba fuera de control, y no solo por el maravilloso sexo. En Sicilia era diferente. Se encontraba más relajado que en Londres y Jen por fin sabía por qué. Aquella isla era su hogar, su reino, pero ella no estaba segura de lo que aquello conllevaba. Ella solo había experimentado la vida dentro de ciertos límites. Lo más sensato sería devolver las cosas a un nivel más profesional. Seguramente para Luca también sería un alivio.

–¿Veré las gemas mañana? –le preguntó mientras regresaban a la casa.

–¿Por qué no esta noche? ¿Ahora mismo?

–Si a ti te parece bien...

En cuanto llegaron a la casa, Luca la llevó directamente a la planta superior. Abrió una puerta y se hizo a un lado.

–Después de ti.

Jen se detuvo un instante en el umbral. La habitación estaba completamente a oscuras y olía a cerrado.

–¿Está aquí la colección de tu padre?

Luca esperó hasta que Jen estuvo dentro de la habitación para explicarle que, en aquellos momentos, se estaba construyendo una nueva cámara acorazada para guardar las gemas, pero, hasta que estuviera listo, el tesoro de su padre estaba, literalmente, debajo de la cama.

–Estoy fascinada. Me muero de ganas por verlas.

Se había imaginado que estarían en un sótano con las mayores medidas de seguridad, pero Luca se limitó a apartar la cama para dejar al descubierto una trampilla. Corrió los cerrojos y abrió la portezuela. Jen se imaginó que su rostro debía de ser un poema.

–¿Ahí abajo? –exclamó mientras él le indicaba una escalerilla.

–Espero que no padezcas claustrofobia... –bromeó.

–He estado a solas contigo –replicó ella, aferrándose también al humor–. No soy claustrofóbica ni me da miedo la oscuridad.

–Estupendo, porque está muy profundo y oscuro y podría haber muchas arañas –comentó riendo–. Ya te advertí que mi padre es uno de los últimos excéntricos que hay en el mundo, ¿verdad?

–Tal vez. Vamos.

–Ten cuidado mientras bajes por la escalera –le advirtió Luca, ya en serio.

Él bajó primero y la esperó a los pies de la escalera. Cuando Jen se acostumbró a la oscuridad, vio que estaban en una habitación muy pequeña que tenía una puerta de acero. Luca puso la combinación de la cerradura y abrió la puerta. Entonces, encendió la luz que había en el interior. Jen vio que había varios estuches de joyería, unos más grandes y otros más pequeños. Contra la pared, había apoyados unos sacos de arpillera.

–¿Esto es?

–Sí. A mi padre le gustaba acumular, como ya sabes, y nada le agradaba más que meter la mano en uno de estos sacos y sentir las valiosas joyas deslizándosele entre los dedos.

–¿Y están sueltas en esos sacos? –preguntó ella con incredulidad.

–Y todas mezcladas –confirmó Luca–. Ahora entiendes por qué necesitamos que las organices, ¿verdad?

–¿Cuántos sacos hay ahí abajo? –preguntó con voz temblorosa.

–Una media docena.

–¿Están todas malditas?

–Pensaba que no creías en eso...

–Y no creo –dijo, aunque con menos seguridad que antes.

–No te pueden hacer daño. Solo la vida y la gente pueden hacerlo.

–Lo sé. Simplemente es que nunca había visto tantas gemas tan valiosas juntas de este modo. Ni siquiera puedo imaginar lo que valen todas juntas ni el tiempo que me va a llevar identificar a cada una de ellas. ¿Tiene tu padre algún registro?

–Lo dudo.

–Esto va a llevarme mucho más de lo que había esperado.

–¿Unos seis meses? –sugirió Luca.

–Nunca me imaginé que estaría aquí tanto tiempo...

–Te conseguiré toda la ayuda que necesites. Dudo que mi padre mirara estas piedras más de una vez antes de echarlas en esos sacos.

Como si no valieran nada.

–Esta colección es única.

–Debes de estar ansiosa por empezar a trabajar.

–Así es –confirmó ella.

–Un verano en Sicilia –dijo Luca para aligerar el ambiente–. ¿Qué tiene eso de malo? ¿Qué harías si no estuvieras aquí, trabajar en el club y en la casa de subastas? ¿Por qué hacerlo cuando puedes estar aquí y disfrutar de unas vacaciones pagadas?

–De vacaciones nada... –susurró ella mirando el montón de gemas.

–Puedes hacer el trabajo que tanto adoras a tu ritmo. Y vivir aquí tiene que ser mejor que hacerlo en ese estudio, ¿no?

Eso era indiscutible, entonces, ¿por qué no se sentía bien? ¿Por qué había algo que seguía preocupándole? Debería estar encantada. Luca tenía razón. Era una maravillosa oportunidad.

Sin embargo, él no había mencionado en ningún momento que fueran a pasar tiempo juntos. Aunque se odiaba por sentir aquella debilidad, no podía evitar pensar que, cuando se pusiera a trabajar, tal vez no volvería a verlo.

Mientras se daba una ducha, Luca llegó a la conclusión de que necesitaba darle ánimos. Jen se había quedado atónita por la magnitud de la colección de su padre y, más especialmente, por el hecho de que le llevaría meses completar el trabajo para el que se le ha había contratado. La había dejado en la verja de la casa de invitados para darle algo de tiempo para acostumbrarse a la idea. Si ella renunciaba, Luca no podría seguir investigando y eso era algo que no iba a ocurrir. Le había sugerido que cenara en la casa grande con él y, después de dudarlo durante unos instantes, Jen había aceptado.

Se puso unos vaqueros y el cinturón. Decidió no afeitarse. Eso podría esperar hasta la mañana siguiente porque estaba deseando verla. Se mesó el cabello con los dedos, pero solo consiguió alborotárselo más. Los ojos relucían bajo las espesas cejas.

Deseaba a Jen y eso no podía esperar hasta la mañana siguiente.

Ella lo estaba esperando en la biblioteca hojeando un libro. Tenía un aspecto exquisito con su cabello rojo cayéndole en cascada por la espalda y con su inocente rostro libre de maquillaje. El poder de su belleza lo dejó atónito. Ella había elegido unos de los vestidos de su nueva colección, de diseño muy sencillo en seda color aguamarina. El vestido le llegaba hasta la rodilla y moldeaba perfectamente su figura.

–Me encanta tu biblioteca –dijo ella en cuando lo vio–. Eres un hombre muy afortunado.

–A mí también me encanta –respondió Luca mientras cruzaba la sala para reunirse con ella–. Fue aquí donde aprendí lo que se dice del Diamante del Emperador, que era la piedra preciosa más significativa en la corona de coronación de Napoleón, de ahí la maldición. La vida de Napoleón no terminó exactamente en un punto álgido, como estoy seguro de que ya conoces. Siempre me han fascinado las guerras napoleónicas.

–¿Estás seguro de que lo que te fascina no son las tácticas de guerra? –le desafió ella.

–¿No podemos dejar a un lado las armas por una noche? –replicó él, sonriendo.

–¿En interés de...?

–¿De llegar a conocernos mejor?

–Pensé que ya nos conocíamos bastante bien... –comentó ella con una sugerente sonrisa.

Luca le indicó el sofá. Jen levantó una ceja y se movió para colocar la mesa de la biblioteca entre ambos.

–¿Tácticas de batalla?

–Tácticas de distancia.

–Espero que no se te hayan quitado las ganas por la magnitud del trabajo...

–¿Acaso te parezco abrumada?

No. Le parecía una mujer muy hermosa.

–Por favor... Siéntate...

–¿Es una invitación o una orden?

–Es una sugerencia que puedes aceptar o no.

–¿Qué es lo que quieres saber sobre Raoul? –le preguntó ella mientras tomaba asiento.

–¿Acaso eres capaz de leer el pensamiento?

–Utilizo una bola de cristal –le aseguró ella muy secamente–. Venga. Si yo estuviera en tu lugar, querría saber.

–Tienes razón. Me gustaría saber todo lo que puedas decirme sobre mi hermano, todo lo que puedas recordar.

–Tal vez no pueda contarte todo.

–¿Qué quieres decir? –le preguntó él.

–Simplemente eso –contestó ella, mirándole fijamente con sus ojos color verde esmeralda.

–¿Acaso crees que me estoy portando de un modo poco razonable? –sugirió él.

–No. Te prometo que te contaré lo que pueda, pero solo con una condición.

–¿Y es?

–Tú también tienes que responder a mis preguntas.

–Trato hecho –dijo Luca. Fue a sentarse enfrente de ella, con una mesa baja entre ambos–. Empieza por contarme cómo de bien conocías a Raoul.

–No me acostaba con él, si es eso a lo que te refieres.

–No te estoy preguntando si te acostabas con él. Te estoy preguntando cómo de bien lo conocías.

–Casi nada.

Eso no tenía sentido. O estaba mintiendo o Raoul había sufrido una especie de trastorno mental que lo había animado a actuar sin pensarlo en favor de Jen.

–Ahora me toca a mí preguntar –anunció ella–. ¿Son legítimos tus negocios, Luca?

–Por supuesto que lo son. ¿Qué es lo que estás implicando?

–Simplemente siento curiosidad –admitió ella–. Los habitantes de la isla te tienen en mucha estima.

–¿Y eso está mal?

–Te besan la mano como si gobernaras sobre ellos.

–Mi familia lleva generaciones protegiendo esta isla. Si lo que me estás preguntando es si los isleños me consideran una especie de rey, no, por supuesto que no. Vienen a pedirme consejo, como acudían a mi padre antes de hacerlo conmigo, y a mi abuelo hace muchos años. Si yo puedo ayudarlos, lo haré. No hay más. Ahora, me toca a mí preguntar. ¿Cuánto tiempo conociste a mi hermano?

–Desde que empecé a trabajar en el club. Acudía muy regularmente, pero eso ya lo sabes. Daba gusto charlar con Raoul. Siempre se mostraba muy agradable y cortés.

–¿Y eso es todo?

–No sé adónde quieres ir a parar. Raoul hablaba sobre ti y yo hablaba sobre Lyddie. Nos entristecíamos juntos. Mi función era animarlo. No era una función, sino un placer. Raoul era diferente.

–¿Por qué era diferente?

–Especial. Raoul era especial. No iba al casino a ahogarse en autocompasión. Iba a olvidar y esa era la razón por la que jugaba en las mesas todas las noches.

–A olvidar.

La culpabilidad se apoderó de Luca al pensar que Raoul podría haber querido cambiar su vida, pero él no había estado presente para ayudarlo. Raoul se había esforzado mucho por ganarse el amor de su padre y había fracasado tan estrepitosamente como él mismo.

Pensar que Raoul no había tenido a nadie más que a Jen en quien poder confiar le dolió profundamente.

–Eras amable con Raoul –dijo.

–Claro que lo era. Tu hermano también era amable conmigo. Siempre nos tomábamos nuestro tiempo para estar el uno con el otro.

–¿Y de verdad que no había nada más que amistad entre vosotros?

–¿Qué podrías ser? ¿Chantaje? ¿Sexo? Venga ya... –insistió ella–. No había nada entre tu hermano y yo más que amistad. No siempre tiene que haber sexo de por medio.

–Es lo que suele haber entre un hombre y una mujer.

–Bueno, no en esta ocasión –le aseguró ella acaloradamente–. Si todos estos sucios pensamientos han estado dándote vueltas por la cabeza, ¿cómo has podido hacerme el amor? ¿Era una prueba, Luca? ¿Ha sido todo esto tan solo una especie de horrible juego?

Cuando Jen se puso de pie, él la agarró del brazo y tiró de ella.

–No es un juego, Jen. Todo esto es demasiado real para mí.

–Y para mí –le aseguró ella secamente–. ¿Acaso crees que me gusta que me interroguen como si tuviera algo que esconder?

–Creo que si hubiera conocido a tu hermana y tú me conocieras y me preguntaras sobre Lyddie, yo te contaría todos los detalles que pudiera recordar. Nada de lo que me puedas contar es demasiado pequeño o inconsecuente. Todo lo que sabes sobre Raoul ayudará a dar color al retrato que era mi hermano. Necesito esa información como necesito el aire para respirar y por ninguna otra razón que porque amaba a mi hermano y ahora es demasiado tarde para decirle a Raoul lo mucho que significaba para mí.

Capítulo 12

LUCA comprendió que el amor por su hermano era más fuerte que su necesidad de conocer la razón por la que la mujer que tenía frente a él era la heredera universal de Raoul. Todo lo que le había dicho a Jen era cierto. Sentía desesperación por conocer cada pequeño detalle. Si había algo que Jen no le estaba contando...

–Tiene que haber algo más que tu amistad con Raoul. Algo que no me estás contando.

–¿Por qué? ¿Por qué crees que te estoy ocultando algo?

–Porque tiene que haber algo más –insistió él. Tienes que estar ocultándome algo. Tal vez sea un secreto que mi hermano no le pudo contar a nadie más que a ti... No lo sé –admitió con frustración.

Luca era normalmente una persona muy controlada, por lo que aquel nivel de incontinencia emocional era nuevo para él. Tenía que tomarse un instante para tranquilizarse.

–Quiero que respondas mi pregunta –insistió Jen–. ¿Cuál es tu negocio aquí en la isla? Aún no me lo has dicho y tengo que saber exactamente en qué estoy implicada.

–Si eso te ayuda, mi vida en la isla no está conectada con mi negocio. No sé qué más decirte, aparte del hecho que tu trabajo sigue siendo el mismo. Se te ha contratado para catalogar las piedras preciosas de un anciano y preparar una exposición de la que pueda sentirse orgulloso. Quiero que su vida termine bien y tú puedes ayudar del modo que te estoy diciendo. Lo único que necesitas saber sobre mí es que todo lo que hago está dentro de la ley y que no haría nunca nada para hacerte daño ni a ti ni a la memoria de Raoul. Mis intereses empresariales se extienden por todo el mundo y, aunque son muchos y variados, todos ellos son legítimos.

–Entonces, ¿por qué no pudiste encontrar tiempo para tu hermano si tus negocios son tan grandes y tienes tantas personas trabajando para ti?

–Fue al revés, Jen. Raoul no quería verme.

–Porque no podías aceptarlo... –dijo Jen. Se detuvo en seco como si hubiera hablado más de la cuenta.

–¿Aceptarlo? –repitió él–. ¿Te refieres a aceptar sus deudas de juego?

Jen parecía estar cada vez más incómoda, pero permaneció sumida en un obstinado silencio.

–Dímelo –insistió él–. ¿Por qué no puedes decirme lo que sabes sobre Raoul? Yo no sería tan cruel contigo si nuestra situación fuera a la inversa.

–Le hice una promesa –le espetó ella–. Y no pienso romperla. Lo único que te puedo decir es que no fue fácil para Raoul vivir en el mundo de su padre. Creo que llegó incluso a creer que era imposible.

–Bueno, eso lo comprendo –afirmó él con tristeza–, pero sigue sin explicar el hecho de que Raoul creyera que fuera también necesario distanciarse de mí.

–Él creía que tú te habías distanciado de él y no sabía cómo cerrar el abismo que os separaba.

–Evidentemente –murmuró él con amargura–. Sin embargo, creo que tú sabes exactamente cuál era el problema, pero que prefieres no decírmelo.

Jen se encogió de hombros.

–Es lo mismo que tú te niegues a decir a qué te dedicas.

–Estoy en el negocio de la seguridad, como seguramente sabes.

–¿Y eso es todo? –le preguntó ella con escepticismo.

–Eso es todo. Si te doy más detalles, dejará de ser seguro. Te puedo decir que mis operativos protegen a algunas de las personas de más alto nivel del mundo y que también escoltan algunos de los objetos más valiosos del planeta.

–Como el Diamante del Emperador.

–Exactamente.

–Has dicho que tu padre se ha jubilado y que se ha ido a Florida, ¿quién se va a hacer cargo de sus intereses empresariales?

–Nadie. Lo que queda de su imperio ha sido desmantelado.

–¿Lo has desmantelado tú?

–Te basta con saber que yo nunca me haré cargo del negocio de mi padre, al menos no del modo en el que piensas. No obstante, tengo una responsabilidad de por vida para con las personas que viven en esta isla.

–¿Y qué me dices del anciano que te besó la mano?

–Las tradiciones tardan mucho tiempo en cambiarse. Los ancianos de la isla no saben cómo van a cambiar las cosas ahora que mi padre se ha marchado de la isla. Soy yo quien tiene que tranquilizarlos y eso me llevará un poco de tiempo.

–Te agradezco tu sinceridad –dijo después de unos instantes.

–Igual que yo agradecería la tuya –replicó él–. ¿A quién más puedo preguntar sobre Raoul?

–Te contaré todo lo que no rompa la promesa que le hice a tu hermano.

Jen tenía las manos atadas. Por un lado, quería ser completamente sincera con Luca, pero Raoul le había suplicado que no compartiera algunas de las cosas que él le había contado. Le había dicho que le rompería el corazón a su padre. Al igual que Luca, Raoul tan solo había sentido preocupación por el padre que lo había apartado de su vida y que nunca le había demostrado afecto alguno. ¿Por qué personas como Don Tebaldi tenían que tener hijos? Sus dos hijos se habían preocupado más por él de lo que él se había preocupado por ellos. Los ojos de Jen se llenaron de lágrimas al recordar las conversaciones que había compartido con Raoul. Había sido un hombre amable y divertido, a pesar de la falta de amor en su vida. Desgraciadamente, estaba muerto.

–Por favor... –le dijo Luca.

Jen no pudo evitar pensar en Lyddie y en lo mucho que ella desearía saber todo lo que pudiera sobre su hermana.

–No debes culparte de nada –contestó.

–Cuéntamelo y yo decidiré.

–Está bien. Lo haré. Raoul era homosexual –añadió tras una pequeña pausa–. No creyó que tú lo comprendieras.

Luca se quedó callado durante un largo instante.

–¿Cómo has dicho?

–Que Raoul era gay. Cuando salió del armario, decidió que le sería imposible regresar a Sicilia para enfrentarse a ti y a tu padre.

–¿Que no podía enfrentarse a mí? –repitió Luca–. ¿Raoul era gay? ¿Eso es... todo?

–Sí.

–¿Eso fue lo que le impidió ponerse en contacto conmigo? ¿Estás segura? –preguntó Luca. Se ocultó el rostro entre las manos y apretó con fuerza, como si tuviera que contener el dolor que sentía por dentro. Entonces, levantó la cabeza y miró a Jen con incomprensión–. ¿Mi hermano no podía decirme que era gay? ¿Soy un monstruo?

–No, Luca, no...

–¿Cómo pensó que iba a reaccionar yo? Raoul era mi hermano. Yo lo amaba incondicionalmente. No me digas ahora que eso fue lo que le hizo empezar a apostar... No... No...

–Luca, por favor... –susurró Jen. Rodeó la mesa y trató de abrazarlo, pero él la apartó.

–Mi amor por Raoul era absoluto e incuestionable. Yo solo quería que él fuera feliz. ¿Qué fue lo que pasó?

–Él te quería –afirmó Jen–. Raoul no podía soportar el hecho de perder tu amor.

–Él jamás podría perder mi amor –repuso Luca con fiereza.

–¿Pero y el de tu padre? ¿Y el de los isleños?

Luca sacudió la cabeza con firmeza.

–No hay personas más cariñosas y comprensivas en toda la Tierra que las que viven en esta isla.

–En ese caso, debe de ser tu padre quien impidió que Raoul regresara. Durante nuestras conversaciones, me dio la sensación de que Raoul había estado tanteando el terreno y lo había encontrado bastante hostil.

–Durante el entierro de Raoul, mi padre y yo tuvimos una conversación –recordó Raoul entornando los ojos–. En su momento no le di importancia...

–¿Y ahora?

–Ahora sé que soy un estúpido porque debería haber protegido a Raoul mejor de lo que lo hice. Debería haber estado a su lado cuando más me necesitaba. Ojalá hubiera confiado en mí lo suficiente. Ahora ya nunca podré compensarle...

–Con culparte no vas a ganar nada, Luca.

–Lo se... *Dio!* Pero me duele tanto... –exclamó mientras apretaba los puños y los apoyaba sobre la mesa, como si estuviera experimentando un dolor físico–. No tienes ni idea de lo mucho que me duele.

–Claro que lo sé, porque yo también sufro. Siempre quedan cosas por decir y cosas que hubiéramos deseado tener tiempo para hablar o hacer cuando alguien muere, pero eso no significa que no amaras a Raoul lo suficiente o que yo no amara a Lyddie lo suficiente. Solo significa que la vida puede ser cruel en ocasiones, cuando se lleva a los que queremos sin previo aviso.

–¿Estás segura de que me lo has contado todo? –le preguntó Luca examinándole el rostro una vez más.

–No, todo no –admitió Jen–, pero te he dicho todo lo que puedo contarte sin romper la promesa que le hice a tu hermano. Sin embargo, te puedo decir una cosa. No te ayudaría saber más, así que, ¿por qué no dejas que los secretos de Raoul mueran con él?

–No puedo hacer eso y no te agradezco en absoluto que tú decidas lo que vas y no vas a contarme.

–Depende de mí lo que te cuento –dijo Jen sin rencor alguno. Sabía lo disgustado que Luca estaba.

–¿Por qué?

–Porque estoy protegiendo a los vivos y a los muertos.

–¿Qué quieres decir con eso?

–Eso es lo único que estoy dispuesta a decir –concluyó–. Le prometí a Raoul que, si alguna vez tenía la oportunidad de conocerte, te diría lo que ya te he contado. Le supliqué que se pusiera en contacto contigo. Le dije que, si tú te parecías algo a él, lo único que te preocuparía sería su felicidad.

–En eso tienes razón y lo intenté, pero Raoul siempre me mantenía a raya y esa fue la razón por la que nos fuimos separando.

–Tal vez los dos erais responsables en parte.

–No puedo responder a eso, pero hay cosas que tengo que saber.

–¿Qué cosas? –le preguntó Jen temiéndose lo peor

al ver la dura expresión del rostro de Luca y que parecía estar dirigida a ella–. No haces más que hablar en clave y ya te he dicho que no te puedo ayudar más de lo que ya lo he hecho.

–Tienes que hacerlo...

–No –dijo ella con firmeza–. No puedo.

Presa de la frustración, Luca le agarró los brazos con fuerza. La miró con una mezcla de furia y pena durante unos instantes y luego la soltó.

–Perdóname... No debo comportarme así. Quería tanto a Raoul y ahora ya no está. Si no tengo cuidado, te alejaré a ti también de mí y entonces, ¿quién se ocupará de catalogar la colección de mi padre? –añadió con una expresión más suave en el rostro.

–Eres imposible –respondió ella sacudiendo suavemente la cabeza.

–Hago lo que puedo... –bromeó él.

Jen tardó unos minutos en relajarse por completo y aceptar lo abrumado que Luca se sentía por la situación, igual que le hubiera ocurrido a ella.

–Perdóname –murmuró Luca.

La situación cambió rápidamente cuando Luca la tomó entre sus brazos. La ira entre ellos dio paso a otro sentimiento completamente diferente. Jen era consciente de la erección que Luca tenía y lo último que quería era discutir con él. En el momento en el que la besó, supo que estaba perdida. Le devolvió la pasión con la misma intensidad. En lo único en lo que podía pensar era en revivir el placer que tan recientemente habían compartido. Fuera lo que fuera lo que ambos habían dicho y las acusaciones que se habían lanzado mutuamente, ya solo había algo urgente entre ellos.

Las lenguas se entrelazaron. Ella le clavó los dedos en los hombros y apretó su cuerpo contra el de él, buscando más contacto. Sin embargo, no le bastaba. Necesitaba convertirse en un solo cuerpo con él, carne sobre carne. Por eso, gimiendo de necesidad, le agarró el trasero y lo apretó con fuerza contra ella.

Palabras sordas de necesidad acompañaron los actos. Le soltó y comenzó a desabrocharle el cinturón. Luego hizo lo mismo con el botón del pantalón. Las manos le temblaban mientras se esforzaba por conseguir que el botón pasara por el ojal, pero, por suerte, la cremallera bajó muy fácilmente. La potente erección fue su recompensa, evidentemente visible a través de los calzoncillos negros. Era un premio que no iba a perder ni un segundo en reclamar. Se puso de rodillas y lo liberó de su encierro para luego acogerlo profundamente entre sus labios. A los pocos instantes, tuvo la satisfacción de escuchar cómo Luca gemía de placer y de sentir cómo él le enredaba los dedos en el cabello. Con cada movimiento y cada gemido que él emitía, Jen se fue excitando cada vez más, pero decidió que su avaricioso cuerpo tendría que esperar. Aquel era el momento de Luca.

–Sí... –gimió él.

Jen lo torturaba sin piedad con la lengua. Después, incrementó la succión y lo tomó de nuevo profundamente en la boca.

–Ya basta –dijo Luca–, o te sentirás tan frustrada que nunca...

La tomó entre sus brazos y la colocó a su gusto sobre el sofá. Entonces, le subió el vestido hasta la cintura y dejó al descubierto el minúsculo tanga.

La había colocado sobre el brazo del sofá, de manera que la parte superior de su cuerpo quedaba sobre el asiento. De ese modo, Jen podía ver todo lo que él le fuera a hacer. Ella jamás había imaginado algo que pudiera ser tan excitante como aquello. Tenía las caderas bien levantadas sobre el brazo del sofá cuando Luca se le colocó entre las piernas. La miró con la promesa del placer que iba a proporcionarle en el rostro. Ella gritó de placer cuando Luca deslizó la potente erección sobre la delicada barra de la tela del tanga. Echó la cabeza hacia atrás y cerró los ojos para concentrarse en el placer que él le estaba proporcionando. Entonces, desesperada por acrecentar el placer, arqueó un poco más las caderas para recibir más contacto, pero Luca se retiró y le colocó las manos sobre la tela. La calidez de su piel y el hecho de saber lo que aquellos dedos tan hábiles iban a hacerle supuso un estallido para sus sentidos. Luca le permitió un par de caricias, pero protestó ruidosamente cuando él la levantó un poco para retirarle el tanga. Tras haberlo hecho, le separó aún más las piernas. Jen quedó completamente expuesta, completamente a su merced.

–Por favor... –suplicó ella.

–¿Necesitas esto? –le preguntó Luca suavemente.

–Ya sabes que sí...

Él se echó a reír y deslizó la punta por la cálida carne, haciendo que ella gimiera por el placer que estaba experimentando. Lo hizo no solo una vez, sino varias veces. La sensación era una exquisita tortura que ella no deseaba que terminara nunca. Desesperada, levantó las caderas, pero él se apartó a tiempo. Entonces, Jen le agarró el trasero con las manos y lo unió a ella. Luca lanzó un gemido de rendición y se hundió por fin profundamente en ella.

–Oh, sí... sí...

Aquello era lo que necesitaba. Comenzó a moverse rápidamente con él. Instantes después, alcanzó el clímax.

–¿Más? –murmuró Luca.

Jen se echó a reír. Aquella fue la única respuesta que él necesitaba. El cuerpo de Jen aún vibraba de placer cuando él volvió a hundirse profundamente en ella. Luca deseaba aquello tanto como Jen. Ella se levantó y lo abrazó. Luca hizo lo mismo y le permitió que le rodeara la cintura con las piernas. Entonces, se hundió con dureza en ella, aún más profundamente. Aquella vez, el baile para alcanzar el orgasmo fue aún más salvaje. Los dos se movían rápidamente. Jen no se saciaba de él y Luca parecía sentir lo mismo.

–¡Ahora! –exclamó ella incapaz de esperar un momento más.

Los dos comenzaron a temblar juntos, convulsionándose, presas de un placer tan extremo en el que las oleadas de sensaciones los golpeaban incesantemente. Cuando se separaron, ella se sentía débil y temblorosa.

–¿Vamos a la cama? –le sugirió ella con voz temblorosa.

–¿Crees que podremos llegar tan lejos? –bromeó Luca.

–¿Una vez más contra la puerta? –sugirió él.

–Donde quieras, pero creo que hasta la puerta está demasiado lejos.

–Entonces, vamos a la cama. Necesito una superficie y mucho tiempo para disfrutarte...

–¿Acaso no lo estás haciendo ya? –protestó Jen–. ¿Acaso crees que vas a ganar esto?

Luca seguía dentro de ella y Jen era una alumna muy aventajada.

–Bruja... –la acusó cuando sintió que ella estaba tensando los músculos de su cuerpo para provocarle.

–Puerta –le ordenó ella.

Capítulo 13

JEN ESTABA sentada con las piernas cruzadas sobre la cama, dándole pizza para comer. Aquello fue lo único que encontraron en el frigorífico. De repente, a Luca le pareció que seis meses no eran suficientes para estar juntos. Jamás se hubiera imaginado algo así cuando se le ocurrió aquel plan.

–¿En qué estás pensando? –le preguntó ella. Estaban sentados frente a frente, completamente desnudos.

–Bueno, que jamás habría celebrado la cena por la que pagué así, pero no te preocupes, creo que es una estupenda mejora comparado con una cena en el casino.

Jen se echó a reír.

–Eso espero. ¿Qué más?

–Cosas que no es necesario que sepas...

–¿Qué cosas? –insistió ella mientras le daba otro bocado a la pizza.

Jen lo miraba fijamente, exigiendo la verdad, pero era una verdad que él no le podía dar sin perder lo que compartían. Sin embargo, sabía que para conseguir que ella le contara más cosas, tenía que corresponderle.

–Lo último que supe de Raoul fue que hablaba sobre construir un campamento para niños aquí en la isla, niños como él decía. En ese momento, no sabía a qué se refería, pero tal vez todo tenga más sentido ahora. ¿Qué? –añadió al ver que Jen fruncía el ceño.

En aquel momento, fue Jen la que enmascaró sus pensamientos. Aquello despertó las sospechas de Luca.

Debía de haber tocado algo muy cercano al secreto que ella no quería contarle sobre Raoul.

Apartó el plato de la pizza y la tomó entre sus brazos.

–¿Te habló Raoul de la idea de crear un campamento de verano?

–Hmm –susurró ella, acurrucándose entre los brazos de Luca. Se frotó contra él como una gatita somnolienta. Luca pensó que lo estaba haciendo para distraerlo–. Deberíamos aprovechar esto al máximo. Empiezo el trabajo mañana y me vuelvo bastante obsesiva cuando trabajo. Seré como un topo, que solo saldrá a la superficie de vez en cuando y que incluso entonces estaré en mi mundo. Te recuerdo que tardaré meses en terminar...

–Seis meses –le recordó él.

–Bueno, eso es lo que has dicho tú. Tendré que ver si puedo trabajar más rápido.

–¿Tantas ganas tienes de marcharte?

Jen se encogió de hombros y sonrió.

–Estoy segura de que estarás encantado de verme de espaldas...

Evidentemente, ella sabía algo que él desconocía.

A la mañana siguiente, Jen se despertó y se dio cuenta de que Luca estaba esperando para hacerle el amor. Se besaron larga y lentamente.

–Me estaba preguntando cuánto tiempo tardarías en despertarte –dijo él.

–Podrías haber empezado sin mí. Mi cuerpo trabaja igual de bien con el piloto automático –comentó ella riendo.

–Pongámoslo a prueba, ¿quieres?

El cuerpo de Luca se movió firme y lentamente para

darle placer mientras ella iba pasando del sueño a la realidad de hacer el amor con Luca. Y descubrió que la realidad era mucho mejor.

–Buenos días –murmuró él mientras Jen comenzaba a moverse con mucha más intencionalidad.

Se colocó detrás de ella. Jen acentuó el ángulo de su cuerpo para ofrecerle más. Para ofrecérselo todo. Ebria de placer, decidió que, si no tuviera trabajo que hacer, podría quedarse en la cama todo el día. Sin embargo, gracias a las habilidosas atenciones de Luca, tardó muy poco en alcanzar el orgasmo. Él la sujetó con fuerza mientras ella se movía frenéticamente. Luca se quedó sorprendido y halagado a la vez.

–Qué rápido –murmuró mientras sonreía contra los labios de ella.

–No siempre puedo esperar a tus órdenes –le dijo ella antes de lamerle los labios con un rápido movimiento–. Ahora te toca a ti...

Se giró para colocarse de frente con Luca. Sin saber de dónde había sacado tanta seguridad en sí misma, se sentó sobre él a horcajadas. Entonces, se inclinó hacia delante y comenzó a besarle. Luca la abrazó y la ayudó a apretarse contra él hasta que no quedó espacio alguno entre ellos.

–Eres el mejor –susurró ella–. El mejor sin duda...

Eso era a lo más que podía llegar sin admitir que lo amaba. Y lo amaba de verdad. En realidad, se había enamorado de él en el primer instante que se conocieron. No tenía sentido, pero era un hecho. Sentía el corazón pleno cuando estaba con él. Su cuerpo le pertenecía. Dejando a un lado el dinero y la posición social, los dos se parecían en muchas cosas. Jen deseó que lo que tenían pudiera durar para siempre.

–¿Estarás bien trabajando sola en la isla cuando yo me tenga que marchar?

–¿Qué? ¿Acaso te vas a alguna parte?

Luca dudó un instante y eso le dio la respuesta que ella buscaba.

–Sigues estando al mando de todo lo referente a las joyas mientras yo esté fuera –le dijo él mientras le daba un beso en los labios.

–Y estoy contenta de ello –confirmó ella.

–Pues no lo pareces –dijo él mientras la miraba a los ojos.

–Lo estoy –insistió tratando de convencerse de que era verdad.

Los correos electrónicos no bastaban. Las llamadas de teléfono eran frustrantes. Lo que era aún más frustrante era que Jen pudiera hacer exactamente lo que le había dicho que iba a hacer y se sumergiera en su trabajo excluyendo a todo lo demás, incluso a él. Luca había estado fuera casi un mes ya y Jen no daba señales de aflojar su ritmo de trabajo o, lo que era más importante, echarle de menos.

–Estaré en la isla la semana que viene... –le dijo.

–Estupendo.

–¿Qué es lo que ocurre?

Luca frunció el ceño pensando qué sería lo que podría ser. Había sido un día muy duro de trabajo, pero había estado deseando llamar a Jen para que ella le dijera que le echaba de menos o que protestara cuando él le comunicara que aún tardaría una semana en regresar. Así era como solían comportarse las mujeres con él y siempre había encontrado alguna excusa para mantener las distancias. En aquella ocasión, no le hizo falta. Jen no respondía.

–¿Ocurre algo malo, Jen? –insistió.

–Tenemos un problema –admitió ella por fin.

–Tú dirás...

–No puedo catalogar algunas de las piedras preciosas.

–¿Qué quieres decir? ¿No puedes encontrar ninguna referencia sobre ellas?

–No. Quiero decir que son robadas, Luca. Creo que es mejor que regreses inmediatamente.

Jen estaba esperando a que Luca llegara. Había estado todo el día recopilando datos para que pudiera estudiarlos y había puesto los registros en la cocina, con las entradas que le preocupaban marcadas en rojo.

La propia Jen se sentía marcada en rojo, como si llevara una gran cruz sobre la frente que la señalara como parte de la banda de un mafioso. ¿Qué pensarían sus padres de ella en aquellos momentos? ¿Qué pensaría Lyddie? La carrera de su madre había sido absolutamente intachable. Se sentirían muy tristes al saber que lo que Jen había descubierto podría significar el final de su carrera. Cualquier sospecha de falta de honradez suponía el beso de la muerte en el mundo en el que ella esperaba entrar. En aquellos momentos, estaba sentada frente a un listado de piedras preciosas robadas que, groso modo, podrían estar valoradas en varios cientos de millones. ¿Cómo reaccionaría Luca? Si él también estaba implicado, lo sabría enseguida. Podía leerle como si se tratara de un libro abierto.

¿Cómo reaccionaría cuando viera a Luca después de tantas semanas de ausencia? No lo sabía. Había soñado con él todas las noches. Durante el día, cuando estaba trabajando, fantaseaba con llevar una vida normal con él y tal vez incluso con construir una familia feliz juntos. Siempre había sido una soñadora.

Volvió a mirar la lista que tenía frente a ella sobre la

mesa y se sintió desilusionada consigo misma por no haberse dado cuenta antes del riesgo. Aunque las piedras no le pertenecieran a ella, todos los implicados en un asunto tan turbio serían medidos por el mismo rasero. La reputación de Jen quedaría arruinada. En la casa de subastas, dirían que no había humo sin fuego. Nadie la defendería. Ya podía imaginarse a los directores tratando de escapar de su lado para ponerse a salvo.

–¿Jen?

Al oír la voz de Luca se puso de pie. Había estado tan sumida en sus pensamientos que no lo había oído llegar. La decisión de recriminarle lo que había encontrado desapareció en cuanto lo vio. Se arrojó inmediatamente a sus brazos.

–¡Te he echado de menos!

–Yo también a ti... no tienes idea de cuánto –susurró él mientras la estrechaba entre sus brazos.

–Me estás cortando la respiración...

–En ese caso, te besaré.

La besó apasionadamente. Los ojos de Jen se llenaron de lágrimas por la alegría que le había producido verlo. Se alegraba tanto de verlo... Desgraciadamente, tenía el deber de mostrarle el lío que le había dejado su padre. Lo sintió mucho por él. Luca se había hecho cargo de muchos asuntos desde que su padre se marchó a Florida. Maria se lo había contado. Sin embargo, no quedaba más remedio. Luca tenía que saber tarde o temprano que la colección de piedras preciosas de su padre contenía más de un secreto.

–Luca, lo siento mucho, pero me temo que tu padre te ha dejado mucho más de lo que pensabas.

–No me va a sorprender nada de lo que me puedas decir sobre mi padre. No te preocupes. Me ocuparé de ello. ¿Qué tal te ha ido durante este mes? Pareces cansada.

–Todo iba perfectamente hasta que descubrí esto –le dijo mientras le entregaba los papeles.

–Te agradezco mucho todo lo que has trabajado, pero he hecho un viaje muy largo... para verte a ti, no a estos papeles –repuso. Volvió a dejar los papeles sobre la mesa–. A mí me parece que mi tarea consiste en hacer que te olvides de ellos al menos por una noche.

Jen estaba a punto de protestar, pero la mirada de Luca se lo impidió.

–¿Acaso no crees que pueda distraerte? –le preguntó con una sensual sonrisa que no le dio a ella alternativa alguna.

–No me sorprendería que pudieras...

Hicieron el amor como si fuera la primera vez, solo que en aquella ocasión fue mucho mejor. Ya conocían sus respectivos cuerpos y Jen se sentía cómoda con Luca.

–Te amo –murmuró mientras los dos estaban tumbados de costado, uno frente al otro. Jen se echó a reír cuando él levantó una ceja con gesto divertido–. Siento si eso ha sido demasiada información.

–Yo también te amo y no siento que sea demasiada información –replicó Luca mientras se colocaba encima de ella.

El mundo de Jen se expandió como los pétalos de una flor al abrirse. Con esas palabras, todo parecía posible. Quería responderle, pero él se lo impidió. Estaba profundamente dentro de ella, justo donde Jen quería que estuviera. Cuando eran un solo cuerpo, nada más importaba.

Pero Luca le había dicho que la amaba. Aquel sentimiento le transmitía todo lo que había querido siempre. Confianza, cercanía, unidad y la sensación de estar con el hombre al que amaba. Eso era suficiente para ella. Las palabras no podrían expresar nunca lo que sentía por Luca. Ya no necesitaba decirle nada más, porque sus ojos debían de estar contándole todo lo que necesitaba saber.

Se quedaron dormidos abrazados el uno al otro, con las extremidades entrelazadas por el dulce agotamiento.

Cuando ella se despertó, el sol ya entraba a raudales por la ventana. A pesar de la preocupación de las joyas, se sentía tan renovada que parecía que todo iba a tener solución tras el regreso de Luca.

Se levantó de la cama con cuidado. No quería despertarlo. Fue por una botella de agua y volvió rápidamente de puntillas junto a él.

Sin embargo, Luca le tendió una emboscada. Se levantó rápidamente y la tomó entre sus brazos, obligándola a tumbarse de nuevo en el colchón entre risas y gritos.

–¿Te he asustado? –gruñó él mientras le besaba el rostro y la acariciaba.

–Sabes que sí –le acusó ella.

–¿Y qué vas a hacer al respecto? –le desafió.

–Se trata más bien de lo que vayas a hacer tú que me pueda interesar. Se me ocurre que tendrás que compensarme con un prolongado placer por haberme asustado tanto. Te ordeno que me hagas el amor –comentó ella con una sonrisa.

–Si no me queda más remedio...

–Ninguno –replicó ella, riendo, mientras Luca se colocaba encima de ella.

¿Podía haber algo mejor que ver cómo Jen dormía? Luca se hizo aquella pregunta mientras la tenía entre sus brazos. Jen no había podido mantenerse despierta lo suficiente para decirle que parara. De hecho, ella nunca le decía que se detuviera. Era incansable, como él. Los dos formaban una combinación explosiva que Luca nunca antes había encontrado. Jen era especial.

Sin embargo, las relaciones se tienen que basar en la confianza y había demasiados secretos entre ellos. El hecho de que Jen le dijera lo de las gemas robadas de su padre le había dejado atónito, pero por lo menos había sido absolutamente sincera con él mientras que su padre le había dejado un asunto criminal del que ocuparse. Todo lo que Jen hacía le indicaba que ella jamás habría engañado a su hermano, pero la mejor manera de estar seguro era preguntarle directamente qué sabía sobre el testamento de su hermano. Sus sentimientos hacia Jen eran demasiado fuertes para posponerlos aún más. Tenía que ser tan sincero con ella como Jen lo había sido con él. Además, ella le había ahorrado muchos problemas al ver tan rápidamente las discrepancias de las joyas y comunicárselo sin demora. Definitivamente, estaba en deuda con ella por eso.

Luca era maravilloso, no solo en sus artes amatorias y en su manera de ser, sino también maravillosamente eficaz a la hora de solucionar problemas con las autoridades. A media mañana, las identidades de los dueños de las piedras se habían confirmado y se había organizado su devolución a sus legítimos propietarios a través de su empresa de seguridad.

–Ahora ya puedes dejar de preocuparte. Y aún podrás organizar la exposición –le dijo mientras rodeaba el escritorio.

Se habían reunido en el despacho de Luca para solucionarlo todo. A lo largo de todo el proceso, Jen había estado sentada en el borde de una silla, muy nerviosa y tensa. Por fin podía respirar aliviada.

–Quedan muchas piedras para que puedas organizar una exposición fantástica. Un par de las compañías de seguros sugirieron incluso proponerles a los dueños que te permitan incluir sus piedras en la exposición con el resto para que así ganen notoriedad e incrementar su valor. Así ganamos todos.

–Lo has conseguido...

–Gracias a ti –dijo Luca antes de besarla una vez más–. ¿Sabes una cosa? Jamás pensé que diría esto...

–¿El qué?

–Que me encanta estar contigo.

–¿Eso es todo?

–¿Que me encanta trabajar contigo?

–Creo que me estás provocando deliberadamente.

–¿Que me encanta hacerte el amor?

–Eso espero. ¿Y?

Jen ya no podía ocultar sus sentimientos y estaba tan enamorada que necesitaba desesperadamente que Luca volviera a decirle que él la amaba también. Vio que la mirada le cambiaba y que se hacía más apasionada. El cuerpo de Jen respondió con entusiasmo. Al ver el fuego con el que ella respondía, Luca la tomó entre sus brazos y la llevó rápidamente al dormitorio.

–¿Que me encanta tranquilizarte? –le preguntó mientras la colocaba sobre la cama.

–No me basta...

–Está bien... Veo que me tendré que esforzar un poco más...

–Te tendrás que esforzar mucho más –le aseguró ella mientras Luca comenzaba a quitarse la ropa–. Dependo de ello.

Jen estuvo desnuda segundos más tarde. Tumbados ya el uno junto al otro, Luca la tomó entre sus brazos y la besó tan tiernamente que los ojos de Jen se llenaron de lágrimas. Nunca se había sentido tan feliz. Nunca se había creído capaz de experimentar algo así.

Luca la miró a los ojos con una expresión muy seria en el rostro.

–Te amo... Así de sencillo –admitió–. Amor puro y sincero. Eso es más importante que ninguna otra cosa, ¿no te parece?

–Por supuesto... Claro que sí

Luca le acarició suavemente el cabello. Quería que aquel instante durara eternamente. Nunca se había sentido tan cercano a nadie. Nunca le había dicho a una mujer que la amaba, aparte de a su madre y tan solo cuando era un niño. Haber encontrado el amor con Jen era algo tan inesperado que lo convertía en una circunstancia muy especial.

–Te amo –repitió.

–Somos más fuertes juntos que separados.

–Siempre tienes razón...

–Claro que sí. ¿O no?

–Por supuesto. ¿Por qué no?

–No lo sé... –dijo ella frunciendo el ceño–. Dímelo tú...

Luca decidió que tal vez no tendría otro momento como aquel. Los dos estaban relajados y estaban siendo sinceros el uno con el otro. Él había estado esperando el momento adecuado y, si le iba a preguntar a Jen sobre las intenciones de Raoul alguna vez, tal vez aquel sería el momento...

–¿Hay algo que puedas decirme sobre el testamento de Raoul que puedas haber olvidado?

Jen sintió que la sangre se le helaba. Miró a Luca sin comprender.

–¿Qué quieres decir? –preguntó ella. No comprendía a lo que Luca se refería.

¿Cómo había podido pensar Luca que aquel era el momento apropiado para preguntarle algo así? Vio que las manos de Jen estaban temblando y que ella agarraba la sábana para cubrirse.

–Es una pregunta muy sencilla, Jen. Lo único que te

estoy preguntando es si me puedes dar algún detalle que Raoul pudiera haberte contado sobre su testamento.

–¿Su testamento?

–Sí. Venga, Jen... Raoul habló contigo. Debió de haberte mencionado algo.

Jen tenía el ceño fruncido y parecía totalmente confundida. La impaciencia que mostraba solo podía indicar que llevaba ya un tiempo pensando en la cuestión. No quería pensar en lo que aquello significa ni en cómo podía afectar a la incipiente relación que había entre ambos.

–Venga... No creo que lo que te estoy pidiendo sea poco razonable. Ya has admitido que Raoul confiaba en ti. Debió de mencionar que...

–¿Que he admitido? ¿Acaso se me acusa de algo?

–No seas ridícula –exclamó él levantándose de la cama–. No me mires así...

–¿Cómo?

–Como si me estuvieras viendo por primera vez.

–Tal vez sea así.

–Jen...

–¿Qué? –le espetó ella. Se levantó también de la cama al tiempo que se cubría con la sábana. Se sentía muy dolida.

–Jen, por favor –dijo Luca mientras se acercaba a ella y trataba de abrazarla.

–Déjame en paz.

El tono de su voz le hizo detenerse en seco y apartar las manos. Las levantó en el aire, en gesto de rendición.

Jen no se atrevía a decir nada. Cualquier palabra que pronunciara reflejaría amargura y dolor. Había esperado un mes a que Luca regresara y, tras un dulce reencuentro, la desconfianza había vuelto a surgir de nuevo entre ellos.

Capítulo 14

JEN ESTABA vomitando. Se había encerrado en el cuarto de baño y Luca estaba al otro lado de la puerta llamándola con preocupación.

–Jen, ¿te encuentras bien?

¿Que si se sentía bien? Estaba destrozada. Las palabras de Luca le resonaban una y otra vez en los oídos. ¿Qué había detrás de aquella pregunta? ¿Acaso pensaba Luca que ella tenía algo que ganar del testamento de Raoul? Por lo que ella sabía, Raoul estaba sin blanca. Eso era lo que él le había dicho. ¿Por qué iba a mentirla? Ella tan solo había tratado de ayudarlo sin buscar nada a cambio.

–¡Jen!

El grito de Luca pareció suficiente para volver a provocarle náuseas.

–Jen, contéstame o tiro la puerta abajo...

–Déjame en paz...

–¡Jen, te lo advierto!

–¡Cállate!

Su grito resonó en las paredes, junto con la patada que ella misma le dio a la puerta. Se lavó la cara con agua fría y se miró en el espejo mientras se secaba. La palidez de su rostro la dejó muy alarmada. Después, se puso un albornoz.

–Voy a salir.

Luca se había puesto unos pantalones y estaba de pie, observándola como si él fuera un monumento al orgullo masculino.

–¿Cómo te atreves? –le desafió ella–. Yo creía que nos estábamos uniendo cada vez más y lo único que tú hacías era pensar en el testamento de tu hermano.

–Perdóname, Jen... Creo que no he manejado muy bien este asunto –dijo él. Estaba muy tenso.

–Ni que lo digas. No me lo puedo creer. Me estás diciendo que me amas y, diez segundos más tarde, me demuestras que lo único que te preocupa es el dinero de Raoul. ¿Formaba todo esto parte de tu plan maestro?

–No hay ningún plan. Hay mucho más que eso.

–De eso estoy segura –comentó ella riendo sin humor alguno.

–Raoul era un hombre muy rico.

–Lo estás empeorando –dijo ella con incredulidad. Se dio cuenta de que los sentimientos podían cambiar en un instante y que la confianza podía destruirse aún mucho más rápidamente.

–No puedo evitar la verdad...

–¿Y se supone que eso debe tranquilizarme? Por cierto, ¿estás hablando en tu nombre o en el de tu padre?

–Represento a la familia Tebaldi. Estoy protegiendo a la familia, como siempre he hecho.

–¿La estás protegiendo de mí? No comprendo nada...

–¿De verdad que no sabes nada?

–Claro que no. Ni siquiera sabía que Raoul tenía un testamento. Nunca hablamos de eso. Raoul era muy joven. No esperaba morir y, además, no tenía dinero por lo que yo sé. Tú dices que era un hombre rico. Entonces, ¿por qué le tuve que prestar dinero? Me agradeció mucho las veinte libras. ¿Acaso crees que yo le consideraba mi amigo por algo más que solo porque era un buen hombre?

–No lo sé...

–Bueno, pues eso es un triste reflejo de tu relación con tu hermano... o peor aún, de tus verdaderos sentimientos en lo que se refiere a ti y a mí.

Luca permaneció en silencio durante unos instantes.

–Raoul estaba a punto de convertirse en un hombre muy rico –dijo por fin.

–Otra vez vuelves a hablar de dinero –replicó ella con exasperación.

–Sí, así es.

–Como si el dinero pudiera haber salvado a tu hermano. Te diré lo que podría haberlo salvado, Luca. El amor lo podría haber salvado. La comprensión lo podría haber salvado. Unos minutos de tu valioso tiempo lo podrían haber salvado...

Cuando Luca trató de agarrarle los hombros para tranquilizarla, ella le espetó:

–¡No! ¡Quítame las manos de encima! No vuelvas a tocarme. No tienes derecho...

–¿Qué puedo hacer para enmendar las cosas? –le preguntó Luca con expresión compungida.

–Nada –le dijo ella fríamente.

Luca estaba acostumbrado a solucionar todos los problemas, pero no podría solucionar aquel. Los remordimientos que él sentía por lo que le había ocurrido a su hermano tenían que estar provocándole una dura agonía, pero no podían salvarle del patrón de comportamiento que Jen veía en él. Había estado muy unido a su hermano y no le había costado separarse de él. Estaba haciendo lo mismo con ella, pero Jen no tenía intención alguna de permanecer allí para sufrir por él.

De repente, se tapó la boca con la mano y regresó corriendo al cuarto de baño. Tenía que ser por aquel alboroto de sentimientos...

Varios minutos más tarde, se miró de nuevo en el espejo y lo comprendió todo. Aquellas náuseas no tenían nada que ver con lo que estaba ocurriendo con Luca. Todo encajaba. Estaba embarazada de Luca.

–Jen, ¿te encuentras bien?

–¡Vete de aquí!

–No pienso irme a ninguna parte. Estoy preocupado por ti...

–Es demasiado tarde para eso...

–Pero tenemos que hablar.

–Yo no tengo nada que decir. Tus palabras serían más convincentes si me explicaras adónde quieres llegar a parar cuando hablas del dinero de tu hermano.

–Sal del cuarto de baño y te lo explicaré. ¿Acaso no sabías que Raoul te había nombrado principal beneficiaria de su testamento?

Jen se quedó atónita. No se podía creer lo que acababa de escuchar

–¿Me has oído, Jen?

Claro que lo había oído, pero no podía hablar. Se sentía abrumada por un hombre al que ni Luca ni ella habían podido salvar y por una hermana que jamás conocería al bebé que ella estaba esperando.

–Necesito un momento –susurró.

Aquello no tenía sentido. ¿Raoul le había dejado todo lo que poseía? Si Raoul no tenía nada. Decidió concentrarse en asentarse el estómago para poder salir del cuarto de baño y solucionar aquel asunto con Luca. Cuando comprendió que las náuseas habían pasado ya, se aseó y abrió la puerta del cuarto de baño.

–¿Qué era lo que decías sobre el testamento de Raoul?

–Creo que es mejor que nos sentemos.

–Prefiero permanecer de pie.

Luca frunció el ceño, como si el tono frío de la voz de Jen lo hubiera sorprendido.

–Solo quiero que me hables del testamento de Raoul –añadió ella.

–¿Raoul nunca te habló de su fondo de inversión?

–No –replicó ella–. Raoul nunca me habló de ningún fondo de inversión. No sé nada al respecto.

–Y no hay razón alguna por la que debieras saberlo –afirmó Luca.

–Entonces, ¿a qué viene todo esto?

Jen necesitaba sentarse desesperadamente. Se sentía muy débil. Discretamente, buscó el brazo de un sillón para sentarse. Luca no tardó en percatarse de aquella debilidad y se acercó a ella inmediatamente.

–¿Crees que estás embarazada?

–¿Cómo dices? –replicó ella. Aún no estaba dispuesta a compartir sus sospechas con Luca–. ¿Primero lo del fondo y ahora esto? ¿Tienes alguna acusación más que hacerme?

–No te estoy acusando. Simplemente te he hecho una pregunta. Reconozco los síntomas... Voy a volver a preguntártelo. ¿Crees que podrías estar embarazada?

–¿Acaso te importa?

–¡Claro que me importa! *Dio,* Jen! No me puedo creer que me estés preguntando eso. ¿Acaso te parezco la clase de hombre que no se preocuparía por la madre de su hijo?

–No lo sé... Por tu historia familiar no me lo parece...

–Tal vez a mi padre le resulta imposible amar a nadie que no sea él mismo, pero eso no significa que yo sea igual. He aprendido del pasado. No he dejado que me dañe.

–¿Estás diciendo que yo sí?

–Lo que estoy diciendo es que tuviste que hacerte cargo de muchas cosas a una edad muy temprana y que nunca tuviste a nadie a quién recurrir. Y creo que sigues culpándote por la muerte de tu hermana. Cuando el juez te dio su custodia, se suponía que tenía que ser para siempre. Te costó mucho sacarla adelante. Debiste de sentir que el mundo se terminaba cuando tu hermana murió también, como tus padres.

Jen empezó a sollozar.

–Te aseguro que fue un accidente, Jen –afirmó él mientras la agarraba por los hombros–. Una tragedia de la que no eres responsable. ¿Crees que a tu hermana le habría gustado que siguieras evitando la verdad? ¿Crees que ella querría que ignoraras lo que está diciendo tu corazón?

–¿Y qué es lo que me dice exactamente?

–Que me amas y que yo te amo a ti. Eso significa que tenemos que ser sinceros el uno con el otro.

–Yo estoy siendo sincera contigo.

–¿De verdad? ¿Por qué no me dijiste que eras virgen la primera vez que hicimos el amor? –le preguntó. Jen se quedó boquiabierta–. ¿Acaso creíste que no me daría cuenta? No estoy orgulloso de lo que hice, porque lo sospeché desde el principio, pero, aún así, no me detuve.

–Yo no quería que te detuvieras.

–No lo voy a utilizar como excusa. Estoy tratando de demostrarte que solo quiero lo mejor para ti. Hay cosas que no te puedo contar hasta que comprenda las intenciones de Raoul. Sé que sientes que no puedes confiar en mí, pero...

–¿Me estás diciendo que confíe en ti?

–Sí. Si vas a tener un hijo mío, así es. Nada me importa más que eso, pero tengo que solucionar el asunto del testamento de mi hermano y cualquier cosa que me pudieras decir podría ayudarme. ¿Es que no te das cuenta de lo importante que eres para mí? Lo eres todo para mí, Jen –musitó. Entonces, la tomó con profunda ternura entre sus brazos–. Lo siento mucho, Jen. Debes de pensar que siempre te estoy desafiando, pero hay muchas cosas que no comprendo sobre la vida de mi hermano y tú eres la única que puede ayudarme a completar esas lagunas.

–Yo también lo siento –dijo ella–. Siento haber llegado a esto. Estoy segura de que lo último que Raoul hubiera querido es que estuviéramos peleando. Me cuesta perdonarte por no haber confiado en mí y no puedo fingir que no me ha sorprendido la última voluntad de tu hermano, pero tienes que creerme cuando te digo que no sabía nada...

–Olvídalo. Ya has tenido suficiente estrés por un día. Te prometo una cosa. Te compensaré el resto de mi vida por lo que has pasado. Eres demasiado importante para que nada se interponga en el amor que te tengo.

Los ojos de Luca habían cambiado, pero ella no tenía fuerzas para nada. Se sentía muy débil y dolida. La única manera en la que podía sentirse reconfortada era estar en brazos de Luca. Él se inclinó sobre ella y le dio un delicado beso, mientras le susurraba palabras para tranquilizarla. Poco a poco, aquellas palabras cambiaron para realizar sugerencias que despertaron su deseo. Al sentir que ella se tranquilizaba, Luca empezó a acariciarle los pechos por debajo del albornoz. Cuando Jen lanzó un suspiro, él la tomó entre sus brazos y la llevó a la cama.

Capítulo 15

HACER el amor con tranquilidad y ternura podía ser tan placentero como el sexo apasionado, o incluso más. Luca y ella habían disfrutado del sexo en la cama, contra una pared, sobre un sofá y en el suelo, pero aquel ritmo lento y suave le produjo el orgasmo más extremo que había disfrutado nunca. Ciertamente el más emotivo. Mucho tiempo después, cuando los dos estaban tumbados juntos, con los brazos y piernas entrelazados, ella le dedicó una sonrisa.

–Eres maravilloso...

–Y tú muy hermosa –comentó él mientras le besaba delicadamente los labios–. Y muy pronto, fabulosamente rica.

Jen se tensó.

–¿Rica? Por favor, no vuelvas otra vez con eso...

–Tenemos que hablar en algún momento del testamento de Raoul.

–Ahora no –dijo ella. Sin embargo, aquellas palabras habían borrado el estado de felicidad en el que Jen se encontraba después de hacer el amor. Se sintió como si no se hubiera relajado nunca–. Creo que es mejor que te expliques –añadió sabiendo que era imposible posponer ya aquella conversación. Se alejó de él todo lo que pudo.

–¿De verdad no lo sabes? Estaba tan seguro de que Raoul te lo habría contado todo...

–¿Contarme qué? Nosotros nunca hablamos de su

testamento. ¿Por qué íbamos a hacerlo? ¿Y qué es lo que estamos haciendo en la cama si lo único que quieres saber es eso? No me puedo creer que haya vuelto a caer en la misma trampa –le espetó ella. Se levantó de la cama y se envolvió en la sábana con la intención de dirigirse al cuarto de baño. La voz de Luca la detuvo en la puerta.

–Raoul estaba a punto de convertirse en un hombre muy rico. Había dilapidado ya una fortuna, pero solo le quedaban seis meses para cumplir los treinta años. En ese momento, habría tenido acceso a su fondo.

–Seis meses... El mismo tiempo que pensaste que duraría mi trabajo aquí. Al cabo de ese tiempo, el fondo de Raoul se liberaría y yo sería la beneficiaria –dijo ella fríamente–. Por eso me querías aquí, ¿verdad, Luca? Todo lo demás fue una estratagema. Tenías que sacarme una confesión durante estos meses para descubrir cómo yo había convencido a tu hermano para que me lo dejara todo. Creías que después yo aceptaría una compensación y desaparecería para siempre. ¿Es así, Luca? No tienes que decir ni una sola palabra. Veo la verdad en tus ojos.

–Entonces no te conocíamos. Tienes que intentar comprender la preocupación de mi padre.

–¿De tu padre?

–Le preocupaba lo que hubiera esperado Raoul...

–Te aseguro que los problemas de tu hermano iban más allá del dinero y, por lo que he visto de su familia, los míos también. ¿Por qué no me dijiste todo esto antes de traerme a Sicilia? Me lo podrías haber preguntado directamente en el club.

–Entonces no te conocía tan bien como te conozco ahora.

–No confiabas en mí. ¿Y ahora? –replicó ella. La sangre se le había vuelto a helar en las venas–. Me has hecho el amor, Luca. Podría estar esperando un hijo tuyo, pero, mientras yo me estaba enamorando de ti, tú me mantenías aquí porque te venía bien. Con menos de seis meses para que yo heredara el fondo de Raoul, debiste haberte sentido sometido a una enorme presión. Tenías que hacer lo que fuera para descubrir lo que yo sabía. Me has estado manipulando desde el principio. Me dijiste que me amabas. Yo pensaba que nos comprendíamos por lo que la vida nos había deparado, pero ahora veo que solo estabas tratando de ganarte mi confianza para averiguar qué era lo que yo sabía –dijo ella mientras agarraba sus ropas y comenzaba lentamente a vestirse.

–Jen, espera...

–No. Ahora, quiero que te marches –le espetó mientras le señalaba la puerta.

–No pienso irme a ninguna parte. Tu embarazo, si este existe, lo cambia todo.

–Claro que lo cambia. Me permite ver lo estúpida que he sido y me ha hecho comprender que no te quiero en mi vida.

–Si estás embarazada, claro que formaré parte de tu vida. Ni siquiera tú puedes cambiar eso.

–Puedo mantenerte a distancia. Terminaré mis estudios muy pronto y tengo un trabajo garantizado en la casa de subastas en el que me tendrán que pagar más. No te necesitaré ni a ti ni a tu dinero. Ni a nada que tenga que ver con la familia Tebaldi. No te necesito en absoluto.

–No tienes elección –dijo él fríamente.

–¿De verdad? ¿Quieres que lo comprobemos? Tu padre y tú no me dais miedo, Luca.

–¿Qué quieres decir con eso? Yo soy el hijo de Don Tebaldi, pero no tengo nada que ver con él. Si estás sugiriendo que sería capaz de recurrir a sus tácticas, estás muy equivocada.

–¿Y tenerme aquí con la esperanza de que confesara no es recurrir a las tácticas de tu padre? Es algo mucho más inteligente que el secuestro. Es una sutil dominación. ¿De verdad crees que después de lo que has hecho voy a dejar que formes parte de mi vida o de la de mi hijo? ¿Qué era lo que esperabas conseguir, Luca? ¿Te ordenó tu padre que no te detuvieras ante nada hasta que consiguieras que yo firmara un documento en el que renunciaba a todo lo que le hubiera podido pertenecer a Raoul?

–Te lo he dicho antes. Protejo a mi padre, pero él no me da instrucciones.

–Claro, porque tenías una solución mejor. Traerme a la isla con cualquier pretexto, seducirme y ganarte mi confianza haciéndome creer que me amabas... El Diamante del Emperador y todo lo demás eran tonterías para mantenerme aquí hasta que pudieras solucionar el enigma del testamento de tu hermano.

–Trata de ver las cosas desde mi punto de vista...

–¿Por qué?

–Porque tú apreciabas a Raoul. Tenía que haber una buena razón para que mi hermano redactara así su testamento y quiero saber por qué. ¿Tú no? Piénsalo, Jen. ¿Qué era lo que Raoul esperaba conseguir dejándotelo todo a ti?

–Tal vez pensó que yo ayudaría a personas con adicciones como él. No lo sé... Espero que no estés sugiriendo que yo chantajeé a tu hermano.

–No, por supuesto que no. Jamás pensaría algo así de ti. Mi padre nos despreciaba, en especial a Raoul. No creo que tú hayas manipulado a mi hermano en modo alguno. No podrías haber sabido que él se iba a matar en una carrera de coches. Nadie podría haberlo sabido nunca.

Un tenso silencio cayó entre ellos. Segundos después, Jen le puso voz a un temor que, hasta aquel momento, se había guardado para ella sola.

–Tu hermano vivía al límite. Los dos lo sabemos. ¿Crees que podría haber conducido tan temerariamente aquella noche porque quería matarse?

–¿Qué?

–Creo que Raoul estaba tan desesperado por conseguir amor, apoyo y comprensión que ya no sabía qué hacer. No puedo decir nada más sin romper la promesa que le hice a tu hermano.

–La promesa que le hiciste a un muerto no sirve de nada. Estoy tratando de comprender –dijo él, ya desesperado.

Jen lo miró atónita y se dirigió hacia la puerta sin pronunciar palabra. Allí, esperó a que Luca mostrara intención de marcharse.

–Terminaré de catalogar las joyas y de organizar la exposición, pero luego me marcharé. Te informaré si estoy embarazada en cuanto me lo confirme un médico. Si lo estoy, nos reuniremos en Londres para decidir qué hacemos.

–¿Y qué pasa con el dinero de Raoul?

–Los seis meses terminarán pronto –le respondió ella con un desprecio que ya no podía ocultar–. ¿Vas a hacerme una oferta?

Eso era exactamente lo que su padre hubiera querido que hiciera.

–No, por supuesto que no.

–Entonces, ¿por qué sigues aquí? Te ruego que te marches.

–No puedo. No puedo hacerlo sin saber por qué Raoul quería que tú tuvieras el dinero. Te lo ruego. Déjame hablar –insistió cuando Jen trató de interrumpirle–. Creo que Raoul quería que tú tuvieras ese dinero por una razón concreta, pero no sé cuál es. Solo debió decírtelo a ti. Si tienes razón al pensar que mi hermano quería morir, me imagino su desesperación y tú y yo debemos descubrir lo que él quería que se hiciera con su dinero.

–Si supiera algo fuera de mi promesa a Raoul, te lo diría. Ahora, una cosa más. Trabajaré más rápida y eficientemente si tú y yo mantenemos las distancias durante un tiempo. Le haré saber a tu asistente personal cuando estoy lista para marcharme.

Luca estuvo a punto de sonreír al comprender que ella lo estaba abandonando. Ni siquiera podía protestar porque él había tenido el mismo pensamiento. Si no ponían espacio entre ellos, todo explotaría a su alrededor.

–Shirley te organizará el vuelo de regreso –respondió con el mismo tono de voz. No se podía creer que le estuviera ofrecieron ayuda a Jen para que pudiera marcharse.

–Reservaré mi regreso en un vuelo regular, muchas gracias. Te dejaré un teléfono de contacto para que me puedas llamar y saber si hay bebé... o no.

Su frialdad sorprendió a Luca.

–En ese caso, me despediré de ti.

–Adiós, Luca.

Si él había esperado alguna reacción más allá de una seca despedida, se debió de sentir muy desilusionado. Jen ni siquiera podía mirarlo.

Capítulo 16

Seis meses más tarde...

Cuatro palabras. Cuatro palabras enviadas por correo electrónico a su cuenta profesional. *El embarazo progresa bien.*

Luca se reclinó en el respaldo de su butaca y lanzó una maldición. Jen se comunicaba con él con frecuencia, pero muy secamente. No podía culparla, aunque se sentía al margen de un embarazo que ella había confirmado a los pocos días de regresar a Londres. También le había reiterado que no quería saber nada más de él.

Increíblemente con todo lo que estaba pasando en su vida, Shirley le había informado que Jen había terminado sus estudios graduándose *summa cum laude* gracias al trabajo realizado. Ella no había querido que él asistiera a la ceremonia. Aún no había olvidado cómo la había tratado. Shirley tenía su teléfono por si necesitaba algo, pero Jen nunca contestaba cuando el que llamaba era él.

Ella le había dejado su legado en forma de una maravillosa exposición de gemas en una sala especialmente diseñada para albergarlas.

Según sus fuentes, había recibido ya el dinero de su hermano y lo había ingresado en una cuenta en la que estaba todo intacto. No había tocado ni un penique. Luca no sabía por qué. Lo único que sí sabía era que Jen no volvería a confiar en él.

De manera regular, ella le enviaba todos los informes médicos que recibía, pero una vez más a través de Shirley. El más importante de esos informes había incluido una nota de Jen en la que le preguntaba a Shirley si le parecía que él querría saber el sexo del bebé.

Luca quería saber mucho más que eso. Quería saberlo todo.

Apagó el ordenador y se puso de pie para ir a poner la frente sobre el cristal de la ventana de su despacho de un rascacielos de Roma. Tras tomar su decisión, sacó su teléfono móvil.

No le importaba que las condiciones meteorológicas no fueran las óptimas para volar. Necesitaba estar en Londres aquella misma noche.

Cuando aterrizó, las condiciones meteorológicas habían dado paso a la tormenta del siglo. Tras pasar el control de seguridad, se dirigió a la limusina que lo esperaba frente a la puerta. Miró su reloj. Shirley le había dicho que Jen estaba decidida a trabajar hasta el final y que aquella noche estaría trabajando en las oficinas del casino para no estar tanto tiempo de pie.

En realidad, no debía estar trabajando en ningún sitio. Luca estaba furioso. Y mucho menos en el casino, donde las peleas eran frecuentes. Estaba embarazada de siete meses, por el amor de Dios.

Ya en el interior de la limusina, se preguntó cómo reaccionaría Jen al verlo después de tanto tiempo. Tal vez no accedería a verlo, pero tenía que comunicarle que habían pasado muchas cosas en aquellos seis meses que habían estado separados. Su padre había fallecido y le había dejado propiedades por todo el mundo. Luca había vendido algunas de ellas y había utilizado el dinero para obras benéficas, pero se había quedado con la isla y con la antigua casa familiar. Aún se imaginaba a Jen regresando a la isla para formar parte de su vida.

Quería que viera que había abierto al público de manera gratuita la exposición que ella había creado para que todo el mundo pudiera admirar las gemas de su padre sin pagar nada por ello. El Diamante del Emperador con su infame historia ocupaba un lugar de honor. Había deseado que Jen comprobara el éxito que tenía su exposición y le había enviado una invitación para que acudiera a verla, pero ella había declinado la oferta diciendo que estaba demasiado ocupada con su trabajo.

Luca no se había dejado arredrar por su rechazo y le había enviado una segunda nota para decirle que había creado en la isla un campamento de verano para chicos con problemas y que le había puesto el nombre de su hermano. Solo faltaba una cosa, y era Jen. No había podido poner eso en el mensaje. Se había limitado tan solo a los hechos, tal y como ella hacía.

Otra nota de Luca. Estaba deseando imprimirla. Aquello era ridículo. Mientras esperaba que la impresora del casino se la pusiera en papel, admitió que sabía que estaba siendo ridícula. ¿De qué servía guardar todas aquellas notas? ¿Qué era lo que iba a hacer con seis meses de secos mensajes impresos en impolutas hojas de tamaño A4?

–¿Quieres una cinta?

Jen levantó la mirada cuando Jay-Dee entró en el despacho.

–Qué tonto.

–No lo creo. Todas las mejores cartas de amor deben tener una cinta rosa.

–¿Aunque el mensaje sea: «La isla alberga ahora un campamento de verano. Campamento de Verano Raoul Tebaldi. Funcionará a pleno rendimiento cuando arregle los desagües»?

–¡Arrggg! –exclamó Jay-Dee expresando su horror exageradamente–. Tienes razón. Tal vez deberías dejar ese fuera.

–Deberías leer el resto...

–¿Los guardas todos?

–¿Qué te parece a ti?

–Ven aquí, cariño –susurró Jay-Dee.

A veces, no había nada mejor que recibir un abrazo de Jay-Dee.

Los peores temores de Luca se confirmaron cuando la limusina se detuvo en el exterior del casino. El portero le informó que había habido un problema en el interior y que no le podía franquear el paso porque se había avisado a la policía.

–Pero mi novia está ahí dentro... He venido a sacarla.

Una mirada y un firme apretón de manos, en el que una buena cantidad de dinero pasó de un bolsillo a otro, franqueó la entrada a Luca. Le costó trabajo entrar, porque muchas personas estaban intentando salir, pero cuando llegó a la sala vio lo que ocurría.

Un grupo de borrachos había rodeado a uno de los camareros y le estaba golpeando con crueldad. Todo el mundo lo había abandonado a excepción de una mujer, la directora, a quien recordaba de su primera visita al casino, el jefe de camareros y Jen, que a pesar de su embarazo estaba tratando de proteger al pobre camarero de los golpes de los borrachos.

Al ver la situación, Luca se abalanzó sobre el hombre y lo agarró por el cuello antes de arrojarlo hacia un lado. Después, se preparó para recibir el ataque del resto de los hombres. Estos lo sobrepasaban en número, pero su padre le había enseñado a defenderse muy bien cuando era un niño y no iba a permitir que se desperdiciaran aquellos conocimientos. Entre el camarero y él, no tardaron en dominar a todo el grupo. Por suerte, todos los presentes habían salido indemnes del ataque, incluida Jen. Ella le presentó al camarero, que no hacía más que mirarse los nudillos magullados.

–No sabía que podía resultar tan violento –comentaba el hombre muy sorprendido mientras comprobaba el estado de su manicura. El camarero en cuestión era Jay-Dee.

–Gracias por la ayuda.

–Bueno, creo que habría que darte las gracias a ti –comentó Jay-Dee mientras miraba de reojo a Jen.

–Hola a ti también –murmuró secamente Jen al sentirse ignorada–. Menuda entrada has tenido.

–Parece que en el momento justo –comentó Luca–. ¿Por qué sigues trabajando?

–¿Por qué sigues tratándome como si fuera una niña? Estoy embarazada, no enferma. No puedes volver a reaparecer en mi vida y decirme lo que tengo que hacer.

–No creo que estés en situación de enfrentarte a un grupo de borrachos –dijo Luca mientras se llevaba a Jen al despacho.

–¿Y qué habrías hecho tú si hubieras visto que estaban insultando y amenazando a tu amigo? ¿Le habrías dado la espalda?

–Yo no estoy embarazado de siete meses... Te he echado de menos –dijo sin poder contenerse, por la emoción que le producía volver a estar junto a ella.

Se produjo un largo silencio durante el cual Luca se temió lo peor.

–Yo también te he echado de menos –anunció ella por fin.

El alivio de Luca fue indescriptible.

–Gracias.

Precisamente en aquel momento, alguien llamó a la puerta. La frustración que sentía por estar solo con Jen lo estaba devorando por dentro, pero quien había llamado era Jay-Dee, el heroico camarero. Quería hablar con él antes de que se marchara del club. Los tres se sentaron alrededor de la mesa. Por fin, Jay-Dee tomó la palabra.

–Tal vez esto te sorprenda –dijo–. No sé cuánto sabes sobre tu hermano o si conoces cuáles eran sus últimos deseos.

–He visto el testamento –contestó Luca. El corazón se le aceleró. Parecía que por fin iba a comprender el misterio que rodeaba los últimos deseos de su hermano.

–Raoul estaba enfermo. No le quedaba mucho tiempo de vida –anunció Jay-Dee–. Él se avergonzaba de su enfermedad.

–¿Que se avergonzaba dices? –preguntó Luca atónito por lo que acababa de escuchar.

–La contrajo antes de que conocerme a mí. Nos lo contó a Jen y a mí, pero Raoul no quería que nadie más lo supiera. Teníamos fe de que pudiera recuperarse, pero Raoul no quería ser un peso para nadie. Nosotros estábamos enamorados –confesó.

Los tres quedaron sumidos en un profundo silencio hasta que Jay-Dee volvió a tomar la palabra.

–Ni siquiera yo supe las intenciones de tu hermano hasta que no recibí una carta después de lo que habría sido el trigésimo cumpleaños de Raoul. Me la envió su abogado. El hecho de que hayas venido hasta aquí me ha evitado tener que ir a buscarte a Sicilia. No sigas enfadado con Jen –añadió con una especie de sollozo y la voz muy temblorosa–. Ella ha sido fiel hasta el final a los deseos de tu hermano. Como te he dicho, el abogado de tu hermano me envió la carta que me dejó

Raoul. Le preocupaba que, si me dejaba a mí su dinero, se sabría la verdad de nuestra relación. Pensó que eso podría ponerme en peligro por parte de vuestro padre. Conocía los prejuicios de vuestro padre y no quería que tú te vieras implicado en otro conflicto familiar. Siento haber sido tan brusco, Luca, pero te debo una explicación.

–No me debes nada...

Se sentía fatal. Le parecía que había abandonado a su hermano. Por suerte, Jay-Dee había estado con Raoul hasta el fin.

–Tu hermano me pidió que organizara campamentos de verano para jóvenes en la isla, pero yo no sé cómo utilizar su dinero del modo que a él le gustaría –prosiguió Jay-Dee–. Aquella noche, yo no sabía nada. Pensé que tu hermano me había dejado. Ahora sé que solo estaba tratando de protegerme. Por eso, le dejó todo a Jen para que, cuando él muriera, yo estuviera protegido. Creía que su padre vendría a buscarme con un pistola si se enteraba que yo había tenido una relación con él. Ni Jen ni yo sabíamos nada del testamento. Yo no sabía nada de lo que él quería hacer hasta que recibí esa carta de su abogado. Si te parece bien, me gustaría trabajar con Jen y contigo en ese proyecto. A ella también le gustaría.

–¿Es eso cierto? –le preguntó Luca a Jen. El corazón le latía con fuerza en el pecho.

–Si tú me aceptas...

–Ya he abierto un campamento de verano en la isla con el nombre de mi hermano –admitió Luca.

–¿Pero tienes un programa de becas? –lo interrumpió Jen–. A Jay-Dee y a mí nos gustaría utilizar el dinero de tu hermano para eso. Por eso no lo he tocado. Creo que sería maravilloso que los tres estuviéramos trabajando juntos en este proyecto en nombre de Raoul.

Luca lo pensó durante un instante. Solo tardó unos segundos en tomar una decisión.

–Me parece una idea excelente. ¿Por qué no le ponemos al campamento el nombre de Raoul Tebaldi y Lyddie Sanderson?

Jay-Dee los dejó a solas cuando vio que Jen tomaba la mano de Luca. Ella se la llevó al vientre y se la colocó justo donde su hijo estaba dándole una fuerte patada, casi como si quisiera saludar a su padre.

–¿Cómo quieres que lo llamemos? –le preguntó a Luca, que estaba asombrado por lo que acababa de sentir.

Como respuesta, Luca se arrodilló a su lado y le enmarcó el rostro entre las manos antes de besarle los labios muy delicadamente.

–Me gustaría que se llamara Luciano, el que trae la luz. A menos que te a ti se te ocurra algo mejor.

–Creo que Luciano es perfecto.

–¿Vas a regresar a casa conmigo? –le preguntó Luca mientras se ponía de pie y ayudaba a Jen a hacer lo mismo.

–¿Tienes casa en Londres?

–Sí, pero me refería a Sicilia. ¿Te vendrás allí conmigo cuando hayas terminado tu trabajo aquí?

Jen dudó. Había pasado mucho tiempo desde la última vez que los dos se vieron y, cuando se separaron, lo hicieron en términos poco amigables.

–Tienes motivos para dudar. Sé que no tengo derecho a pedirte nada. Te he tratado fatal, pero te aseguro que no he hecho otra cosa que pensar en ti en los seis meses que hemos estado separados. En ti y en nuestro hijo. Vivir separado de ti ha sido mi castigo. Ahora, solo espero que puedas perdonarme para que este castigo llegue a su fin.

–Ha habido muchos malentendidos entre nosotros –susurró Jen–. El pasado nos ha condicionado a los dos, pero ahora tenemos que olvidarnos de él y seguir con nuestras vidas.

–No te merezco...

–Por el futuro...

–¿Significa eso que regresarás conmigo?

La expresión esperanzada de Luca le dijo a Jen todo lo que ella necesitaba saber.

–Me encantaría. Te amo...

–No tienes ni idea de lo mucho que yo te amo a ti –le aseguró Luca–. Estoy deseando comenzar a trabajar contigo.

–¿Solo trabajar conmigo?

–Estoy deseando hacerte el amor principalmente –admitió él. Entonces, volvió a besarla. En aquella ocasión, sus besos se extendieron un poco más.

–¿No será un problema mi barriga? –preguntó ella frunciendo el ceño.

–*Cara*, te aseguro que nada en el mundo va a interponerse entre tú, yo y tu placer. ¿Nos vamos?

Dormir entre los brazos de Luca fue como regresar a casa. Todas las dudas, la desconfianza y los errores del pasado desaparecieron en un instante. Estuvieron hablando hasta altas horas de la noche sobre el pasado, el presente y el futuro. Mientras estuvieran los dos juntos, a Jen ya no le importaba lo que les deparara el futuro.

A la mañana siguiente cuando se despertaron, volvieron a hacer el amor. Lenta y profundamente, hasta que ella se desmoronó en brazos de Luca no una sino varias veces. Después, el sueño volvió a reclamarlos.

Cuando se despertaron, Luca le dio un beso y sonrió.

–¿Quieres casarte conmigo o tengo que volver a hacerte el amor para que me aceptes?

–Las dos cosas –contestó Jen llena de felicidad–. Me casaré contigo, pero primero tienes que hacerme el amor otra vez. Por cierto, ¿te he dicho ya cuánto te quiero?

–Sí, pero puedes decírmelo todas las veces que quieras, *signorina* Sanderson, aunque pronto serás la *signora* Tebaldi.

–Me muero de ganas de regresar a la isla –admitió ella–. La he echado mucho de menos. Sé que mi madre estaría orgullosa de que por fin haya conseguido ser gemóloga como ella, pero sé que lo que realmente le gustaría es ver lo feliz que soy y he estado a punto de tirarlo por la borda solo por mi orgullo. Me sentía herida y cegada por la inseguridad que sentía y te aparté de mi lado cuando lo único que quería era estar contigo. Ahora, será estupendo que Jay-Dee, tú y yo trabajemos juntos en el proyecto de tu hermano. Estoy segura de que Raoul estaría encantado... Te amo –le dijo de nuevo–. Los dos hemos aprendido mucho sobre la confianza en los demás.

–¿Solo en eso? ¿Qué me dices del amor? –susurró Luca–. Yo he aprendido mucho del amor y estoy deseando regresar a la isla para que esta resuene con las risas de nuestros hijos.

Luca le acarició el vientre y el bebé respondió vigorosamente, como si estuviera de acuerdo.

–Necesito recuperar el tiempo perdido –añadió él–. Necesito pruebas de que me has perdonado. Tengo hambre de ti...

–No tanto como yo de ti –replicó ella.

–Creo que ahora eres insaciable –murmuró Luca mientras le apartaba el cabello para besarle la nuca.

–Creo que sí –afirmó Jen mientras lo estrechaba entre sus brazos.

Epílogo

LA CEREMONIA para renovar sus votos matrimoniales siempre se recordaría como una ocasión especial, pero Jen no tardó en decidir que aquel iba a ser el mejor día de su vida. Luciano ya estaba vestido para la ceremonia con unos pantalones cortos de color celeste y una camisa blanca. A Jen le gustaba pensar que dos niños iban a compartir la celebración con ellos.

La boda había sido un asunto completamente diferente. Luca y ella se casaron la misma semana en la que se volvieron a reunir, por lo que no hubo tiempo de realizar grandes preparativos. Con Shirley, Tess y Jay-Dee como testigos, su boda fue una celebración muy íntima y familiar.

La ceremonia de renovación de votos sería muy diferente. Jen entró de la mano de Luciano en el patio donde todos los invitados la esperaban. Todos aplaudieron con mucho entusiasmo al verlos, lo que llenó a Jen de felicidad.

–Estás muy hermosa –le dijo Luca, un sentimiento del que se hicieron eco Tess y Shirley y todos los nuevos amigos que ella había hecho en la isla.

Luca había insistido en que viajaran a Roma con Luciano y Natalia, su hija de dos años, que era tan pelirroja como su madre, para que Jen por fin pudiera tener el vestido que merecía. Este era de encaje azul celeste y le llegaba hasta la rodilla, lo que facilitaba el hecho de que ella pudiera salir corriendo detrás de los pequeños Tebaldi si se daba el caso. Luca había insistido también en que, para la ocasión, ella luciera el Diamante del Emperador. Lejos de ser una maldición para ellos, la gema les había reportado amor y felicidad desde el día en el que lo colocaron en la exposición para que todo el mundo pudiera admirarlo.

–¿Está preparada mi hermosa esposa?

No podía haber una imagen más espectacular que la de su apuesto esposo esperándola junto al altar con la pequeña Natalia sentada sobre sus hombros, que se completó cuando el pequeño Luciano echó a correr para lanzarse en brazos de su papá.

–Debería montar un circo –exclamó Luca cuando atrapó a su hijo con un brazo mientras sujetaba a la pequeña con el otro.

–Los Maravillosos Tebaldi –sugirió Jen. Por fin las sombras y las sospechas habían quedado atrás y habían logrado transformar su casa de Sicilia en un verdadero hogar para todos.

–¿Qué te parece *Felices para siempre* como la cabecera de nuestra publicidad? –le preguntó Luca con una pícara sonrisa mientras acogía a Jen y a sus hijos en el círculo de sus fuertes brazos.